मौत का स्वाद

मृत्यु के सामने सभी इंसान बराबर हैं। –पब्लिलियस साइरस

जीवन और मृत्यु का इसके सिवा कोई इलाज नहीं है कि उनके बीच की अवधि का आनंद लिया जाए। –जॉर्ज संतायन

हर दिन असंख्य प्राणी यमलोक जा रहे हैं, लेकिन इसके बावजूद लोग खुद को अमर समझते हैं। इससे बडा आश्चर्य और क्या हो सकता है?

– महाभारत

सब कुछ क्षणभंगुर है – यश भी और यशस्वी भी। –मार्कस ऑरेलियस

मृत्यु प्रकाश बुझाना नहीं है, यह तो सिर्फ दिया बुझाना है, क्योंकि भोर हो गई है। –टैगोर

मृत्युशैया पर लेटे किसी आदमी ने आज तक यह अफसोस नहीं किया, 'काश मैंने ऑफि स में थोड़ा ज्यादा समय बिताया होता।' –अज्ञात

ज्यादातर लोग बिना जिए ही मर जाते हैं। उनके लिए यह सौभाग्य की बात है कि उन्हें इसका एहसास ही नहीं होता। –हेनरिक इब्सन

कायर अपनी मौत से पहले कई बार मरते हैं। साहसी मौत का स्वाद सिर्फ एक ही बार चखता है। –शेक्सपियर

जिस चीज से आप डरते हों, उसे कर दें और इसके बाद डर की मौत तय है। –इमर्सन

इस विषय में रुचि रखनेवाले पाठकों के लिए सरश्री द्वारा रचित विशेष पुस्तकें

मृत्यु पर विजय – मृत्युंजय

जीवन की कहानी मृत्यु के बाद

धीरज का जादू – संतुलित जीवन संगीत

मन का विज्ञान – मन के बुद्ध कैसे बनें

संपूर्ण ध्यान – २२२ सवाल

निःशब्द संवाद का जादू – जीवन की १११ जिज्ञासाओं का समाधान

क्षमा का जादू – क्षमा माँगने की क्षमता को जानकर, हर दुःख से मुक्ति पाएँ

विचार नियम – आपकी कामयाबी का रहस्य

अवचेतन मन की शक्ति के पीछे आत्मबल

स्वयं का सामना – हरक्युलिस की आंतरिक खोज

बड़ों के लिए गर्भ संस्कार – १० अवतार का जन्म आपके अंदर

सरश्री

अंतिम वरदान

मृत्यु उपरांत जीवन
महाजीवन

मृत्यु उपरांत जीवन – महाजीवन
by **Sirshree** Tejparkhi

© Tejgyan Global Foundation
All Rights Reserved 2012.
Tejgyan Global Foundation is a charitable organization,
having its headquarters in Pune, India.

सर्वाधिकार सुरक्षित

वॉव पब्लिशिंग्ज् प्रा. लि. द्वारा प्रकाशित यह पुस्तक इस शर्त पर विक्रय की जा रही है कि प्रकाशक की लिखित पूर्वानुमति के बिना इसे व्यावसायिक अथवा अन्य किसी भी रूप में उपयोग नहीं किया जा सकता। इसे पुनः प्रकाशित कर बेचा या किराए पर नहीं दिया जा सकता तथा जिल्दबंद या खुले किसी भी अन्य रूप में पाठकों के मध्य इसका परिचालन नहीं किया जा सकता। ये सभी शर्तें पुस्तक के खरीददार पर भी लागू होंगी। इस संदर्भ में सभी प्रकाशनाधिकार सुरक्षित हैं। इस पुस्तक का आंशिक रूप में पुनः प्रकाशन या पुनः प्रकाशनार्थ अपने रिकॉर्ड में सुरक्षित रखने, इसे पुनः प्रस्तुत करने की प्रति अपनाने, इसका अनूदित रूप तैयार करने अथवा इलेक्ट्रॉनिक, मैकेनिकल, फोटोकॉपी और रिकॉर्डिंग आदि किसी भी पद्धति से इसका उपयोग करने हेतु समस्त प्रकाशनाधिकार रखनेवाले अधिकारी तथा पुस्तक के प्रकाशक की पूर्वानुमति लेना अनिवार्य है।

प्रथम आवृत्ति : मई २०१२

रीप्रिंट : सितंबर २०१९

प्रकाशक : वॉव पब्लिशिंग्ज् प्रा.लि., पुणे

Mrityu Uprant Jeevan - Maha Jeevan

– समर्पित –

यह पुस्तक समर्पित है मीरा, जीज़स, महावीर, सुकरात, मंसूर जैसे ज्ञानी और साहसी संतों को, जिनके शरीर को सताए जाने के बावजूद भी वे सत्य की राह पर डटे रहे। जिनके द्वारा उठाए गए कदमों से लोगों को आज भी सत्य की राह पर चलने की प्रेरणा मिलती है।

विषय सूची

भूमिका	क्या है महाजीवन	11
प्राक्कथन	मरना मना है	17
	नया आयाम, नया जीवन	
खण्ड १	**मृत्यु की समझ**	**21**
अध्याय १	मृत्यु सबसे बड़ी शिक्षक है	23
	अंतिम वरदान	
अध्याय २	जीवन एक पाठशाला	34
	मृत्यु का भय ही पाठशाला का द्वार है	
अध्याय ३	मौत की तैयारी, जीवन उपरांत जीवन	41
	मौत का चित्र बनाएँ	
अध्याय ४	क्या मृत्यु उपरांत जीवन है	48
	पंचाधार	
खण्ड २	**मृत्यु से पहले और बाद की अवस्था**	**53**
अध्याय ५	जीवन-मृत्यु का लक्ष्य	55
	पाँचवें तक पहुँचना	
अध्याय ६	मृत्यु एक धोखा	64
	नकली मृत्यु	
अध्याय ७	नकली मृत्यु के बहुत पहले	68
	गहरी नींद और मृत्यु	
अध्याय ८	नकली मृत्यु के ठीक पहले	71
	मौत के पहले 'विचार'	
अध्याय ९	नकली मृत्यु के ठीक बाद	74
	आप स्वयं अपने जज हैं	
अध्याय १०	नकली मृत्यु के बहुत बाद	76
	परलोक जीवन के रहस्य	
अध्याय ११	मृत्यु से मिलन	86
	सगे संबंधी और समय	

अध्याय १२	शरीर हत्या या आत्महत्या	90
	वे बातें जो मुझे नहीं करनी हैं	
खण्ड ३	**मृत्यु संबंधित कर्मकाण्ड और मान्यताएँ**	99
अध्याय १३	मृत्यु के बाद कर्मकाण्ड के राज़	101
	शोक सभा, प्रार्थना व श्राद्ध	
अध्याय १४	क्या सूक्ष्म शरीर हमें हानि पहुँचा सकते हैं	109
	तोलू मन सबसे बड़ा भूत	
अध्याय १५	स्वर्ग और नरक	113
	लालच और डर	
अध्याय १६	पुनर्जन्म	117
	उच्च दृष्टिकोण, दो पहलू	
खण्ड ४	**महानिर्वाण निर्माण**	123
अध्याय १७	पृथ्वी पर प्रैक्टिस करें	125
	महानिर्वाण निर्माण	
अध्याय १८	मृत्यु मनन	137
	मृत्यु दर्शन	
अध्याय १९	मृत्यु उपरांत जीवन	146
	संतों द्वारा मार्गदर्शन	
अध्याय २०	मृत्यु सर्वसार	154
	अहंकार का मृत्युदाता	
	अतिरिक्त अंश	163
अध्याय २१	मृत्यु सिखाती है, मृत्यु की मृत्यु	165
	मृत्यु की मान्यताएँ	
अध्याय २२	मृत्यु और दो मूर्खताएँ	168
	सवाल वह जो सिखाए	
अंतिम अध्याय	मृत्यु के पहले क्या सीखें	171
	जीवन की पाठशाला का पाठ्यक्रम	
	तेरह सबक की सारणी	188
	शेष संग्रह	191

महाजीवन पुस्तक से लाभ लेने के नियम

१) इस पुस्तक का पहला व दूसरा अध्याय दो बार पढ़ें, जिससे आपको पुस्तक का लक्ष्य समझने में आसानी होगी।

२) पुस्तक पढ़ने से पहले पृष्ठ १९ पर दी गई 'मृत्यु शब्दावली' जरूर पढ़ें। इन शब्दों के अर्थ मन में बिठा लें।

३) पुस्तक पढ़ते वक्त शब्दों के परे जो अर्थ है उसे समझने का प्रयास करें क्योंकि यह पुस्तक लोकभाषा (आज की भाषा) में लिखी गई है। इससे इस पुस्तक का महत्त्व कम नहीं होता बल्कि इसकी उपयोगिता और भी बढ़ जाती है।

४) इस पुस्तक को कम से कम दो बार पढ़ना जरूरी है। पहली बार में यह पुस्तक पूरी पढ़ लें और दूसरी बार में धीरे-धीरे, मनन करते हुए पढ़ें।

५) बिना कोई अनुमान लगाएँ यह पुस्तक पूरी पढ़ें। पूरी पुस्तक पढ़कर ही अपना निष्कर्ष निकालें।

६) इस पुस्तक के हर अध्याय के अंत में कुछ महत्वपूर्ण संकेत दिए गए हैं। ये संकेत कथित अध्याय का सार हैं।

७) जिन लोगों को मृत्यु से डर लगता है वे इस पुस्तक का अध्याय पाँच तुरंत पढ़ें, जिससे आपको समझ में आएगा कि मृत्यु असल में क्या है?

यह पुस्तक पढ़कर आप मृत्यु के भय से मुक्त होकर, असली मृत्यु को जानकर, सत्य के मार्ग पर अग्रसर हो जाएँ ताकि आपका अंतिम लक्ष्य पूर्ण हो।

क्या है महाजीवन
भूमिका

जीवन से मृत्यु उपरांत जीवन और मृत्यु उपरांत जीवन से महानिर्वाण निर्माण की यात्रा ही वास्तव में पूर्ण जीवन है, महाजीवन है। मगर अज्ञान, आलस्य और अविश्वास के कारण मनुष्य महाजीवन का आनंद नहीं ले पाता। इस पुस्तक के प्रकाश में आप महाजीवन का अर्थ समझ सकते हैं।

शब्दों में महाजीवन का अर्थ है, 'जहाँ जीवन का जन्म होता है और मृत्यु की मृत्यु होती है।' जब मनुष्य भक्ति में अपने व्यक्तिगत अहंकार की मृत्यु के लिए तैयार हो जाता है तब सही मायने में महाजीवन का जन्म होता है, जिसके बाद मृत्यु का भय पूरी तरह से निकल जाता है। ऐसी अवस्था प्राप्त करने के लिए ही हमें मनुष्य जन्म मिला है।

जब हम पूर्ण रूप से मृत्यु का रहस्य जान जाएँगे एवं इस ज्ञान के आधार पर पृथ्वी का और मृत्यु उपरांत जीवन जीएँगे तभी हमारे जीवन का रूपांतरण महाजीवन में होगा। मनुष्य के शरीर की मृत्यु के साथ ही जीवन समाप्त नहीं होता बल्कि मनुष्य का शरीर पैदा होने से पहले और उसके शरीर की मृत्यु के पश्चात् भी जीवन विद्यमान है। जब इस होशपूर्ण विचार के साथ हम जीवन के विषय पर सही ढंग से मनन करेंगे तब असल में हमारी महाजीवन की यात्रा शुरू होगी।

महाजीवन प्राप्त करने से आसान दुनिया में कुछ भी नहीं हो सकता। साँस लेना भी महाजीवन प्राप्त करने से थोडा कठिन है, आँखें झपकाना भी थोडा कठिन है। पर इन बातों से भी आसान है स्वयं को जानना, अपने केंद्र पर पहुँचना और उसमें स्थापित होना।

जब मनुष्य की स्मृति में भटकने तथा कल्पना में कलाबाजियाँ खाने की आदत छूटेगी तब महाजीवन प्राप्त करना बहुत सरल होगा क्योंकि उस वक्त वर्तमान क्षण का बोध प्रकट होगा, जो आत्मसाक्षात्कार का कारण बनेगा।

अहंकार का बार-बार जन्म होना और बार-बार उसकी मृत्यु होना, यह चक्र समाप्त होते ही महाजीवन शुरू होता है। अहंकार का जन्म और मरण ही

जीवन-मृत्यु का खेल रचता है। अगर किसी भी पल आपको सत्य का साक्षात्कार हो जाए तो इसी जीवन में महाजीवन मिल सकता है। अहंकार की मृत्यु महाजीवन लाती है और आयोजित मृत्यु (मेडिटेशन) समाधि का अनुभव लाती है।

केवल शरीर की उम्र बढ़ने के साथ बुढ़ापा नहीं आता। शरीर की उम्र कुछ भी हो सकती है मगर जब तक मृत्यु का भय उत्पन्न नहीं होता तब तक बुढ़ापा नहीं आता। स्वयं को जाननेवाला सदा जवान रहता है।

मृत्यु का रहस्य – 'मृत्यु से भागेंगे तो फँस जाएँगे इसलिए मृत्यु से भागें नहीं, उसका दर्शन करें।' मृत्यु का संपूर्ण दर्शन प्राप्त करनेवाले महानिर्वाण निर्माण करने का संकल्प लेते हैं।

महानिर्वाण निर्माण यानी जीवन में उच्चतम अभिव्यक्ति करके वास्तविक लक्ष्य प्राप्त करना। पृथ्वी का जीवन और मृत्यु उपरांत जीवन, दोनों को मिलाकर जब हम संपूर्ण जीवन का लक्ष्य प्राप्त करते हैं और मृत्यु उपरांत जीवन में चेतना के उच्चतम स्तर पर सेवा-कार्य कर पाते हैं तब उसे महानिर्वाण निर्माण कहते हैं।

महानिर्वाण निर्माण की तैयारी करते हुए हमें पृथ्वी के जीवन में ही सभी मान्यताओं से मुक्ति मिलना आवश्यक है ताकि सत्य की यात्रा में गति बढ़े और हम अकंप, निर्मल मन से सुंदर अभिव्यक्ति कर पाएँ।

जाग्रत मनुष्य मृत्यु को उत्सव मनाने का अवसर समझ सकते हैं ताकि मृत्यु को निमित्त बनाकर अन्य लोगों की समझ बढ़ाई जा सके। ऐसे लोग पहले ही उनके स्थूल शरीर की मृत्यु के वक्त क्या हो, ये बातें लिखकर जाएँगे। जब उनके स्थूल शरीर की मृत्यु का समय समीप होगा तब वे सभी रिश्तेदारों को न्योता देंगे, 'फलाँ-फलाँ दिनों में वे जब भी अपना स्थूल शरीर त्याग दे तो सभी रिश्तेदार उनसे मिलने आ सकते हैं मगर शर्त यह है कि सभी को झूमते और नाचते हुए आना होगा, न कि दुःखी होकर।' सभी रिश्तेदारों को एकत्रित करने का एक तात्पर्य यह भी होगा कि सभी को मृत्यु पर मनन करने का अवसर मिले और सभी को तथाकथित मृत्यु का ज्ञान प्राप्त हो।

तब उस जाग्रत मनुष्य की ऐसी मृत्यु-यात्रा निकलेगी कि सभी हँसते-हँसते उसे विदा करेंगे। उस दिन स्थूल शरीर की शव यात्रा देखकर सभी के जीवन से मृत्यु का भय निकल जाए और मृत्यु पर सही समझ प्राप्त हो, यही उसका लक्ष्य होगा।

पृथ्वी पर स्थूल शरीर की मृत्यु के समय ज्ञान प्राप्त किए हुए मनुष्य की समझ इतने उच्च स्तर पर हो सकती है कि वे अपने स्थूल शरीर की मृत्यु नजदीक होते हुए भी अपनी मृत्यु का निमंत्रण पत्र बाँट सकते हैं। इतना ही नहीं, वे अपनी मृत्यु का निमंत्रण पत्र खुद लिखेंगे, शब्द शुद्धियाँ करेंगे और प्रकाशित (Publish) भी करेंगे। यदि पृथ्वी पर उन्हें अपनी मृत्यु का निमंत्रण पत्र बाँटने का समय मिला तो उनके लिए यह कृपा होगी और अगर समय नहीं मिला तो भी उनकी समझ अनुसार इसके प्रति उनमें कोई शिकायत नहीं उठेगी। कारण जीवन–मृत्यु के ज्ञान को वे समझ चुके होंगे और चेतना के उच्च स्तर पर होंगे।

मृत्यु को प्राप्त होनेवाले शरीर में 'मेरे स्थूल शरीर की मृत्यु तथा वसीहत (आखिरी इच्छा पत्र) भी लोगों को जाग्रत करने में निमित्त बने', इस तरह के भाव आना भी अभिव्यक्ति है। इसलिए आज से ही ऐसी समझ प्राप्त करें, जो आपको पृथ्वी जीवन और मृत्यु उपरांत जीवन, दोनों जीवन में आनंदित रहने के लिए सहायता करे ताकि संसार के सारे रहस्य आपके समक्ष प्रकट हो जाएँ। मृत्यु उपरांत जीवन की समझ पृथ्वी पर ही प्राप्त करना इसलिए आवश्यक है ताकि पृथ्वी जीवन के अंत में आपके भीतर समाधान, आनंद, भक्ति और धन्यवाद के भाव रहें।

೦೦೦

लोगों के मन में मृत्यु के विषय पर भय व्याप्त है। यह भय देखकर अनेक आत्मसाक्षात्कारी ऋषियों ने इस विषय को अधिक ऊपर नहीं उठाया। उन्होंने यह महसूस किया कि यदि मृत्यु उपरांत जीवन के बारे में बात की गई तो जो लोग उनसे कुछ अच्छी बातें ग्रहण कर रहे हैं, भय और अविश्वास के कारण, वे वह भी ग्रहण नहीं करेंगे।

मृत्यु प्रकृति द्वारा प्रदान की गई एक विधि है, जिसके द्वारा संसार की लीला को आगे बढ़ाया जा रहा है। इस विधि द्वारा मनुष्य अपनी तरंग बढ़ा पाता है तथा सूक्ष्म जगत में अभिव्यक्ति कर पाता है। वास्तविक स्थूल शरीर की मृत्यु, सूक्ष्म शरीर प्राप्त करने की एक विधि है मगर यह विधि ही लोगों के दुःख का कारण बन गई है। मनुष्य को पृथ्वी पर मृत्यु देखकर दुःखी नहीं होना चाहिए क्योंकि आगे की यात्रा इसी जीवन का विस्तार है।

भावनाओं के लिए समय और काल कोई मायने नहीं रखता, भावनाएँ सहजता

से पृथ्वी जीवन से मृत्यु उपरांत जीवन में पहुँचती हैं। जब मनुष्य को यह बात स्पष्ट होगी तब वह अपनी दुःखद भावनाओं पर नियंत्रण रख पाएगा और अपने मृतक रिश्तेदार के लिए सकारात्मक भावनाएँ ही रखेगा।

वर्तमान समय में लोग मृत्यु से संबंधित प्रथाओं का मूल लक्ष्य जानने की अपेक्षा, उनका सिर्फ अंधा अनुकरण कर रहे हैं इसलिए इन प्रथाओं के पीछे की समझ लुप्त हो गई है। समय के साथ, मनन द्वारा इन प्रथाओं में परिवर्तन भी लाया जा सकता है। मृत्यु से संबंधित हर प्रथा के पीछे का वास्तविक लक्ष्य जानते हुए, नई प्रथाएँ भी बनाई जा सकती हैं, जो लोगों में मृत्यु की समझ उत्पन्न कर सकती है।

पृथ्वी जीवन से मृत्यु उपरांत जीवन में जाने के बाद सूक्ष्म शरीर को दो तरह का ज्ञान प्राप्त होता है। सबसे पहले उसे यह पता चलता है कि वह मृत्यु को प्राप्त ही नहीं हुआ है। फिर उसे नीचे लिखा हुआ दूसरा अहम रहस्य भी ज्ञात होता है।

पृथ्वी पर मृत्यु से कुछ समय पूर्व मनुष्य को लगता है, 'मैं मर रहा हूँ' मगर मृत्यु के बाद उसका यह भ्रम भी दूर हो जाता है। मनुष्य जब अपने स्थूल शरीर को जलते अथवा दफन होते हुए देखता है तब उसके सामने दूसरा रहस्य खुलता है, 'अरे, मैं वह शरीर नहीं था, जिसे मैं अपना होना मानता रहा।'

मृत्यु उपरांत जीवन में रचनात्मक कार्यों के अनेक अवसर हैं। प्रेम, सेवा और आनंद उत्सव मनाने के हजारों कारण हैं। वहाँ विचारों की गति इतनी तीव्र (अधिक) होती है कि मनुष्य की रचनात्मकता और निर्माण क्रियाएँ अपने आप विस्तारित होती हैं।

सूक्ष्म जगत में मनुष्य अपनी चेतना के स्तर तथा अलग-अलग तरंग के अनुसार उपखण्डों में जाता है। पृथ्वी पर इंसान की जैसी तैयारी होती है, वैसी तरंग के अनुसार वह सूक्ष्म जगत में प्रवेश करता है। वहाँ पर किसी भी प्रकार का पक्षपात नहीं चलता।

मृत्यु उपरांत जीवन में धन की कोई भूमिका या महत्व नहीं है। मनुष्य वहाँ पेट और पेट्रोल से मुक्त होता है। पेट से मुक्ति यानी धन कमाने से मुक्ति। वहाँ एक जगह से, दूसरी जगह जाने के लिए वाहन की आवश्यकता नहीं होती इसलिए पेट्रोल से भी मुक्ति मिलती है। पेट का पेट्रोल है भोजन और वाहन का भोजन है पेट्रोल। इन दोनों से मुक्ति है महाजीवन।

मनुष्य पृथ्वी पर थोड़े समय के लिए आया है, यह बात वह भूल चुका है। मृत्यु की जानकारी प्राप्त होने के पश्चात् मनुष्य मृत्यु उपरांत जीवन में जाने के लिए जो गुण विकसित करेगा, वे गुण उसके पृथ्वी के जीवन को भी सुंदर बनाएँगे।

गलत वृत्तियाँ, आदतें छूटने के पश्चात् ही जीवन का उच्चतम चुनाव हो सकता है। पृथ्वी पर ऐसी पात्रता बहुत कम लोगों में तैयार होती है। पृथ्वी पर यदि सभी लोगों को यह ज्ञात हो जाए कि हमारी आगे की यात्रा महाजीवन में होनेवाली है और वहाँ हमारी पृथ्वी की आदतें सहयोग नहीं करनेवाली हैं तो तुरंत उनके व्यवहार में परिवर्तन आ सकता है। तो आइए, मृत्यु की सही समझ पाकर, महाजीवन की यात्रा शुरू करें।

... सरश्री

प्राक्कथन

मरना मना है
नया आयाम, नया जीवन

यदि मृत्यु उपरांत जीवन है तो फिर सवाल आता है कि हम मृत्यु किसे कहें? फिर तो मृत्यु को अल्पविराम कहना चाहिए। यदि मृत्यु उपरांत जीवन नहीं है तो हम मृत्यु को मृत्यु क्यों कहें? फिर तो मृत्यु को राहत ही कहना चाहिए।

'मृत्यु उपरांत जीवन' इस विषय को शब्दों में समझाना असंभव है। कारण मृत्यु के पश्चात् मनुष्य के जीवन का आयाम बदल जाता है। इस नवीनतम जीवन के नए आयाम में संवाद, समय, अनुभव इत्यादि सब कुछ भिन्न हैं। उदाहरणस्वरूप- किसी अंधे को आप प्रकाश के विषय में कैसे समझा सकते हैं? आप उसे दूसरी इंद्रियों का संदर्भ (Reference) देकर ही समझाने का प्रयास करेंगे। आप उसे बताएँगे कि जैसे आवाज कान से टकराती है तो हमें सुनाई देता है, वैसे ही दृश्य आँखों से टकराते हैं तो हमें देखने का अनुभव होता है। यह बात सुनकर शायद अंधा अपने ज्ञान से कुछ बातें समझ पाए। उसी तरह इस पुस्तक के द्वारा 'मृत्यु उपरांत जीवन' की वह समझ देने का प्रयास किया गया है, जो वास्तव में शब्दों से परे है।

सरश्री कहते हैं कि 'मृत्यु उपरांत जीवन का ज्ञान यदि आपका वर्तमान बदलता है, आपके वर्तमान को सुंदर और सकारात्मक बनाता है तो ही यह ज्ञान आपने समझा है, अन्यथा ज्ञान के नाम पर आप किसी और कल्पना में भ्रमित हो गए हैं। यह ज्ञान केवल बुद्धि के भ्रम को दूर करने के लिए नहीं है बल्कि यह ज्ञान पूरा जीवन बदलने और रूपांतरण करने के लिए है। अधूरा ज्ञान पाकर लोगों का भय और बढ़ जाता है। वास्तव में यह ज्ञान हर प्रकार के भय को दूर करने के लिए है।'

'मृत्यु व मृत्यु उपरांत जीवन' हमेशा से एक ऐसा विषय रहा है, जिस पर लोगों के कई अनसुलझे और अनुत्तरित प्रश्न होते हैं क्योंकि इस विषय पर लोगों को बहुत ही कम जानकारी है। प्रस्तुत पुस्तक अलग-अलग समयों पर सरश्री द्वारा 'मृत्यु व मृत्यु उपरांत जीवन' इस विषय पर लिए गए प्रवचनों पर आधारित है। जिसमें आपको मृत्यु संबंधी अनेक गहरे प्रश्नों के उत्तर मिलेंगे। पाठकों से यह विनती है कि इस पुस्तक को बिना किसी पूर्वाग्रह के पढ़ें।

मृत्यु क्यों होती है? मृत्यु का भय क्यों दिया गया है? क्या मृत्यु ही एक मात्र सत्य है? क्या मृत्यु उपरांत जीवन है? ऐसे कई प्रश्न हमारे अंदर होते हैं। इस पुस्तक में आपको न सिर्फ इन सभी प्रश्नों के उत्तर मिलेंगे बल्कि मृत्यु के विषय में आपकी जो भी मान्यताएँ और भय हैं, वे भी प्रकाश में आएँगे। पुस्तक पढ़ते वक्त आप इस बात का ध्यान अवश्य रखें कि भाषा की सरलता पुस्तक का महत्व कम न करे। यह बहुत ही महत्त्वपूर्ण विषय है लेकिन इसके महत्त्वपूर्ण होने के साथ-साथ इस विषय के बारे में अधूरी जानकारी होनी बहुत ही खतरनाक सिद्ध हो सकता है। इसलिए सरश्री जब भी इस विषय पर संदेश देते हैं तब हॉल में पहले ही यह घोषणा (Announcement) की जाती है कि 'आधे प्रवचन से उठकर बाहर जाना मना है, यदि कोई जाना चाहे तो वे अभी उठकर जा सकते हैं।' इसलिए यह पुस्तक भी आपको पूरी पढ़नी है। आधी पुस्तक पढ़कर कृपया कोई अनुमान न लगाएँ।

कुछ लोग जीवन से तंग आ जाते हैं इसलिए आत्महत्या करने का विचार उनके मन में आता है। ऐसे लोगों के लिए यह पुस्तक मार्गदर्शन का काम भी करेगी। क्या आत्महत्या करना समस्या का समाधान है? आत्महत्या क्यों नहीं करनी चाहिए? जीवन का महत्व क्या है? आत्महत्या करने के पश्चात् कौन सी समस्याएँ आती हैं? समस्याओं से क्यों न भागें?... ऐसे कई प्रश्नों पर यह पुस्तक मार्गदर्शन देती है।

यह पुस्तक उन लोगों के लिए है जिनकी उम्र १८ वर्ष से अधिक है। यह पुस्तक पढ़ना देश की सरकार द्वारा सभी के लिए अनिवार्य की जानी चाहिए क्योंकि सरकार नहीं चाहती कि लोग आत्महत्या करें। आत्महत्या की कोशिश करनेवालों को जेल में डाल दिया जाता है परंतु इससे वे कुछ सीख नहीं पाते। इसलिए यह पुस्तक सभी जेलों में वितरित की जानी चाहिए ताकि कैदी जान पाएँ कि उनका तथा औरों का जीवन (जिसे वे समाप्त करते हैं), कितना अमूल्य है और आत्महत्या करने के बाद भी समस्या सुलझती नहीं है। यह पुस्तक सरकार की इस समस्या को अवश्य दूर कर सकती है।

यदि आपका 'संपूर्ण लक्ष्य' शिविर हुआ है तो यह पुस्तक पढ़कर आपकी साधना और गहरी हो जाएगी। यदि आपने यह शिविर नहीं किया है तो यह पुस्तक पढ़कर आपकी सत्य की खोज शुरू हो जाएगी।

तो आइए, इस पुस्तक के साथ शुभ आरम्भ करें एक ऐसे जीवन का, जहाँ कोई मृत्यु नहीं है। ऐसा जीवन जो 'महाजीवन' कहलाता है...।

धन्यवाद!

मृत्यु शब्दावली

इन शब्दों के अर्थ याद रखें

शब्द	अर्थ
सूक्ष्म शरीर	अॅस्ट्रल बॉडी, सटल बॉडी, स्कूटर, मनोमय कोश
कठोपनिषद	यमराज (मौत) की उपस्थिति में नचिकेता (जीवन)
रूपहली डोर	सिलवर कॉर्ड, स्थूल और सूक्ष्म शरीर को जोड़नेवाली लचीली तार
सूक्ष्म जगत	परलोक, अॅस्ट्रल प्लेन, दूसरी दुनिया, सूक्ष्म शरीरों का जगत
स्थूल शरीर	भौतिक शरीर, हड्डी व माँस का शरीर, फिजीकल बॉडी
	बाहरी शरीर, अन्नमयी शरीर, दिखाई देनेवाली काया, कार, कोट
भूलोक	पृथ्वी, वह स्थान जहाँ मनुष्य जीवित अवस्था में रहता है
प्राणमयी कोश	प्राणमयी शरीर, इथिरिक बॉडी, श्वास, स्वेटर
कारण शरीर	विज्ञानमयी कोश, कैजुअल बॉडी, सूक्ष्मतम शरीर
उपखण्ड	चेतना के अलग-अलग स्तर, सेवन प्लेन, क्षेत्र
मृत्यु	नकली मौत, भौतिक शरीर का- आकाश, जल, वायु, अग्नि, पृथ्वी से मिल जाना, पडाव, अन्नमयी व प्राणमयी शरीर का मिटना
सेल्फ	चेतना, अशरीरी, स्वसाक्षी, ईश्वर
आत्महत्या	स्व शरीरहत्या
समाधि	समय आधि, समय से पहले चेतना की अवस्था, स्वेच्छा से मृत्यु में प्रवेश, सजग मृत्यु, आयोजित मृत्यु

शब्द	अर्थ
सविकल्प समाधि	सहारे (विधि) के साथ समाधि की अवस्था
निर्विकल्प समाधि	बिना सहारे समाधि की अवस्था
आयाम	डायमेंशन, पहलू, लंबाई, चौडाई, गहराई
स्वर्ग	स्व का अर्क, इसेंस, उच्च सूक्ष्म उपखण्ड (स्तर)
नरक	स्व से परे, निम्न सूक्ष्म उपखण्ड (स्तर)
सबक	पाठ, लेसन्स, पृथ्वी की पाठशाला का पाठ्यक्रम
आत्मा	सूक्ष्म शरीर। आत्मा शब्द आज भ्रमित करनेवाला शब्द बन चुका है क्योंकि यह शब्द सूक्ष्म शरीर और सेल्फ (चेतना) दोनों के लिए इस्तेमाल किया जाता है। कभी यह कहा जाता है कि आत्मा अमर है और कभी कहा जाता है कि सूक्ष्म शरीर भी शरीर है, सूक्ष्म शरीर की मौत होती है। इस तरह एक ही शब्द को दो बातों के संदर्भ में इस्तेमाल करने की वजह से यह शब्द अध्यात्म में उलझनें बढाता रहा है। डरावनी फिल्मों में आत्मा शब्द, सूक्ष्म शरीर के लिए बताकर भयानक दृश्य दिखाए जाते हैं। ये फिल्में देखकर लोग अपने अंदर आत्मा की खोज करना बिलकुल नहीं चाहते। इसलिए इस शब्द का प्रस्तुत पुस्तक में बिलकुल कम उपयोग किया गया है। लेकिन पाठक सदैव यह बात ध्यान में रखें कि वे फिल्मों में जब भी आत्मा शब्द सुनें तब उसे सूक्ष्म शरीर समझें। आत्मा शब्द आध्यात्मिक शब्द है, जो आज अपना वास्तविक अर्थ खो चुका है। कई समझदार लोग भी आत्मा और सूक्ष्म शरीर के इस अंतर को नहीं समझ पाते।

खण्ड १
मृत्यु की समझ

अध्याय - १

मृत्यु सबसे बड़ी शिक्षक है

अंतिम वरदान

विश्व का प्रत्येक इंसान और हर घटना हमारी शिक्षक है। कुछ शिक्षक नरम होते हैं और कुछ कठोर होते हैं लेकिन मृत्यु एक ऐसी शिक्षक है, जो बाहर से तो कठोर दिखाई देती है परंतु अंदर से वह मुलायम व सुंदर है। मृत्यु को सचमुच एक शिक्षक का रूप देकर कठोपनिषद (एक धार्मिक पुस्तक) में एक अनोखा प्रयोग किया गया है।

प्रत्येक उपनिषद, वेद-वेदांत मनुष्य को एक ही वस्तु की तरफ इशारा करते हैं। जिन ऋषियों ने परम ज्ञान (आत्मसाक्षात्कार) प्राप्त किया, उन्होंने प्रत्येक मनुष्य की उन्नति के लिए इन ग्रंथों द्वारा कुछ संकेत दिए हैं। हालाँकि यह ज्ञान सिर्फ मौन में ही समझा जा सकता है, फिर भी मूर्तियों, कथा-कहानियों, त्योहारों और भजनों द्वारा इस ज्ञान की तरफ संकेत किए गए हैं। इंसान इस लोक में रहकर ही परलोक की बातें क्यों समझे, इसका महत्व उपनिषदों में कहानियों द्वारा बताया गया है, साथ ही साथ ये कहानियाँ हमें परलोक की कुछ बातें समझने में भी मदद करती हैं। अन्य उपनिषदों की भाँति कठोपनिषद भी एक श्रेष्ठ उपनिषद है। इस उपनिषद में मौत की सच्चाई पर एक वृत्तांत द्वारा प्रकाश डाला गया है। इस वृत्तांत को पढ़कर मृत्यु के विषय में आपकी जिज्ञासा बढ.जाएगी।

कठोपनिषद में नचिकेता की एक बड़ी सुंदर कथा है। इस कथा के अनुसार,

वाश्रव वंश के उद्दालक नामक पंडित ने विश्वजीत यज्ञ किया। जिसमें अपना सर्वस्व, संपत्ति, घर, पशु, अहंकार दान कर दिया जाता है। लेकिन यज्ञ में अहंकार की भी आहुति दी जाती है, यह बात वे समझ ही नहीं पाए।

उद्दालक ऋषि का नचिकेता नामक एक तेजस्वी पुत्र भी था। छोटी आयु से ही वह बहुत विचारवंत, श्रद्धालु तथा गंभीर बालक था। उसने देखा कि जो गायें दान के लिए लाई जा रही थीं, उनमें से अनेक गायें वृद्ध थीं। वे न तो घास खा सकती थीं और न ही पानी पी सकती थीं। वे दूध भी नहीं देती थीं। बालक ने सोचा, ऐसी गायें जिसके भी पास पहुँचेंगी, उनके लिए बोझ ही बन जाएँगी। पिताजी को इस प्रकार के दान से पाप लगेगा। वे ऐसे अलग लोकों में जाएँगे, जहाँ उन्हें सुख प्राप्त नहीं होगा। इस पापपूर्ण कार्य को कम करने का कोई उपाय खोजना चाहिए तथा पिताजी को इससे अवगत कराना चाहिए।

वह अपने पिता के पास पहुँचा और उन्हें इस अनुचित कर्म के प्रति सचेत किया लेकिन नचिकेता के पिता दान लेनेवाले लोगों की भीड़ से इस प्रकार घिरे थे कि उन्होंने अपने पुत्र की बात पर ध्यान ही नहीं दिया। तब नचिकेता ने और कोई उपाय न देखकर यह विचार किया, 'पिताजी का पाप कम करने के लिए यह अच्छा रहेगा कि वे मुझे दान कर दें क्योंकि मैं भी तो उनकी संपत्ति के समान ही हूँ। इससे उनका कुछ पाप कम हो जाएगा। मैं जिसके भी पास दान के रूप में जाऊँगा, उनकी खूब सेवा करके उन्हें संतुष्ट रखूँगा।'

उद्दालक ऋषि और नचिकेता के बीच वार्तालाप

फिर नचिकेता ने अपने पिता से बार-बार यह पूछना प्रारम्भ किया कि वे उसे किसे दान कर रहे हैं? बार-बार पूछने से पिता परेशान हो गए, उन्हें क्रोध आ गया और वे बोले, 'मैं तुम्हें यमराज को दान कर दूँगा।' बिना सोचे-समझे पिताजी

के मुख से निकले वचनों को पुत्र ने सत्य वचन मान लिया।

अनेक बार ऐसा होता है कि जब कोई इंसान किसी से बहुत तंग आ जाता है तो उसके मुख से क्रोध में गलत बातें निकल जाती हैं, जैसे 'मरता भी तो नहीं' या 'पैदा होते ही मर क्यों नहीं गया,' इत्यादि। इसी प्रकार की बात क्रोध में उद्दालक ऋषि के मुख से भी निकल गई। अब तो नचिकेता ने जो कुछ सोचा था सब उलट गया, उसका विचार तो यह था कि खुद को दुःख देनेवाली, काम में न आनेवाली वस्तुओं को दान के नाम पर देना यानी अपनी मुसीबत को धोखे के साथ उस इंसान के गले में डालना, जो उसे दान समझकर ले रहा है। उद्दालक ऋषि को पुत्र के ये विचार समझ में नहीं आए और वे क्रोध में ऐसे वचन कह बैठें, जो सामान्य स्थिति में होने पर कभी भी नहीं कहते।

यमलोक में नचिकेता

पिता की आज्ञा का पालन करने हेतु नचिकेता ने यमराज के द्वार की ओर प्रस्थान किया। मार्ग में वह विचार करने लगा, 'पुत्र तथा शिष्य तीन प्रकार के होते हैं - प्रथम श्रेणी के वे जो अपने पिता या गुरु की इच्छा अनुरूप कार्य करते रहते हैं, द्वितीय श्रेणी के वे जो उनका आदेश मिलने पर तुरंत कार्य करते हैं और तृतीय श्रेणी के स्पष्ट आज्ञा मिलने पर भी कार्य नहीं करते। ये तीनों शिष्य, उत्तम, मध्यम तथा निम्न श्रेणी में आते हैं। मैं यदि उत्तम नहीं तो मध्यम श्रेणी में आता हूँ, निम्न तो कभी भी नहीं। मैंने सदा अपने पिता की आज्ञा का पालन किया है, फिर उन्होंने ऐसा क्यों कहा कि मुझे वे मृत्यु को सौंप रहे हैं। हो सकता है कि यमराज के किसी कार्य को पिताजी मेरे द्वारा पूर्ण करवाना चाहते हों।' इसी प्रकार सोच-विचार करता वह यमराज के द्वार पर पहुँच गया। वहाँ जाकर उसे पता चला कि यमराज तो घर पर नहीं हैं, वे कहीं बाहर गए हुए हैं। **मनुष्य जब मौत (यमराज) से दूर भागता है तब मौत सदा परछाईं की तरह उसे अपने सिर पर मंडराती हुई दिखाई देती है लेकिन जब वह खुद मौत के पास पहुँचता है तब मौत दूर चली जाती है।** नचिकेता को मृत्यु से बिलकुल भय नहीं लगता था इसलिए वह निर्भय होकर यमराज के पास पहुँचा लेकिन वहाँ यमराज मौजूद नहीं थे। नचिकेता ने प्रण किया था कि वह उनसे मिलकर ही जाएगा इसलिए वह बिना कुछ खाए-पीए, भूखा-प्यासा तीन दिन तक उनके घर पर ही प्रतीक्षा करता रहा।

यमलोक में यमराज की प्रतीक्षा करते हुए नचिकेता

तीन दिन पश्चात् यमराज घर लौटे। उनकी पत्नी ने उन्हें बताया, 'एक ब्राह्मण बालक अतिथि के रूप में तीन दिन से बिना अन्न-जल ग्रहण किए आपकी प्रतीक्षा में बैठा है। जिस प्रकार भी हो, आप उसकी सेवा करके उसे शांत कीजिए और अपना अतिथि धर्म (अतिथि देवो भव) निभाइए।'

यमराज का वर प्रदान

यमराज जल लेकर नचिकेता के पास गए। उन्होंने अपनी मीठी वाणी से उसे नमस्कार करते हुए, उसके हाथ-पैर धुलवाए, एक शुद्ध एवं सुखद आसन पर उसे बिठाया तथा भोजन आदि देकर उससे प्रतीक्षा करवाने लिए क्षमा माँगी। फिर वे बोले, 'हे ब्राह्मण अतिथि, यदि किसी के घर आने पर घर का स्वामी न मिले और अतिथि को उसकी प्रतीक्षा में तीन दिन तक भूखा रहना पड़े तो उस स्वामी से बढ़कर और दुर्भाग्यशाली इंसान कौन होगा? उसके तो सारे पुण्य ही नष्ट हो जाएँगे। आप कृपा करके पहले भोजन ग्रहण कर संतुष्ट हो जाइए।' यमराज ने आगे कहा, 'आप मेरे द्वार पर तीन दिन भूखे-प्यासे रहे हैं। इसके बदले में मैं आपको तीन वरदान देता हूँ। आपकी जो भी इच्छा हो माँग लें, मैं उन्हें पूरा करूँगा।' नचिकेता यमराज की मीठी वाणी, उनका सद्व्यवहार तथा उनकी सेवा से पूरी तरह संतुष्ट हो गया।

यमराज नचिकेता का आतिथ्य करते हुए

उसने यमराज से तीन वर माँगने का निश्चय किया।

यह एक कहानी है, इससे मृत्यु के बारे में सीखें। न कि कहानी में उलझकर वाद-विवाद में पड़ें। लोग कहानियों को सच्चा मानकर कहानी के अंशों पर वाद-विवाद करते हैं। इस कहानी द्वारा बताया गया है कि जिसे हम मृत्यु समझते हैं वह मृत्यु नहीं है, जिसे हम जीवन समझते हैं वह जीवन नहीं है। नचिकेता जीवन का प्रतीक है। बच्चा जीवन का प्रतीक होता है। बूढा मृत्यु का प्रतीक होता है। नचिकेता शुद्ध जीवन है जहाँ सांसारिक ऊहापोह नहीं है। शुद्ध जीवन जब मृत्यु से वार्तालाप करेगा तब क्या होगा? तब परम ज्ञान का उदय होगा। इसलिए हर मनुष्य को मृत्यु के विषय में विस्तार से जानना चाहिए।

यदि आपको डॉक्टर बनना है तो डॉक्टरों से वार्तालाप करना चाहिए, वकील बनना है तो वकीलों से वार्तालाप होना चाहिए। उसी प्रकार जब आपको अंतिम सत्य का ज्ञान चाहिए तो आपका गुरु से ही वार्तालाप होना आवश्यक है। कई लोग अनुचित मार्ग का अनुसरण करके सत्य की खोज का विफल प्रयास करते हैं।

आइए अब जानें कि नचिकेता ने कौन से तीन वर माँगे? उन वरों का हमारे जीवन में क्या उपयोग है? उनसे हमें क्या सीखना है?

नचिकेता के तीन वर

१) पिता के लिए सुख-शांति

नचिकेता ने पहला वर यह माँगा, 'जब मैं यहाँ से लौटकर जाऊँ तो पिता क्रोधरहित हो जाएँ तथा वे शांत चित्त से संतुष्ट होकर मुझसे प्रेमपूर्वक व्यवहार करें। उन्हें मेरी ओर से आयु के शेष दिनों में कोई चिंता न सताए। वे नित्य सुखपूर्वक सो सकें।'

यमराज ने 'तथास्तु' अर्थात् 'ऐसा ही हो' कहा और बोले, 'मेरी प्रेरणा से तुम्हारे पिता तुम्हें देखकर बहुत प्रसन्न होंगे। वे यह भूल जाएँगे कि तुम मृत्यु के घेरे से छूटकर वापस आए हो। उन्हें इस विषय में कभी कोई चिंता नहीं सताएगी तथा वे अपने जीवन में सुख-शांतिपूर्वक रहेंगे।' इस प्रकार पहले वर में नचिकेता ने अपने जन्मदाता पिता के लिए सुख माँगा।

२) सभी के सुख के लिए स्वर्गसाधनभूत अग्नि विद्या

दूसरे वर में नचिकेता ने सभी के सुख के लिए वर माँगा। नचिकेता ने यमराज से कहा, 'मैंने ऐसा सुना है, कोई ऐसा लोक भी है जहाँ सदा सुख ही सुख है, दुःख नाम का कोई निशान भी नहीं है। वहाँ भूख-प्यास जैसी कोई चीज नहीं है तथा न तो मनुष्य वहाँ बूढा होता है और न मरता है। उसे स्वर्ग कहा जाता है। उसे प्राप्त करने के लिए जिस यज्ञ को किया जाता है, जो अग्नि विद्या इस्तेमाल होती है, उसे आप जानते हैं। कृपा करके उस यज्ञ का पूरा ज्ञान मुझे देने का कष्ट करें।'

यमराज ने बड़ी प्रसन्नता से नचिकेता के समक्ष उस यज्ञ की पूरी विधि का विस्तारपूर्वक वर्णन किया। यज्ञकुण्ड को कैसे बनाया जाए, कितनी ईंटें किस प्रकार से व्यवस्थित की जाएँ तथा यज्ञ किस प्रकार किया जाए, कौन से मंत्र आदि उच्चारित किए जाएँ। अंत में नचिकेता की परीक्षा लेने के लिए उन्होंने उससे कहा कि 'जो कुछ मैंने बताया है उसे तुम विस्तार के साथ फिर से मुझे सुनाओ।' नचिकेता ने हू-ब-हू एक-एक शब्द उन्हें सुना दिया। इससे यमराज उसकी स्मरण शक्ति तथा योग्यता को देखकर बहुत प्रभावित हुए और उन्होंने उसे यह वरदान भी दे दिया कि 'आज से यह स्वर्ग की प्राप्ति संसार में प्रसिद्ध होगी।' उन्होंने अनेक प्रकार के यज्ञों का विधान भी नचिकेता को समझाया।

यमराज को यह पता नहीं था कि बालक तीसरा वर क्या माँगेगा। अज्ञान में इंसान सुख माँगता है, स्वर्ग माँगता है, सिद्धियाँ माँगता रहता है। यमराज को लगा कि स्वर्ग में जाने का मार्ग वह अपने लिए माँग रहा है लेकिन नचिकेता ने वे वर अपने लिए नहीं माँगे थे। बालक के मन में तो सभी का मंगल छिपा हुआ था।

३) आत्मरहस्य

अब नचिकेता ने तीसरा वर माँगा जो अत्यंत गूढ़ था। उसने यमराज से कहा, 'जब कोई मनुष्य मृत्यु को प्राप्त होता है तब कुछ विद्वान कहते हैं कि मनुष्य के मृत्यु को प्राप्त होते ही सब कुछ समाप्त हो जाता है, कुछ शेष नहीं रहता। जैसे ये पेड़-पौधे एक दिन सूख जाते हैं, पशु-पक्षी मर जाते हैं और सड़-गलकर पृथ्वी में ही विलीन हो जाते हैं, उसी तरह मनुष्य की मृत्यु के बाद भी कुछ नहीं बचता। दूसरे कुछ विद्वान यह कहते हैं कि 'केवल शरीर मरता है, उसके अंदर जो आत्मा होती है, वह अमर है, जो कभी नहीं मरती। जब वह निकल जाती है तभी शरीर मरता है।' वह आत्मा शरीर से निकलकर अपने कर्मों के अनुसार स्वर्ग और नरक को प्राप्त होती है तथा पुनः जन्म लेती है, वह कर्मों के अनुसार शरीर धारण करती है और फिर पूर्वजन्मों में किए गए कर्मों का फल भोगती है तथा नए कर्म करती है। जब तक वह परमात्मा को प्राप्त नहीं कर लेती, इसी प्रकार जन्म ग्रहण करती रहती है और जीवन-मृत्यु के घेरे में फँसी रहती है। इन दोनों में क्या सत्य है यह निश्चय करके आप मुझे बताइए ताकि मैं यह भली-भाँति समझ जाऊँ?'

यहाँ पर भली-भाँति का अर्थ है अनुभव से जान जाऊँ। जो ज्ञान केवल बुद्धि से समझा जाता है वह मात्र जानकारी है। जो ज्ञान अनुभव से प्राप्त किया जाता है वह सच्चा ज्ञान है। सच्चे ज्ञान से ही जीवन में सही निर्णय होते हैं और मनुष्य निःस्वार्थ प्रेम से जीवन जीता है।

यह कथा अत्यंत प्राचीन काल से चली आ रही है। प्रारम्भ से मनुष्य इन्हीं प्रश्नों में भ्रमित है कि मृत्यु के पश्चात् क्या होता है? मृत्यु के बाद कोई जीवन है या नहीं? क्या मृत्यु ही अंतिम सत्य है? क्या मृत्यु से बचा जा सकता है? इन प्रश्नों को शब्दों में समझना प्रारम्भ से ही कठिन रहा है लेकिन वर्तमान युग की वैज्ञानिक भाषा में कुछ तथ्यों को समझा जा सकता है। यह वैज्ञानिक भाषा आज से पहले कभी उपलब्ध नहीं थी।

तीसरा सवाल सुनकर यमराज चौंक गए। वे जो अनुमान उस बालक के लिए लगा रहे थे, वे गलत निकले। बहुत कम लोग इस प्रकार के प्रश्न पूछते हैं। जैसे सभी लोग दर्पण देखते हैं लेकिन बहुत कम लोगों में दर्पण देखकर यह प्रश्न उठता है, 'क्या यही मैं हूँ?' 'अगर मैं यह शरीर नहीं तो फिर मैं कौन हूँ?' उसी प्रकार बहुत कम लोग मृत्यु के बारे में जानना चाहते हैं। अधिकांश लोग मृत्यु के नाम से ही डरते हैं। मृत्यु के बारे में वे कुछ भी सुनना नहीं चाहते इसलिए उन्हें श्मशान घाट, कब्रिस्तान शहरों से दूर रखे जाते हैं ताकि जीवन में मृत्यु की याद न आए।

यमराज ने मृत्यु से संबंधित नचिकेता के प्रश्न सुनकर यह जानने की कोशिश की कि क्या नचिकेता वास्तव में इन प्रश्नों के प्रति गंभीर है? वह सचमुच सच्चा जिज्ञासु है अर्थात गंभीरता के साथ जानना चाहता है या ऐसे ही पूछ रहा है? यमराज ने यह जानने तथा नचिकेता की पात्रता परखने के लिए उससे कहा, 'नचिकेता, इस प्रश्न को तुम मत पूछो। यह बहुत कठिन प्रश्न है। पहले भी बहुत लोग इस प्रश्न का उत्तर जानने के प्रयास में उलझ गए हैं। यहाँ तक कि देवता भी इस प्रश्न को हल नहीं कर सके हैं। बताने पर भी वे इसे समझ नहीं पाए हैं। इस प्रश्न को समझना और समझाना बहुत मुश्किल है। इसकी अपेक्षा तुम मुझसे दूसरे अनेक वर माँग लो।' इस प्रकार से यमराज ने नचिकेता का ध्यान दूसरी ओर आकृष्ट करना चाहा। कार्य को कठिन बताकर या कोई दूसरी लालच देकर लोगों का ध्यान भटकाया जा सकता है। यमराज ने दोनों काम किए अर्थात् नचिकेता को अनेक वर माँगने का लालच दिया तथा यह विषय अति कठिन है बताकर, उसके मन में भय उत्पन्न किया।

परंतु नचिकेता अपने लक्ष्य के प्रति अडिग था। यमराज की बातों का उस पर किसी भी प्रकार का प्रभाव नहीं पड़ा। उसने कहा, 'इससे श्रेष्ठ और कोई दूसरा वर है ही नहीं। फिर आप जैसा विद्वान महात्मा जो इस प्रश्न का उत्तर जानता है, दूसरा मुझे कहाँ मिलेगा इसलिए मुझे आप यही वर दीजिए।'

यमराज ने अलग-अलग उपायों से नचिकेता को पथभ्रष्ट करना चाहा। उन्होंने नचिकेता को यहाँ तक कहा कि तुम तो मुझे इस तरह सता रहे हो, जैसे कोई साहुकार ऋण लेनेवाले को सताता है। यह विषय समझाना मेरे लिए भी बहुत कठिन है। फिर यमराज ने उसे संसार तथा स्वर्ग के भोग, यहाँ तक कि सारी पृथ्वी का राज्य, लंबी आयु, धन-संपत्ति इत्यादि का प्रलोभन देकर ललचाना चाहा। यह सब उन्होंने नचिकेता की सच्ची इच्छा तथा जिज्ञासा जानने के लिए किया। लेकिन नचिकेता

किसी भी प्रकार के लोभ-लालच तथा दबाव में न आकर परीक्षा में उत्तीर्ण हुआ।

नचिकेता ने सब बातें सुनकर यमराज से कहा, 'आप जैसे अलौकिक, सिद्ध, महाज्ञानी महात्मा का सत्संग पाकर कोई मूर्ख ही संसार और स्वर्ग के भोगों में फँसेगा। मुझे तो आप मेरे प्रश्न का उत्तर देने की ही कृपा करें। मैं और कोई दूसरा वर नहीं माँगता।' यमराज नचिकेता के इस उत्तर से बहुत प्रसन्न हुए। उन्होंने नचिकेता को अपने व्यवहार का कारण बताया कि उन्होंने तो नचिकेता की परीक्षा ली थी कि क्या वास्तव में इस कठिन प्रश्न को वह जानना चाहता है। फिर उन्होंने तीसरे वर का उत्तर दिया-

'प्रत्येक पेड़-पौधे, पशु-पक्षी तथा मनुष्य सभी में आत्मा तत्त्व (चेतना) है। यह आत्मा इंसान के शरीर द्वारा व्यक्त है, जो परमात्मा का अंश है। परमात्मा अव्यक्त है जो सबसे पहले था, सबके साथ है, सबके बाद रहेगा। अव्यक्त यानी परब्रह्म जो ब्रह्मा के भी परे है। ब्रह्मा, विष्णु और महेश ये तीन देव माने गए हैं। इन तीनों के रचयिता, जिसे और कोई उत्पन्न नहीं कर सकता, वह परब्रह्म है। तमेव विद्वान विभाय मृत्यो: उस चेतना को जान लेने पर मनुष्य मृत्यु से नहीं डरता।'

'समय के साथ शरीर नष्ट होते हैं लेकिन चेतना कभी नष्ट नहीं होती, वह अमर है। व्यक्त जब अव्यक्त था तब यह संसार नहीं था। व्यक्त जब अव्यक्त की माया से, शरीर से जुड़ा तब व्यक्ति का जन्म हुआ। व्यक्ति में अहंकार ने मृत्यु का भय उत्पन्न किया। तब से व्यक्ति में अपनी मृत्यु का भय व्याप्त है। जब व्यक्ति से अहंकार, ज्ञान अग्नि से नष्ट होगा तब व्यक्त अपनी अभिव्यक्ति बिना भय के कर पाएगा।'

'मनुष्य जैसे कर्म करता है, उसके अनुसार फल भोगता है तथा आगे, परलोक की यात्रा में विकास करता है या अधोगति प्राप्त कर सुख-दुःख के आवरण में घिरा रहता है।'

'जीने के दो रास्ते हैं एक 'प्रेय मार्ग' और दूसरा 'श्रेय मार्ग।' जो संसार के भोगों में फँसा है अर्थात जितना हमें अपने तथा अपने परिवार के लिए आवश्यक है उससे अधिक बटोरने में, इकट्ठा करने में लगा है, बिना इस तथ्य का विचार किए कि दूसरों पर इसका क्या प्रभाव पड़ता है, वह प्रेय मार्ग पर चल रहा है। वह हमेशा सुख-दुःख तथा मरने-मारने के चक्कर में फँसा रहेगा। इसके विपरीत जो अच्छे

कर्म करता है, दूसरों के हित में लगा हुआ है, किसी को कभी कोई कष्ट नहीं देता, अपने माता-पिता, गुरु की आज्ञा पालन करता है तथा सेवा में लगा है, ज्ञान प्राप्ति में व्यस्त है तथा भगवान का भजन-पूजन करता है, अच्छे गुणों को अपनाता है, दुर्गुणों से बचता है, विद्वानों तथा अच्छे आचरणवाले लोगों की संगत करता है, वह श्रेय मार्ग का पथिक है। वह संसार में रहते हुए अपने कर्त्तव्य का पालन कर रहा है तथा अपनी आत्मा के कल्याण के लिए सभी अच्छे गुणों को अपनाता है, अच्छे कर्म करता है।'

इस तरह मृत्यु ने स्वयं अपने रहस्य खोले। मृत्यु के साथ वार्तालाप करके नचिकेता मृत्यु के भय से मुक्त हुआ। नचिकेता ने जान लिया कि पृथ्वी पर मानव शरीर में एक अपूर्व तैयारी चल रही है। मृत्यु के बाद भी जीवन है यह सत्य जान लेनेवाला अपने जीवन का एक क्षण भी नहीं गँवाएगा, हर घटना में वह अपने सबक सीखकर अपना धैर्य बढाएगा। नचिकेता को इस ज्ञान से अपने अंदर अव्यक्त का दर्शन हुआ, उसे आत्मसाक्षात्कार प्राप्त हुआ। इस तरह नचिकेता यमराज से ज्ञान पाकर पूर्ण संतुष्ट हो गया। अत्यंत ज्ञानवान, निर्भय तथा विकाररहित होकर वह अपने पिता उद्दालक ऋषि के पास वापस चला आया। नचिकेता विश्व के लिए निमित्त बना ताकि अन्य लोग भी मृत्यु का रहस्य जानकर, निर्भय होकर जीवन जी पाएँ।

इस वृत्तांत के माध्यम से यदि आपकी जिज्ञासा बढी है तो इस पुस्तक को पढ़ना जारी रखें। जल्द से जल्द इस ज्ञान को समझकर आनंद और प्रेम से रहना सीखें। धैर्य और साहस के साथ अपने सबक٭ सीखें क्योंकि हमारी पृथ्वी एक पाठशाला है।

कुछ महत्त्वपूर्ण संकेत :

१) मृत्यु एक ऐसी शिक्षक है, जो बाहर से कठोर होती है लेकिन अंदर से वह नरम व सुंदर है।

२) हर कहानी जीवन और मृत्यु के खेल को समझकर आनंद और प्रेम से जीने का संकेत है।

३) मृत्यु के बारे में जानना है तो मृत्यु से अच्छा कोई शिक्षक नहीं।

٭ सबक - देखें पृष्ठ 171 पर

४) बच्चे शुद्ध होते हैं, छल-कपट से दूर होते हैं इसलिए वे सभी के कल्याण के लिए मृत्यु से आँख मिलाकर प्रश्न पूछ सकते हैं।

५) अनेक माता-पिता अपने बच्चों को नहीं जानते, वे क्रोध में गलत शब्द बोल देते हैं लेकिन बच्चों के मन पर वे शब्द अंकित हो जाते हैं।

६) सभी लोग दर्पण देखते हैं लेकिन बहुत कम लोगों में दर्पण देखकर यह जिज्ञासा जन्म लेती है कि 'क्या यही शरीर मैं हूँ... अगर मैं यह शरीर नहीं तो मैं कौन हूँ?' उसी तरह बहुत कम लोग मृत्यु के बारे में जानना चाहते हैं।

७) अव्यक्त जब व्यक्त होता है तब संसार बनता है। शरीर से जुड़कर अव्यक्त व्यक्ति बनता है। व्यक्ति के अंदर का अहंकार मृत्यु के भय का निर्माण करता है। मृत्यु का ज्ञान हमें निर्भय बनाता है।

८) पृथ्वी पर इंसानी शरीर में एक अपूर्व तैयारी चल रही है, मृत्यु के बाद भी जीवन है, यह सत्य जान लेनेवाला अपने जीवन का एक भी क्षण व्यर्थ नहीं गँवाएगा। हर घटना से वह अपने सबक सीखकर अपना धैर्य बढाएगा।

अध्याय - २

जीवन एक पाठशाला

मृत्यु का भय ही पाठशाला का द्वार है

छोटे बच्चे अकसर पाठशाला नहीं जाना चाहते। वे पाठशाला के नाम से ही डरते हैं। जब भी माता-पिता उन्हें पाठशाला जाने को कहते हैं तो वे अनेक प्रकार के बहाने बनाते हैं, रोते हैं और पाठशाला जाने से बचने का हर मुमकिन प्रयास करते हैं। लेकिन उनके माता-पिता उन्हें जबरदस्ती पाठशाला में छोड़ ही आते हैं क्योंकि वे जानते हैं कि वहीं उनका सच्चा विकास होगा।

पृथ्वी का जीवन भी एक विद्यालय की भाँति है। यहाँ भी बच्चों को पाठशाला में टिकाए रखने के लिए कुछ विशेष व्यवस्था की गई है, आइए इसे समझें। इस पाठशाला के द्वार पर बाहरी तरफ से तो बहुत खूबसूरत चित्र बना हुआ है, जिसे देखकर बच्चा अंदर जाने के लिए तैयार हो जाता है। लेकिन जैसे ही बच्चा अंदर प्रवेश करता है, द्वार बंद हो जाता है। मगर उसी द्वार के पीछे (अंदर से) एक राक्षस का चित्र बना हुआ है। इस चित्र को देखकर बच्चा डर जाता है और इस भय के कारण वह अपनी कक्षा में चला जाता है।

यहाँ यह बात प्रतीकात्मक रूप से बताई गई है। राक्षस का चित्र हमारे जीवन में मृत्यु का प्रतीक है। मृत्यु के भय की वजह से ही हम जीवन की पाठशाला में रह पाते हैं और वे सबक सीखते जाते हैं, जो सीखने के लिए हम यहाँ आए हैं। राक्षस का चित्र (मृत्यु का भय) बच्चे के लिए निमित्त (सहयोगी) है ताकि बच्चा अपने

बाहरी तरफ से पाठशाला का द्वार

अंदर की तरफ से पाठशाला का द्वार

सारे पाठ भली–भाँति सीख पाए। वह अपनी मृत्यु से पहले उतना समय पाठशाला में टिक पाए वरना जब भी वह अपने जीवन की समस्याओं और घटनाओं से हार जाएगा तब अपनी शरीर–हत्या कर लेगा।

इसी उदाहरण को यदि हम आगे समझें तो कुछ और तथ्य सामने आएँगे। अब वह बच्चा पाठशाला में शेष बच्चों के साथ विद्यार्जन करता है। उन बच्चों ने कभी बाहर का संसार देखा ही नहीं। वे बच्चे विद्यालय को ही अपना पूरा संसार मानकर चलते हैं। पाठशाला में कक्षाध्यापक (क्लास टीचर) आते हैं और वे अलग–अलग समय पर, अलग–अलग कक्षा में, अलग–अलग पाठ पढाते हैं। बच्चे भी शिक्षक की बातों को बडे. ध्यान से सुनकर अपने सारे पाठ सीखते हैं। प्रतिदिन यही क्रम चलता रहता है।

बच्चा जब छोटा होता है तो सरल और सुलभ पाठ पढाए जाते हैं। बड़े बच्चों को थोड़े कठिन लेकिन मजेदार पाठ पढाए जाते हैं। यदि कोई बच्चा क्रोधी स्वभाव का है तो उसके पाठ अलग हैं। कोई द्वेष और जलन की भावनाएँ रखता है तो उसके पाठ अलग हैं। कोई भयभीत है, कोई लालची है तो किसी के अपने रिश्तेदारों से संबंध अच्छे नहीं हैं, इन सभी के पाठ अलग–अलग हैं। हर कोई अपने–अपने पाठ सीखने के लिए पाठशाला में आया हुआ है।

पाठशाला के किसी पीरियड में कभी स्वर्ग–नरक की बातें होती हैं तो कभी कर्म और भाग्य की बातें होती हैं। देखा जाता है कि बच्चे बहुत खुश होकर ये सब सीख रहे हैं। बच्चों ने पहले व्याख्यान (लेक्चर) से पढाई को प्रारम्भ किया, दूसरे व्याख्यान में पढाई की बुनियाद तैयार की, फिर तीसरा और चौथा व्याख्यान खत्म हुआ, जिसमें उन्होंने जीवन की कुछ गहराई को समझा।

उसके बाद मध्य अवकाश यानी रिसेस (Recess) हुई। मध्य अवकाश जिसमें बच्चे कक्षा से पहली बार बाहर आए। वे पाठशाला के बरामदे व मैदान में खेलने और टहलने लगे। वहाँ पर उनकी मुलाकात उच्च कक्षा के विद्यार्थियों से हुई। जब उन विद्यार्थियों से बच्चों का वार्तालाप हुआ, तब बच्चों को बड़ी उलझन महसूस हुई। कारण कुछ विद्यार्थियों ने उन्हें बताया कि जीवन के इस पाठशाला का एक प्रधानाचार्य (प्रिन्सिपल) भी है। यह बात बच्चों को पहले मालूम नहीं थी।

पहले बच्चे सोच रहे थे कि शिक्षक ही सब कुछ है, उन्हें यह ज्ञात ही नहीं

था कि पाठशाला का मुख्य संचालक कोई और है। यह स्थिति इंसान के जीवन में तब आती है, जब वह जीवन के खट्टे-मीठे अनुभव लेना शुरू कर देता है। यह स्थिति मध्य अवकाश (रिसेस) के बाद आती है। यहाँ पर मनुष्य जीवन के प्रति नए सिरे से सोचने के लिए विवश हो जाता है। पहली बार उसे ज्ञात होता है कि उसके जीवन को चलानेवाली शक्ति कोई और ही है। वह इसके पहले अपने माता-पिता व शिक्षकों को ही अपना संसार समझ रहा था लेकिन जीवन में आए कुछ विद्वानों के विचार सुनकर वह सोचने पर विवश हो जाता है। जैसे जैसे वह आगे बढ़ता है, मनन व चिंतन से, स्वर्ग और नरक की मान्यता से मुक्त हो जाता है। कर्म और भाग्य की पहेली कुछ-कुछ सुलझने लगती है। अब वह सदैव असली सत्य जानने को उत्सुक रहता है।

पाठशाला के इस उदाहरण से आपने यह भी समझा कि हमारे जीवन में अलग-अलग समय पर अलग-अलग शिक्षक आते हैं, जो हमें उस समय की जरूरत के अनुसार ज्ञान देते हैं। हर ज्ञान समय के अनुसार अपना काम करता है। आगे बढ़नेवाला बच्चा अंतिम ज्ञान (सबक) प्राप्त कर लेता है। जबकि कई बार कोई बच्चा निर्णय न ले पाने के कारण अटक जाता है, भटक जाता है।

जो बच्चे मध्य अवकाश के समय का उपयोग केवल लड़ने-झगड़ने, खेलने-कूदने, खाने-पीने और चिढ़ने-चिढाने के लिए करते हैं, वे जीवन का बहुमूल्य समय गँवा देते हैं क्योंकि मध्य अवकाश के पश्चात् वे अपनी कक्षा में पढाई जानेवाली बातें समझ नहीं पाते। वे आधे मन से ही अपनी कक्षा में भाग लेते हैं। जो बच्चे मध्य अवकाश के समय का उपयोग लोगों से मिलने, संवाद करने, राय लेने, मिल-जुलकर विचार-विमर्श करने के लिए करते हैं, वे जीवन का अवसर पकड़ लेते हैं। ये बच्चे मध्य अवकाश के बाद जब अपनी कक्षा में वापस आते हैं तो उन्हें कक्षा में पढाई जानेवाली बातें पूर्ण रूप से समझ में आने लगती हैं। वे पढाई का आनंद लेने लगते हैं। फिर परीक्षा उन्हें भयपूर्ण नहीं लगती।

इस उदाहरण के माध्यम से आप जीवन की पाठशाला के विषय में कुछ तथ्य समझ सकते हैं। जैसे आप कौन हैं? किस कक्षा में हैं? किस पीरियड (समय अवधि) में पढ़ रहे हैं? ये सारी बातें आपको गहराई से एक-एक करके समझनी हैं ताकि जीवन-मृत्यु के इस खेल में आप महाजीवन प्राप्त कर लें। तो आइए अब ये जानते हैं कि मध्य अवकाश के पश्चात् कक्षा में और क्या-क्या हुआ?

जब बच्चे मध्य अवकाश के बाद वापस कक्षा में आए तो उन्होंने पाया, वहाँ एक नए शिक्षक आए हुए हैं। नए शिक्षक ने बच्चों को तीन बातें बताईं, पहली यह 'यदि मध्य अवकाश में आपको कोई उलझन हुई हो तो मुझसे पूछें, मैं उसे सुलझाऊँगा।' दूसरी यह कि 'इस पाठशाला के एक प्रधानाचार्य (प्रिन्सिपल) भी हैं जो पूरी पाठशाला सँभालते हैं' और तीसरी बात, 'पाठशाला के बाहर भी जीवन होता है।' नए शिक्षक ने आगे कहा, 'इसे मैं आपको एक उदाहरण से समझाता हूँ कि इस पाठशाला में आगे और क्या-क्या होता है।' इस उदाहरण में कुछ संकेत दिए गए हैं, जिन्हें समझने के लिए आपको उन पर मनन करना होगा।

एक कक्षा में पाँच बच्चे पढ़ते थे। वे वर्षभर खूब पढाई करते रहे। एक वर्ष के बाद उनकी परीक्षा हुई, जिसमें दो बच्चे उत्तीर्ण हुए और तीन बच्चे अनुत्तीर्ण हो गए। अनुत्तीर्ण होनेवाले तीन बच्चों में से एक बच्चे का प्रयास अच्छा होने के कारण उसे अनुत्तीर्ण होने के बाद भी आगे की कक्षा में जाने की अनुमति मिली यानी उसे ए.टी.के.टी. (Allowed To Keep Term) मिली। जिससे कुछ विषयों में अनुत्तीर्ण होने के बावजूद भी आप अगली कक्षा में जाकर उसके विषय पढ.सकते हैं लेकिन साथ-साथ आपको पुरानी कक्षा के विषय में भी उत्तीर्ण होना होता है। बाकी दो विद्यार्थी पूरी तरह अनुत्तीर्ण हो गए। क्योंकि दोनों में से एक विद्यार्थी ने तो परीक्षा ही नहीं दी थी इसलिए उसे अनुत्तीर्ण माना गया। दूसरे ने भली प्रकार से पढाई नहीं की थी इसलिए वह अनुत्तीर्ण हो गया।

उन पाँचों विद्यार्थियों को अपनी परीक्षा का परिणाम लाने के लिए केंद्र (बोर्ड) में जाना पड़ा। जब वे वहाँ पर गए, तब उन्हें वहाँ के नियमों के अनुसार अपने-अपने विषय दिखाए गए। जिसने परीक्षा नहीं दी थी यानी ड्रॉप (Suicide) लिया था, वह भी वहाँ पर गया लेकिन उसका तो कोई विषय था ही नहीं। सभी अपने-अपने विषय देख रहे थे। जो उत्तीर्ण हुए थे, वे देख रहे थे कि कैसे उन्होंने सही उत्तर लिखे थे परंतु कुछ उत्तर गलत भी लिखे थे। गलतियों से क्या सीखना चाहिए, वे यही विचार कर रहे थे तथा अगली बार अलग क्या करें इस पर मनन कर रहे थे। जो परीक्षा देकर अनुत्तीर्ण हुआ था और जो A.T.K.T. में आया था, वे दोनों अपनी मोटी-मोटी गलतियाँ देख व समझ रहे थे।

जो दो बच्चे उत्तीर्ण हुए थे, उन्हें बताया गया कि अब आप अगली कक्षा में जाएँगे। उदाहरण के लिए यदि आप पाँचवीं कक्षा में हैं तो अब छठवीं कक्षा में

जाएँगे मगर आपमें से कोई चाहे तो सातवीं कक्षा में भी जा सकता है। आप किस कक्षा में जाना चाहते हैं, यह आप पर निर्भर करता है। दोनों में से एक ने कहा कि 'मैं पाँचवीं से सीधे सातवीं कक्षा में जाऊँगा।' उसे बताया गया कि 'सातवीं का पाठ्यक्रम बहुत कठिन है।' उसे वह पाठ्यक्रम दिखाया भी गया। उस विद्यार्थी ने फिर भी यह चुनौती स्वीकार कर ली। दूसरे विद्यार्थी ने कहा कि 'मैं छठवीं कक्षा में ही जाऊँगा, मैं सीधे सातवीं कक्षा की पढाई नहीं कर पाऊँगा।' दोनों विद्यार्थियों ने अपनी समझ व योग्यता अनुसार निर्णय लिया। सोचें यदि आप इन विद्यार्थियों में होते तो कौन सा निर्णय लेते?

जो विद्यार्थी A.T.K.T. में था यानी किसी एक विषय में अनुत्तीर्ण हुआ था, जिसे छठी कक्षा में जाने की छूट थी, उससे जब पूछा गया कि 'तुम छठवीं कक्षा में जाओगे तो तुम्हें बहुत मेहनत करनी पड़ेगी, क्या इसके लिए तुम तैयार हो?' तो उसने बहुत विचार करने के पश्चात् उत्तर दिया, 'मैं तैयार हूँ।' उस विद्यार्थी ने अपनी गलतियों से सबक सीख लिया था। अब वह नई कक्षा में शुरू से पढाई करने के लिए वचनबद्ध था।

जो विद्यार्थी अनुत्तीर्ण हो गया था उसे कहा गया, 'अभी जिस कक्षा में तुम हो, तुम्हें उसी की पढाई करनी पड़ेगी। तुम्हारे सामने और कोई विकल्प नहीं है।' जिस बच्चे ने परीक्षा ही नहीं दी थी अर्थात ड्रॉप लिया था (शरीर-हत्या की थी) उसे कहा गया कि वह जिस कक्षा में था, उससे भी पीछे की कक्षा में चला जाए।

क्या आपको यह पढ़कर आश्चर्य हुआ? जीवन की पाठशाला में कुछ बच्चों को पीछे की कक्षा में भी डाल दिया जाता है।

नए शिक्षक द्वारा यह उदाहरण सुनकर सभी बच्चों ने पाठशाला में मिले हुए समय के महत्व को समझते हुए, अपने-अपने सबक सीखने पर ध्यान देने का महत्त्वपूर्ण निर्णय लिया। इस उदाहरण को हम इस पूरी पुस्तक में विस्तार से समझने जा रहे हैं कि पाठशाला किसे कहा गया है? पाठशाला के शिक्षक कौन हैं? मध्य अवकाश यानी क्या? पाठशाला के प्रधानाचार्य कौन हैं? परीक्षा होना यानी क्या? परिणाम (परीक्षा फल) कब आता है? सबका केंद्र तथा स्रोत क्या है?

कुछ महत्त्वपूर्ण संकेत :
१) जीवन में आप महत्त्वपूर्ण पाठ सीखने आए हैं, उन्हें भली प्रकार से सीख लें

और फिर आगे की यात्रा करें। जीवन के कुछ पाठ पुस्तक के अंत में अतिरिक्त अंश पृष्ठ संख्या १६५ में पढ़ें।

२) मध्य अवकाश (अंतराल) के दौरान लड़ने-झगड़ने, खेलने-कूदने, खाने-पीने, चिढ़ने-चिढ़ाने में ध्यान न दें। जीवन का यह बहुमूल्य समय, सीखने के लिए है, इसे व्यर्थ न गँवाएँ। इसका पूरा उपयोग करें।

३) मध्य अवकाश का समय लोगों से मिलने, संवाद करने, राय लेने, मिल-जुलकर विचार-विमर्श करने में बिताए। इससे आप जीवन के अवसर को पहचान पाएँगे।

४) परीक्षा के भय से, भागकर, ड्रॉप (शरीर-हत्या) न करें। इससे आपको आगे की यात्रा में तकलीफ होगी।

५) जीवन की पाठशाला का प्रधानाचार्य एक ही है, चाहे आप उसे ईश्वर, अल्लाह, मालिक या किसी भी नाम से पुकारें।

अध्याय - ३

मौत की तैयारी, जीवन उपरांत जीवन

मौत का चित्र बनाएँ

शीत ऋतु के मौसम में एक बालक रास्ते पर पड़ा काँप रहा था। एक इंसान वहाँ से गुजरा, उसने बालक की हालत देखी और अपना कोट उतारकर उस पर डाल दिया। फिर उसने दु:खी होकर ईश्वर को ताना दिया, 'हे ईश्वर! तुमने ऐसा संसार क्यों बनाया? दु:खी लोगों के लिए तुमने कुछ क्यों नहीं किया? ऐसे दु:खियों के लिए तुम कुछ करते क्यों नहीं?'

लोगों के प्रश्न अकसर इसी प्रकार के होते हैं – 'भूकंप क्यों आया? इतने लोग मर जाते हैं, ऐसा क्यों होता है? ऐसा नहीं होना चाहिए।' उसी तरह वह इंसान भी ईश्वर को ताने दे रहा था। तभी अचानक उसके अंदर से ईश्वर की ओर से एक समझ, एक आवाज आई, 'ऐसे लोगों को मैंने छोड़ नहीं दिया है। ऐसे लोगों के लिए ही तो मैंने तुम्हें बनाया है।'

यह सुनकर उस इंसान को अपने प्रश्न का उत्तर मिल गया लेकिन क्या आपके प्रश्न का उत्तर आपको मिला है? क्या आपके प्रश्न भी कुछ ऐसे हैं कि –

– पृथ्वी पर दु:ख क्यों है?

– मृत्यु क्यों होती है?

– मृत्यु का भय क्यों दिया गया है?

- क्या मृत्यु ही शाश्वत सत्य है?
- क्या मृत्यु माया है?
- क्या मृत्यु सबसे बड़ा भ्रम है?
- क्या आत्मा की कभी मृत्यु नहीं होती?
- क्या सबका भविष्य मृत्यु ही है?
- क्या मृत्यु ऐसी भविष्य वाणी है, जो कभी झूठी नहीं साबित होती?

उपरोक्त प्रश्नों के बारे में आपने बहुत सी धारणाएँ सुनीं या पढीं होंगी। बचपन से ही अलग-अलग अवसरों पर आप ये बातें सुनते आए होंगे। जिससे आपके मन में जीवन और मृत्यु के एक गलत चित्र ने अपनी जगह बना ली होगी। इस तरह की बातों से मृत्यु एक पहेली बनकर रह गई है। मृत्यु से लगभग हर कोई भयभीत दिखाई देता है। मृत्यु के प्रति अज्ञान ही उसे भयानक बना देता है। यदि हम मृत्यु के बारे में सही ज्ञान प्राप्त कर लें तो यही मृत्यु जीने की कला सिखाने में काम आएगी। सही जीवन वे ही जी सकते हैं, जिन्हें मरने की कला आ गई हो। विश्व में ९० प्रतिशत से ज्यादा लोग समय से पहले ही मर जाते हैं क्योंकि मरते वक्त लोगों की बहुत सारी इच्छाएँ बाकी रह जाती हैं। वे कहते हैं, 'मृत्यु थोड़े दिन बाद आती तो यह काम कर लेते, वह काम कर लेते' यानी वे अपनी मृत्यु को समय से पहले आ गई घटना समझते हैं। वे अपनी मौत के लिए बिलकुल तैयार नहीं होते। बहुत ही कम लोग हैं, जो समय पर मरते हैं यानी वे मृत्यु के लिए सदैव तैयार रहते हैं क्योंकि उन्हें मरने की कला आ गई है। जिन्हें मरने की कला आ गई, वे ही जीने की कला जानते हैं। शरीर की पीड़ाओं की वजह से कई मनुष्य मृत्यु चाहते हैं लेकिन वे जीने की कला नहीं जानते। वे केवल दुःख से बचने के लिए मृत्यु चाहते हैं। ऐसे मनुष्य भी समय से पहले मरते हैं। जो जीवन रहस्य जान गया, जिसने अपने आपको पहचान लिया, वही सही वक्त पर अपने शरीर की मृत्यु के लिए तैयार रहता है।

मृत्यु एक सवाल, सवाल के तीन जवाब

ऊपर दिए गए प्रश्नों के उत्तर भी इस पुस्तक में दिए गए हैं। जो सचमुच उत्तर चाहते हैं, उन तक उत्तर पहुँचते हैं। हर प्रश्न के कम से कम तीन उत्तर दिए जा सकते हैं,

पहली किस्म के उत्तर सतही (बेसिक) उत्तर होते हैं। ऐसे उत्तर उस नए इंसान को दिए जाते हैं, जिसे अधिक ज्ञान न हो, जिसकी तैयारी कम हो। वह सतही उत्तर समझ सकता है।

दूसरी किस्म के उत्तर उस इंसान को दिए जाते हैं, जो थोड़ा जानकार है, जिसने शिविर (मनन) किया है, उसे कुछ ज्ञान मिल चुका है।

तीसरी किस्म के उत्तर उनके लिए होते हैं, जिन्होंने परिपक्वता (जीवन की समझ) हासिल कर ली है, जो साधना (श्रवण, मनन, ध्यान) कर रहे हैं। अब वे उच्चतम उत्तर समझ सकते हैं। यदि वे उच्चतम उत्तर नहीं समझ पाए या ये उत्तर उनके पुराने उत्तरों से भिन्न हैं तो वे उस पर भी अवश्य मनन करेंगे, उसे यूँ ही छोड़ नहीं देंगे।

इसलिए सदैव ध्यान में रखें कि जो भी उत्तर दिए जा रहे हैं, वे आज की स्थिति, आपकी समझ, आज की भाषा के आधार पर दिए जा रहे हैं। वे अंतिम उत्तर नहीं हैं। हर स्थिति में उत्तर बदलते जाते हैं। अपने आपसे पूछें कि क्या आप असली व अंतिम उत्तर सुनने को तैयार भी हैं? इस प्रश्न पर मनन करना आवश्यक है क्योंकि कई बार कुछ मनुष्य अपने उत्तरों (ज्ञान व जानकारी) की तसल्ली करने के लिए प्रश्न पूछते रहते हैं। वे सोचते हैं, देखें क्या उत्तर दिया जाता है। अगर वही उत्तर दिया गया, जो वे पहले से मानते थे तो वे कहते हैं, 'हम तो यह उत्तर जानते ही थे, इससे हमें पता चला कि हमें जो ज्ञात था, वह एकदम सही था।' जब भी उन्हें कोई अलग उत्तर मिलता है, जो उनकी जानकारी अनुसार नहीं होता तो उनका विश्वास डगमगाने लगता है।

आज आपकी तैयारी किस प्रकार की हुई है? यदि आज आपको ये बातें स्पष्ट हैं तो आपको समझने में कोई भी कठिनाई नहीं होगी। यदि आपको अपनी तैयारी कम लगती है तो इस पुस्तक को एक बार पढ़ लेने के बाद दूसरी बार मनन करते हुए धीरे-धीरे पढ़ें।

'मृत्यु उपरांत जीवन' इस विषय की गहराई में उतरने से पहले इस शीर्षक को स्पष्ट कर लेते हैं। दरअसल 'मृत्यु उपरांत जीवन' के बजाय शीर्षक यह होना चाहिए कि 'नकली मृत्यु उपरांत जीवन क्या है?' या फिर 'जीवन उपरांत जीवन क्या है?' Life after Life. Life after so-called Death ? जैसे-जैसे आप पुस्तक आगे पढ़ेंगे तो जानेंगे कि मृत्यु क्या है? क्या सच में हमारी मृत्यु होती है? मृत्यु के पश्चात् क्या

होता है? जो लोग अवसर पहचान पाते हैं, वे जानेंगे कि यह पुस्तक पढ़ना उनके लिए बहुत अच्छा कदम था। इसके बाद उनका मृत्यु का भय चला गया, अपनी मृत्यु या अपने सगे सबंधियों की मृत्यु का भय उनके मन से निकल गया क्योंकि उन्होंने मृत्यु के असली चित्र को देख लिया।

मृत्यु का चित्र कैसा होगा?

एक दिन एक चित्रकार ने अपने चित्रों की प्रदर्शनी लगाई। लोग उसके चित्रों की प्रदर्शनी को देखने आए। सभी चित्र अच्छे और स्पष्ट थे। उस प्रदर्शनी में सिर्फ एक ही ऐसा चित्र था, जो लोगों की समझ में नहीं आया। उस चित्र में एक ऐसा मनुष्य चित्रित किया गया था, जिसके लंबे-लंबे बाल थे, जो उसके मुख को ढँके हुए थे। उसके पाँव में पंख लगे हुए थे। लोगों ने सभी चित्र देखे, वे उन्हें पसंद भी आए किंतु यह एक ही चित्र ऐसा था, जो किसी को समझ में नहीं आया। लोगों ने उस चित्रकार से पूछा कि 'यह किसका चित्र है?' उस चित्रकार ने उत्तर दिया कि 'यह अवसर का चित्र है। अवसर यानी मौका।' इस पर लोगों ने उससे पूछा कि 'तुमने अवसर का चेहरा ढँककर क्यों रखा है?' इस पर चित्रकार ने बताया, 'अवसर का मुख इसलिए ढँका हुआ है क्योंकि अवसर जब आता है तब वह पहचानने में नहीं आता।'

फिर चित्रकार से पूछा गया, 'यह अवसर पहचानने में नहीं आता लेकिन उसके पाँव में तुमने पंख क्यों लगाए हैं?' तो उस चित्रकार ने बताया, 'अवसर के पाँव में पंख इसलिए हैं क्योंकि अवसर ज्यादा समय तक एक स्थान पर नहीं टिकता, वह तीव्र गति से उड़ जाता है, चला जाता है।' इसलिए जो अवसर इस समय आपके सामने आया है, उसका भरपूर लाभ उठाइए। कहीं यह अवसर हाथ से चला न जाए।

उस चित्रकार को यदि कोई कहता

अवसर का चित्र

कि जैसे तुमने अवसर का चित्र बनाया है, वैसे ही तुम मृत्यु का भी चित्र बनाओ तो वह कैसा चित्र बनाता? यदि किसी से कहा जाए कि मृत्यु का चित्र बनाओ तो कितने मनुष्य वह चित्र बना पाएँगे? चित्र बनाने से पहले मृत्यु के बारे में जानना आवश्यक है। वरना हर एक अपने अनुमान के आधार पर चित्र बनाएगा। अनुमानों से चित्र न बनाएँ, सत्य जानने के पश्चात् ही चित्र बनाएँ, यह पुस्तक पढ़ने के पश्चात् ही चित्र बनाएँ। आइए पहले यह जानते हैं कि सर्वेक्षण क्या कहता है? लोगों ने मृत्यु के बारे में क्या अनुमान लगाए हैं? मृत्यु के बारे में उनकी समझ क्या है?

मृत्यु एक सर्वेक्षण

एक सर्वेक्षण से यह ज्ञात हुआ है कि कई मनुष्य ऐसे हैं जो मृत्यु उपरांत जीवन पर विश्वास रखते हैं और कई ऐसे भी हैं जो इस पर विश्वास नहीं रखते। यद्यपि इस विश्वास के लिए उन्होंने कोई खोज नहीं की है, यदि हम उनसे पूछें तो पाएँगे, बिना कोई खोज किए ही लोग यह मान लेते हैं, जैसे-

१) इस हाथ मृत्यु को प्राप्त होंगे, उस हाथ जन्म होगा यानी मृत्यु के बाद तुरंत ही हमारा दूसरा जन्म हो जाएगा।

२) इंसान मृत्यु उपरांत अनिश्चित काल तक चीर निद्रा में सोता रहेगा, फिर निर्णायक दिवस (जजमेंट डे) के दिन ईश्वर आएगा और तब इंसान के कर्मों का लेखा-जोखा किया जाएगा।

३) मृत्यु उपरांत स्वर्ग या फिर नरक मिलेगा। स्वर्ग में अप्सराएँ और मदिरा एवं दूध की नदियाँ मिलेंगी। नरक में मनुष्य को उठाकर गर्म तेल में डाला जाएगा।

४) मृत्यु उपरांत धर्मराज हमारे कर्मों का लेखा-जोखा चित्रगुप्त द्वारा देखेंगे।

ये सब बातें अलग-अलग देशों में, अलग-अलग संप्रदायों में प्रचलित हैं। इन धारणाओं के पीछे वास्तविकता कुछ और ही है। इतनी सारी अलग-अलग मान्यताएँ कैसे बन गईं?

कुछ लोग कहते हैं, 'ईश्वर है' और कुछ लोग कहते हैं, 'ईश्वर नहीं है।' यदि उनसे पूछा जाए, 'तुम मान रहे हो कि ईश्वर है या नहीं किंतु क्या यह तुमने खोज करके जाना है या केवल सुनी-सुनाई बातों पर ही यकीन कर लिया है?' नास्तिक से यह पूछना चाहिए कि 'तुम सिर्फ इस वजह से नास्तिक बन गए हो क्योंकि तुम्हारे

कुछ काम पूरे नहीं हुए या सिर्फ इस वजह से कि तुम्हारी कुछ प्रार्थनाओं का जवाब तुम्हें अपने मन मुताबिक नहीं मिला है?' लोगों का तर्क क्या है? वे सिर्फ इतना सोचते हैं कि 'हमारे ये चार काम नहीं हुए तो हम ईश्वर को नहीं मानेंगे।' यह खोज नहीं है, यह तो मात्र अहंकार है।

दूसरी तरफ ईश्वर पर विश्वास रखनेवाला मनुष्य, यद्यपि उसने भी कोई खोज नहीं की है। बाल्यकाल से उसे जो उत्तर थमा दिए गए, वह उन्हीं को सत्य मानता आ रहा है। किंतु जो खोज करते हैं, सत्य जान लेते हैं, वे यह जान जाते हैं कि ईश्वर ही है, ईश्वर है या नहीं है? यह प्रश्न ही गलत है। **ईश्वर ही है, तुम हो कि नहीं यह पक्का करो, पता करो।**

इसे इस तरह समझें कि यदि कोई मनुष्य सुप्त अवस्था में हो और आप उससे सवाल पूछें, 'क्या तुम जाग रहे हो?' अगर वह 'हाँ' कहे तो आप समझ जाते हैं कि वह जाग रहा है और अगर वह 'ना' कहे तो भी आप यही समझ जाते हैं कि वह जाग रहा है। अर्थात लोगों से जब सवाल पूछा जाता है, 'ईश्वर है या नहीं है?' तो जब वे 'हाँ' में जवाब देते हैं तो भी ईश्वर है और यदि वे 'ना' में जवाब देते हैं तो भी ईश्वर है। जब इंसान अपने आपको जानने लगता है तब ये सारे रहस्य खुलने लगते हैं। ठीक इसी प्रकार यदि आप मृत्यु उपरांत जीवन नहीं मानते तो इस दावे के पीछे क्या आपने कोई खोज की है? अपने आपसे यह प्रश्न ईमानदारी से पूछें। आपने खोज तो नहीं की, बस कोई तर्क, कोई एक बात पकड़कर, मानकर जीए जा रहे हैं। इसलिए कृपया खुले मन से, सीखने की प्यास के साथ आगे पढ़ना जारी रखें।

कुछ महत्त्वपूर्ण संकेत :

१) मृत्यु के विषय में अज्ञानता ही मृत्यु को विकराल बना देती है। यदि हम मृत्यु के विषय में सही ज्ञान प्राप्त कर लें तो यही मृत्यु जीने की कला सिखाने में काम आएगी।

२) जो मनुष्य जीवन रहस्य जान गया, जिसने अपने आपको पहचान लिया, वही अपने शरीर की मृत्यु के लिए सदैव तैयार रहता है।

३) हर प्रश्न के कम से कम तीन उत्तर होते हैं। आपको अपनी समझ के अनुसार उत्तर मिलने चाहिए। अंतिम उत्तर सुनने की तैयारी करें। जब ऐसी तैयारी हो जाती है तब अंतिम उत्तर मिल जाता है।

४) मौका पहचानें, उसे गँवाएँ नहीं, मृत्यु को पहचानें, उसे भुलाएँ नहीं।

५) कोई भी बात मानने से पहले उस पर ईमानदारी से मनन करें, खोज करें। किसी के कहने मात्र से उसकी बात पर विश्वास न करें।

६) आपको आगे जो चीज काम में आनेवाली होती है वह आप सीखते हैं। वैसे ही Life after Life, जीवन उपरांत जीवन (मृत्यु उपरांत जीवन) भी आपके सीखने के लिए एक महत्त्वपूर्ण विषय है इसलिए इन बातों पर अवश्य मनन करें।

अध्याय - ४

क्या मृत्यु उपरांत जीवन है

पंचाधार

एक वैज्ञानिक था, उसे मृत्यु से बहुत भय लगता था। उसने मृत्यु से बचने के लिए हू-ब-हू अपनी जैसी दिखनेवाली दस मूर्तियाँ बना रखी थी। उसे वे दस मूर्तियाँ निर्माण करने में दस साल लग गए। जिस दिन मृत्यु का दूत उसे लेने आया तो उसने देखा कि एक जैसी ग्यारह मूर्तियाँ खड़ी हैं। दूत ने यह देखकर कहा, 'बनानेवाले ने सब संपूर्ण बनाया, सब उत्तम बनाया लेकिन एक गलती कर दी।' यह सुनकर वैज्ञानिक से रहा नहीं गया और वह तत्काल बोल पड़ा, 'बिलकुल नहीं।' ये सुनकर दूत ने कहा, 'यही गलती कर दी तुमने। तुम अपने अहंकार को नहीं रोक पाए। यही अहंकार अगर सभी मूर्तियों में डाला होता तो शायद मैं तुम्हें पहचान नहीं पाता। इन ग्यारह मूर्तियों में से एक ही मूर्ति में यह अहंकार है, शेष किसी में नहीं, अन्यथा ग्यारह के ग्यारह मूर्तियाँ बोलती, 'बिलकुल नहीं'। इन सबमें से केवल एक ही मूर्ति बोली और गुत्थी सुलझ गई।'

मनुष्य, जानवर और निर्जिव में क्या फर्क है? मनुष्य में 'मैं' का विचार है, जानवर में सहज भाव है और निर्जिव में केवल तरंग है। 'मैं का विचार' मनुष्य को सभी से अलग और खास बनाता है। 'मैं' का विचार मनुष्य को मृत्यु के भय का स्मरण दिलाता है। 'मैं मर जाऊँगा' यह विचार मनुष्य को मृत्यु के भ्रम में रखता है। जिसे हम मृत्यु समझते हैं, वह दरअसल विचारों की मृत्यु है। रात को गहरी नींद में क्या होता है? कोमा में गए हुए मनुष्य के साथ क्या होता है? वह अनुभव मृत्यु

मृत्यु को कोई धोखा नहीं दे सकता

का ही अनुभव है। उस शरीर में विचारों की मृत्यु हो जाती है। फिर वह चाहे आठ घंटे के लिए हुई हो या आठ महीनों के लिए। 'मैं' के विचार की मृत्यु को ही मनुष्य अपनी मृत्यु मान लेता है। यथार्थ में उस शरीर में से केवल विचार उठने समाप्त होते हैं। 'मैं' का विचार ही अहंकार है, जो खुद को विश्व से अलग मानकर चलता है अन्यथा पूरा विश्व एक ही इकाई है। सभी चीजें जैसे कि पेड़-पौधे, पहाड़, जानवर, मनुष्य, पक्षी, सब एक ही इकाई के अंग हैं। फिर ये चाहे अलग ही क्यों न दिखाई देते हों। जैसे हाथ की अंगुलियाँ अलग-अलग दिखाई देने के पश्चात् भी एक ही हाथ से जुड़ी हुई होती हैं, उसी प्रकार हमारा ये विश्व भी ईश्वर का एक हाथ है। उस वैज्ञानिक के अंदर अहंकार के विचार ने मृत्यु का भय उत्पन्न कर दिया, जिस कारण उसने अपना कीमती समय नव-निर्माण करने के स्थान पर अपने अहंकार को बचाने में लगा दिया।

असल में उस वैज्ञानिक ने दो गलतियाँ की थीं। उसकी पहली गलती तो यह थी कि उसने दस मूर्तियाँ बनाने में दस साल का समय लगा दिया। वही समय यदि उसने यह जानने में लगाया होता कि मृत्यु उपरांत जीवन क्या है? तो उसके मन में मृत्यु का भय नहीं रहता और उसका दस साल का समय भी व्यर्थ न जाता। उससे

दूसरी गलती यह हो गई कि सत्य जानने के बजाय वह मृत्यु से भागता रहा।

मृत्यु के विषय में कई वैज्ञानिक खोज करते हैं, विज्ञान खोज करता है। इस पुस्तक में जो बातें बताई गई हैं, वे कोई मिथ्या बातें नहीं हैं। उसके पीछे पाँच ठोस आधार हैं। इन पाँचों बातों को जोड़कर ही ये सारी बातें लिखी जा रही हैं।

पहला आधार है – 'विज्ञान'। शरीर के विषय में और शरीर के अंदर मौजूद चैतन्य के विषय में विज्ञान क्या कहता है? विज्ञान का अपना आधार है क्योंकि विज्ञान हर वस्तु को तोड़कर देखता है। अकेला विज्ञान अपने आपमें अधूरा है। आज विज्ञान कहता है कि 'पदार्थ कुछ नहीं है, सब तरंग है, तरल है।' पहले विज्ञान पदार्थवादी था। विज्ञान की समझ से तरंग, फ्रीक्वेंसी (वायब्रेशन) को मशीनों द्वारा समझा गया है। जिससे मृत्यु उपरांत जीवन की कुछ बातें समझने में सरलता होगी।

दूसरा आधार है – 'विश्व के ऐसे मनुष्य, जिन्हें अस्पताल में डॉक्टरों ने मृत घोषित कर दिया लेकिन उसके बाद भी वे मनुष्य पुनः जीवित हो उठे।' उन्होंने जो बताया वे बातें रिकॉर्ड की गईं। उन्हें मृत्यु के नज़दीकी अनुभव (Near Death Experience- NDE) मिले हैं। उन्होंने जो देखा वह एक-दूसरे से अत्यंत मिलता-जुलता था। उन तथ्यों को जोड़कर मृत्यु उपरांत जीवन की कुछ बातें समझाई गई हैं।

तीसरा आधार है – 'वे योगी जिन्होंने अपने शरीर को तपाकर अपनी एकाग्रता की शक्ति से अनेक किस्म की सिद्धियाँ प्राप्त की हैं।' उन सिद्धियों के बल पर उन्होंने जाना कि हमारा सूक्ष्म शरीर भी है, जो स्थूल शरीर के बाहर जा सकता है और पुनः शरीर में लौट सकता है।

चौथा आधार है – वे लोग जिन्होंने अपने आपको जाना, आत्मसाक्षात्कार प्राप्त किया। बुद्ध, महावीर, आदि शंकराचार्य, गुरु नानक, संत ज्ञानेश्वर, ये सब ऐसे ही नाम हैं, जिन्होंने अपने आपको जाना। सिद्धि प्राप्त करना अलग बात है और अपने आपको जानना बिलकुल अलग बात है। स्व-बोध के बाद जो तेजज्ञान उन्हें मिला, वह चौथा आधार है।

पाँचवाँ आधार है – ऐसे लोग जिनके मस्तिष्क में अचानक किसी दुर्घटना के कारण कुछ ऐसे परिवर्तन हुए, जिस कारण उन्हें कुछ विशेष ध्वनियाँ सुनाई देने लग गई, ऐसे कुछ सूक्ष्म शरीर दिखाई देने लग गए, जो अन्य लोगों को नहीं दिखते

थे। उनकी सघन जाँच करने के पश्चात् विज्ञान को यह मानना पड़ा कि उन्हें कोई मानसिक रोग नहीं था अपितु वे अपने मस्तिष्क की शक्ति का प्रयोग कर रहे थे।

इन पाँच तरह के लोगों द्वारा जो ज्ञान अन्य लोगों तक पहुँचा है, उसी के आधार पर हम इस विषय को समझने जा रहे हैं। इस पृथ्वी पर दृश्य है, आवाजें हैं, सुगंध है, स्वाद है, अलग-अलग वस्तुएँ हैं किंतु विज्ञान कहता है कि सब कुछ एक ही चीज है, सिर्फ उसकी तरंगें अलग-अलग हैं। जैसे जल, बर्फ और वाष्प एक ही चीज के तीन अलग-अलग रूप हैं। तीनों एक ही हैं, किंतु तीनों की तरंगें अलग-अलग हैं। विज्ञान आज यह समझ रहा है कि एक ही दिव्य शक्ति (एनर्जी) है, जो चारों तरफ तरंगित (वाईब्रेट) हो रही है। यदि ऐसा है तो हमारा शरीर जो इस समय हमारे साथ है, यह भी तरंगित हो रहा है। यह शरीर स्थूल से लेकर सूक्ष्म और सूक्ष्मतम तक भी है। अगले अध्याय में हम इसे अधिक विस्तार से समझेंगे।

कुछ महत्त्वपूर्ण संकेत :

१) अपना पूरा जीवन मृत्यु से भागने में न लगा दें। सर्वप्रथम मृत्यु को समझने में कुछ वक्त लगाएँ, तत्पश्चात् आपको मृत्यु से भागने की कोई आवश्यकता नहीं पड़ेगी।

२) मृत्यु उपरांत जीवन के विषय में जो भी बातें लिखी गई हैं, वे पाँच ठोस आधारों पर आधारित हैं।

३) पृथ्वी (विश्व में) पर एक ही तत्त्व है, जो अलग-अलग तरंगों में तरंगित और रूपांतरित हो रहा है। उसे जानना ही मनुष्य का अंतिम ध्येय होना चाहिए। हमारा शरीर भी लगातार तरंगित हो रहा है, हर क्षण परिवर्तित हो रहा है, हर क्षण मर रहा है और हर क्षण उत्पन्न हो रहा है।

नींद आठ घंटे की एक
छोटी मौत है,
जो हर रोज होती है
और मौत एक लंबी नींद है,
जो एक बार होती है।

खण्ड २
मृत्यु से पहले और बाद की अवस्था

अध्याय - ५

जीवन-मृत्यु का लक्ष्य

पाँचवें तक पहुँचना

हर मनुष्य के पास चार शरीर हैं लेकिन चारों शरीर एक ही शरीर है, ऐसा प्रतीत होता है। ये चारों शरीर किस प्रकार के होते हैं, इसे हम कुछ उदाहरणों से समझते हैं।

अंडे के अंदर एक पीला पदार्थ होता है, यह सभी जानते हैं। मान लीजिए कि वह पीला पदार्थ मनुष्य का भौतिक (बाहरी) शरीर है। उसके चारों तरफ एक सफेद जरदी भी होती है। वह मनुष्य का प्राण और भावना प्रधान शरीर है। फिर अंडे को उबालने पर एक महीन सी जाली उसके चारों तरफ दिखाई देती है, एक परदा दिखाई देता है। यह महीन सी जाली मनुष्य का तीसरा शरीर यानी सूक्ष्म शरीर है। इससे आर-पार भी देखा जा सकता है क्योंकि यह पारदर्शी होता है। अंडे के बाहर का जो आवरण है, जिसके आधार पर आप अंडा खरीदते हैं, वह चौथा शरीर है। यदि वह नहीं है तो आप बाजार से अंडा लेकर आ ही नहीं सकते।

इस अंडे के बाहर भी कुछ है, जो आपको दिखाई नहीं देता। वही इन चारों शरीरों को चलाता है, जिसे 'अपना होना' (Presence) कहा गया है। इस पाँचवें के होने की वजह से ही ये चार शरीर कार्य कर पा रहे हैं। यह पाँचवाँ अंडे के बाहर है। अंडे के अंदर एक जीवन है, जिसकी उम्र मर्यादित है। अंडे के बाहर दूसरा जीवन है, जो अमर है।

पक्षियों की तरह ही मनुष्य के भी दो जन्म होते हैं। पक्षी जब एक बार माँ के

पेट से बाहर आता है तो उसका पहला जन्म अंडे के रूप में होता है। फिर जब एक दिन वह अंडा टूटता है और पक्षी बाहर आता है तो यह उसका दूसरा जन्म होता है। इसी प्रकार मनुष्य के भी दो जन्म होते हैं। पहला, जब वह इस दुनिया में आता है और दूसरा, जब उसका अज्ञान और मान्यताएँ (उदाहरण के लिए, मैं शरीर हूँ) दूर होती हैं और सत्य उसके सामने आता है। इसे ही आत्मसाक्षात्कार कहा गया है।

अंडे के बाहर जो है, उसके विषय में बात कैसे की जाए? क्योंकि वह तो दिखाई नहीं दे रहा है मगर उसके रहते हुए ही सब कुछ हो रहा है। जिस प्रकार सूरज कुछ करता नहीं है, बस उसके होने से ही सब लोग उठते हैं, फूल खिलते हैं, पक्षी चहचहाना शुरू कर देते हैं, उसी तरह केवल सेल्फ (चैतन्य) के होने से ही ये पूरी दुनिया चल रही है।

अब हम एक और उदाहरण की सहायता से इसे समझने की कोशिश करते हैं। कोई मनुष्य पहले बनियान पहने, फिर शर्ट, फिर स्वेटर और फिर कोट पहने तो ये हो गए चार शरीर। यद्यपि ये चार शरीर हैं लेकिन देखनेवाले को चार नहीं, एक ही दिखाई देंगे। इन चारों शरीरों के पीछे छिपा हुआ है पाँचवाँ, चारों को धारण करनेवाला, वही सबसे महत्त्वपूर्ण है। जब मनुष्य की मृत्यु होती है, तब उसके ऊपर के दो आवरण हट जाते हैं यानी कोट और स्वेटर हट जाते हैं। यहाँ कोट है, हमारा अन्नमई शरीर और स्वेटर है, हमारा प्राणमई शरीर। अन्नमई शरीर अर्थात अन्न से बना हुआ शरीर, जो हमें बाहरी आँखों से दिखाई देता है, जिसमें दर्द, पीड़ाएँ और तकलीफें हैं, जिनसे बचने के लिए हम बहुत कुछ करते हैं। गहरी नींद में ये सब दर्द गायब हो जाते हैं। गहरी नींद में जो होता है, उसका थोड़ा संबंध मृत्यु से मिलता-जुलता है।

स्वेटर है दूसरा शरीर— प्राणमई शरीर। इसका संबंध मनुष्य के चारों तरफ उपलब्ध आभामंडल से है। इसे ऐसे समझें, जैसे एक तार में किसी ने करंट पास किया हो तो उसके चारों तरफ एक चुंबकीय शक्ति क्षेत्र (मैग्नेटिक फील्ड) तैयार हो जाता है। अगर कोई ऐसा चश्मा लगाकर देखे, जिससे उन तरंगों को देखा जा सके तो सारी तरंगें देखी जा सकती है। ऐसी ही तरंग जीवित इंसान के चारों तरफ मौजूद होती है, उसे 'प्रभामंडल' या 'आभामंडल' (Aura) कहा जाता है। यह आभामंडल दिखाई तो नहीं देता किंतु कुछ विशेष उपकरण आँखों पर लगाकर उसे देखा जा सकता है। आज विज्ञान की सहायता से ऐसे उपकरण बनाए जा चुके हैं। यदि आप

१. कोट
अन्नमई शरीर

४. बनियान
कारण शरीर

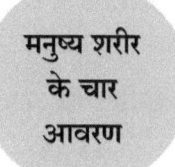

मनुष्य शरीर के चार आवरण

२. स्वेटर
प्राणमई शरीर

३. कमीज
सूक्ष्म शरीर

मृत्यु उपरांत जीवन ❋ 57

उन उपकरणों को पहनेंगे और लोगों को देखेंगे तो आपको उनके चारों तरफ एक किस्म का आभामंडल दिखाई देगा, कुछ रंग दिखाई देंगे। इस आभामंडल के प्रभाव को हम 'व्यक्तिमत्व' (पर्सनैलिटी) कहते हैं। जिसका व्यक्तित्व जितना मजबूत होता है, उसका आभामंडल उतना ही तेज और असरदार होता है। भयभीत मनुष्यों में यह आभामंडल संकुचित होता है। मनुष्य की जब नकली मृत्यु होती है तब प्राण निकलने के पश्चात् यह आभामंडल समाप्त हो जाता है।

इस प्रकार जिसे हम 'मृत्यु' कहते हैं उसके पश्चात् सिर्फ पहले दो शरीर यानी कोट और स्वेटर हट जाते हैं, जैसे किसी ने अपना कोट और स्वेटर उतारकर रख दिया हो। किंतु अभी भी शर्ट, बनियान और उन्हें धारण करनेवाला शेष है। यहाँ पर शर्ट और बनियान को सूक्ष्म शरीर कहा जा सकता है। इस सूक्ष्म शरीर के साथ मनुष्य की आगे की यात्रा जारी रहती है। इस शरीर की भी एक उम्र होती है लेकिन इसे चलानेवाला जो पाँचवाँ है, वह सदा अमर है।

ऊपर दिए गए उदाहरण में कपड़े तो हम एक-दूसरे के ऊपर पहनते हैं लेकिन हमारे चार शरीर दरअसल एक-दूसरे में समाहित हैं।

इसे एक अन्य उदाहरण से समझते हैं। आप एक स्कूटर पर बैठे हैं, स्कूटर का हैंडल, कार की स्टियरिंग जैसा गोल है। स्कूटर के चारों तरफ किसी ने कार की बॉडी जोड़ दी है। अब आप एक ऐसी स्कूटर चला रहे हैं, जिसका शरीर कार का है। वास्तव में आप स्कूटर ही चला रहे हैं किंतु बाहर से दिखाई देता है कि आप कार में जा रहे हैं और आपको सामने सभी कारें ही दिखाई देती है इसलिए आप यह मानने लगते हैं कि आप खुद भी कार ही चला रहे हैं।

जब मनुष्य की तथाकथित (so-called) मृत्यु होती है, तब सिर्फ ये कार की बॉडी हट जाती है। यहाँ कार प्रतीक है अन्नमई और प्राणमई शरीर का। इस कार के हटने के बाद आप स्कूटर पर यात्रा कर रहे हैं। अब आपको सुविधाजनक प्रतीत हो रहा है क्योंकि पार्किंग का झंझट नहीं है, भीड़ से निकलना ज्यादा सरल हो गया है। कार थी तो कष्ट था क्योंकि उसे पार्किंग के लिए अत्याधिक स्थान लगता था, अब सब कुछ सहज हो गया है। जरा सोचिए कि यदि पहले भी आप स्कूटर ही चला रहे थे और कार की बॉडी हट जाने के बाद भी आप स्कूटर ही चला रहे हैं तो आखिर मृत्यु हुई कहाँ? फर्क आया कहाँ? यही वह आश्चर्य है जो आपको समझना है।

महाजीवन की यात्रा को समझाने के लिए कार-स्कूटर की उपमा

आप एक स्कूटर पर बैठे हैं। स्कूटर का हैंडल कार की स्टेरिंग जैसा गोल है। आप स्कूटर पर यात्रा कर रहे हैं।

स्कूटर – सूक्ष्म शरीर,
कार – स्थूल शरीर,
आप – सेल्फ (चेतना, स्वसाक्षी)

आप स्कूटर पर बैठे हैं और स्कूटर के चारों तरफ किसी ने कार की बॉडी जोड़ दी है। अब आप ऐसे स्कूटर पर बैठे हैं, जिसे कार का शरीर है। आप तो स्कूटर ही चला रहे हैं मगर बाहर से लग रहा है कि आप कार में जा रहे हैं।

जब इंसान की मृत्यु होती है तब सिर्फ कार की बॉडी हट जाती है। अब आप स्कूटर पर यात्रा कर रहे हैं। कार के पहले भी आप स्कूटर पर यात्रा कर रहे थे। कार की बॉडी जुड़ जाने के बाद भी आप स्कूटर ही चला रहे थे लेकिन दिखाई ऐसा दे रहा था कि आप कार चला रहे हैं।

यही पहेली आपको सुलझानी है। आगे एक दिन ऐसा भी आएगा जब स्कूटर भी नहीं रहेगा लेकिन उसे चलानेवाला तब भी रहेगा। यही वह सर्वोच्च ज्ञान है, जो मृत्यु की कला सिखाता है।

ऊपर दिए गए सभी उदाहरण हमें एक ही बात समझाते हैं कि मृत्यु असल में एक भ्रम है। नकली मृत्यु के पश्चात् भी जीवन जारी रहता है। शरीर चार हैं और उन्हें पाँचवें ने पहना हुआ है। पाँचवाँ महत्त्वपूर्ण है। आपका लक्ष्य है, उस पाँचवें तक पहुँचना और उसे समझना।

पाँच शराबी थे। एक बार उन्होंने पार्टी की, वे शराब पीकर बड़े मजे से झूम रहे थे। जब शराब की आखिरी बोतल बची तो उन्होंने उस बोतल को नीचे रख दिया। बिना ढक्कन खोले ही उसके अंदर की शराब के पाँच हिस्से किए और तय किया कि सुबह जागने के पश्चात् अपना-अपना हिस्सा पीएँगे। सुबह चार शराबी उठे और उन्होंने देखा कि पूरी बोतल खाली है तो वे एक-दूसरे से पूछने लगे, 'बोतल किसने खाली की?' फिर उन्हें लगा, ये जो लेटा हुआ है, शायद इसने ही सारी शराब पी है इसीलिए अभी तक नशे में है। उन्होंने उसे जबरदस्ती उठाया और पूछा, 'क्या तुमने यह बोतल खाली की है?' तो उस पाँचवें शराबी ने कहा, 'मैंने तो सिर्फ अपना हिस्सा पिया था।' ये सुनकर उन चारों ने चिल्लाकर कहा, 'लेकिन तुमने तो पूरी बोतल पी ली है।' तो पाँचवाँ शराबी बोला, 'क्योंकि मेरा हिस्सा बोतल में सबसे नीचे था। वहाँ तक पहुँचने के लिए मुझे चार हिस्सों से गुजरना पड़ा तब जाकर मैं अपने हिस्से तक पहुँच पाया। बहुत स्वादिष्ट था वो। बड़ा मजा आ गया।'

अब यहाँ पाँचवें शराबी ने जो बात कही, वह समझने लायक है। चार शरीर जिन्हें हम चार मीनार भी कह सकते हैं, इनके माध्यम से हमें पाँचवें तक पहुँचना है जो बड़ा स्वादिष्ट है। यह पाँचवाँ, वह अनुभव है, वह अवस्था है, जो तेज आनंद का कारण है, तेजप्रेम और तेजकरुणा का स्रोत है। वही पर परम शांति है और उसी की खोज अध्यात्म का एकमात्र लक्ष्य है। जो लोग सत्य के मार्ग पर, ज्ञान मार्ग या ईश्वर के मार्ग पर यात्रा करते हैं, उनका लक्ष्य पाँचवें अनुभव तक पहुँचना ही होता है। लोग अध्यात्म का अर्थ कुछ और मानकर बैठे हैं, जैसे कि पचास साल की उम्र के पश्चात् कुछ करना होता है, भजन-कीर्तन करना होता है, माला जपनी होती है, इत्यादि। जबकि अध्यात्म का असली अर्थ है कि इन शरीरों के साथ उस पाँचवीं अवस्था तक पहुँचना।

शरीर की पाँच अवस्थाएँ

१) जाग्रत अवस्था

मनुष्य का शरीर प्रतिदिन करीब सोलह घंटे जाग्रत अवस्था में रहता है। यह पहली अवस्था है। इसमें मनुष्य अपने जीवन के सभी कर्म पूरे करता है।

२) गहरी नींद की अवस्था

दूसरी अवस्था तब आती है जब आप गहरी नींद में होते हैं। उस वक्त सब इंद्रियाँ और विचार बंद होते हैं। जाग्रत अवस्था में सभी इंद्रियाँ और मन निरंतर कार्य करते रहते हैं लेकिन जब आप गहरी नींद में होते हैं तो सिर्फ मौन की अवस्था चल रही होती है। इसलिए तो आप सुबह उठकर कहते हैं कि 'वाह कितना मजा आया।' आठ घंटे तक आप नींद में मौन के संग थे, शब्दों से दूर थे। शब्दों द्वारा आप दूसरों के साथ जुड़ते हैं और मौन में आप स्वयं के साथ जुड़ते हैं।

३) स्वप्न की अवस्था

तीसरी अवस्था में हमारा मन कुछ क्षणों के लिए तरंगित हो जाता है। अर्ध रात्रि में जब हम सो रहे होते हैं तो उस समय कई बार बीच-बीच में हमारा मन किसी बाहरी कारण (जैसे प्यास, बुखार, दर्द, चिंता, असुविधा, मच्छर का काटना) या आंतरिक अपूर्णता के कारण तरंगित हो उठता है और हमें स्वप्न आते हैं। स्वप्न में हम देखते हैं, 'हम पाठशाला में पढ़ रहे हैं और आज जो हमारे रिश्तेदार हैं, वे हमें वहाँ दिखाई देते हैं, जो उस समय थे ही नहीं।' स्वप्न में हम कुछ भी देखते हैं। स्वप्न चल रहे हैं अर्थात मन कुछ क्षणों के लिए फिर से तरंगित हो उठा है।

४) समाधि अवस्था

फिर चौथी अवस्था आती है, जिसे समाधि की अवस्था कहते हैं। जहाँ पर जाग्रत होते हुए ही गहरी नींद की, मौन की अवस्था आती है। आप ध्यान में बैठे हैं, अंदर मौन की अवस्था चल रही है। इस अवस्था में शरीर का अहसास ही गायब हो जाता है। इस अवस्था में मनुष्य को अपना शरीर महसूस नहीं होता। मनुष्य घंटों बैठा है लेकिन उसे समय का पता ही नहीं चलता। वह स्थान और समय से परे चला जाता है। इसी को समाधि कहते हैं। 'समाधि यानी समय आदि।' अर्थात आप उस अवस्था में पहुँच गए, जब समय नहीं था।

५) सहज समाधि अवस्था

अंत में आती है पाँचवीं अवस्था। समाधि में बैठने के लिए पहले अपनी आँखें बंद करनी पड़ती हैं, तभी वह अवस्था आती है। वैसे तो आप दिनभर यूँ ही नहीं बैठ सकते इसलिए पाँचवीं अवस्था महत्त्वपूर्ण है, जिसे सहज समाधि कहा गया है। सहज समाधि में आप चलते-फिरते, उठते-बैठते, स्वयं अनुभव में रह सकते हैं। यह अवस्था प्राप्त करने के पश्चात् मनुष्य पाँचवें के साथ सदा के लिए रहने लगता है और उसके गुण अभिव्यक्त होने लगते हैं।

कुछ महत्त्वपूर्ण संकेत :

१) मनुष्य के चार शरीर होते हैं और पाँचवाँ होता है उन चारों को चलानेवाला। आपका लक्ष्य है उस पाँचवें तक पहुँचना।

२) अंडे के उदाहरण से आपने मनुष्य के चार शरीरों को समझा। अंडे के अंदर का पीला पदार्थ, पहला शरीर यानी भौतिक शरीर है। अंडे के चारों तरफ की जरदी, दूसरा शरीर यानी भावना प्रधान शरीर है। अंडे को उबालने पर उसके चारों तरफ जो एक पतली परत बन जाती है, वह तीसरा शरीर यानी सूक्ष्म शरीर है और अंत में अंडे के बाहर का जो आवरण है, जिसके आधार पर आप अंडा खरीदते हैं, वह चौथा शरीर यानी मनस् प्रधान शरीर है।

३) मनुष्य के चारों ओर जो आभामंडल है, उसी के प्रभाव को हम 'व्यक्तिमत्व (पर्सनैलिटी)' कहते हैं। जिसका व्यक्त्वि जितना अधिक प्रभावी होता है, उसका आभामंडल उतना ही ज्यादा होता है। भयभीत लोगों में यह आभामंडल संकुचित हो जाता है।

४) नकली मृत्यु के उपरांत मनुष्य के पहले दो शरीर यानी कोट और स्वेटर हट जाते हैं मगर इसके पश्चात् भी शर्ट, बनियान और उन्हें धारण करनेवाला शेष रहता है।

५) जब मनुष्य की मृत्यु होती है, तब सिर्फ कार की बॉडी हट जाती है। फिर वह स्कूटर पर यात्रा करता है क्योंकि स्कूटर और उसे चलानेवाला अभी भी जीवित है। उसकी यात्रा सूक्ष्म शरीर (स्कूटर) के साथ जारी रहती है।

६) शरीर की पाँच अवस्थाओं में से पहली अवस्था है- जाग्रत अवस्था, जहाँ

मनुष्य अपने जीवन के सारे कर्म पूरे करता है।

७) शरीर की दूसरी अवस्था है- गहरी नींद की अवस्था। यह तब आती है, जब शरीर की सारी इंद्रियाँ और विचार बंद हो जाते हैं।

८) शरीर की तीसरी अवस्था है- स्वप्न अवस्था। जिसमें मन कुछ क्षणों के लिए तरंगित हो जाता है।

९) शरीर की चौथी अवस्था है- समाधि अवस्था। जहाँ पर जाग्रत रहते हुए भी गहरी नींद की मौन अवस्था आती है।

१०) शरीर की पाँचवीं अवस्था को सहज समाधि कहा जाता है। सहज समाधि में आप चलते-फिरते, उठते-बैठते, स्वयं अनुभव में रह सकते हैं।

अध्याय - ६

मृत्यु एक धोखा

नकली मृत्यु

जीवन का असली लक्ष्य, उस पाँचवें अनुभव तक पहुँचना ही है तो फिर मृत्यु क्या है? हमारी समझ के अनुसार मृत्यु का अर्थ है- बाहर के दो शरीरों का गिरना या कार का हट जाना या कोट और स्वेटर का उतर जाना। इसके पश्चात् भी दो और शरीर शेष हैं, उन्हें संचालित करनेवाला भी है, स्कूटर पर भी कोई बैठा है। अभी तक स्कूटर (सूक्ष्म शरीर) नहीं गिरा (मरा) है। यह बात जब समझ में आएगी तब पता चलेगा, जिसे हमने मृत्यु कहा है, वह असल में मृत्यु है ही नहीं। वह तो सिर्फ बाहरी शरीर की मृत्यु है। इसके पश्चात् भी यात्रा चल रही है, यात्रा बंद नहीं हुई है।

जैसे कोई बालक जब किशोरावस्था में पहुँचता है, तब क्या आप यह कहते हैं कि बालक की मृत्यु हो गई? नहीं, आप ऐसा नहीं कहते क्योंकि आप जानते हैं कि यह किशोर वही बालक है, जो पहले छोटा था, अब किशोर हो गया है। फिर जब वह किशोर कुछ समय उपरांत युवा हो जाता है, तब क्या आप यह कहते हैं कि उस किशोर की मृत्यु हो गई? नहीं, आप ऐसा नहीं कहते। फिर जब वह युवा वृद्ध होता है तब क्या आप यह कहते हैं कि वह युवा मृत्यु को प्राप्त हुआ? नहीं, तब भी आप ऐसा नहीं कहते। किंतु जब वह वृद्ध सूक्ष्म शरीर बनता है, तब आप कहते हैं कि 'उसकी मृत्यु हो गई।' यह भी नहीं कहा जा सकता कि 'वह सूक्ष्म शरीर बन गया' क्योंकि वहाँ पर सूक्ष्म शरीर पहले से ही था, सिर्फ उसके बाहर के दो आवरण टूट गए।

यदि यह सब आप देख पाते तो क्या होता? किसी प्रियजन के गुजर जाने के बाद भी यदि आपको उसका सूक्ष्म शरीर दिखाई देता, तब भी क्या आपको उतना ही दुःख होता? नहीं, यदि आपको दिखाई देता कि यह मनुष्य मृत्यु को प्राप्त हुआ है किंतु उसका सूक्ष्म शरीर हमारे आस-पास ही विचरण कर रहा है, उठ-बैठ रहा है, बस हमसे वार्तालाप नहीं कर पा रहा है। यदि ऐसा भी होता तो आपको दुःख नहीं होता क्योंकि वह आपके घर में ही रहता है, आता है, बैठता है, सोता है। इस प्रकार सालों-साल आपके दादाजी, नानाजी या किसी अन्य रिश्तेदार का सूक्ष्म शरीर आपके साथ ही रहता तो आपको मृत्यु का भय और दुःख नहीं होता। फिर एक दिन वह सूक्ष्म शरीर, जो आपके साथ रहता था, वह भी लुप्त हो जाता है, तब क्या आपको उसके लुप्त होने का दुःख होता? नहीं होता क्योंकि वार्तालाप तो पहले से ही बंद था, वह न के बराबर ही था, बस दिखाई देता था। ऐसा असल में होता नहीं है किंतु यह एक उदाहरण मात्र था ताकि आप इस तथ्य को भलि-भाँति महसूस कर पाएँ।

जरा सोचिए, जब आप स्टेशन पर किसी को छोड़ने जाते हैं, तब क्या होता है? वह मनुष्य ट्रेन में बैठता है, ट्रेन चल पड़ती है। अब ट्रेन जा रही है, आप उसे टाटा कर रहे होते हैं। जब तक वह दिखाई देता है, तब तक आप उसे टाटा करते रहते हैं। जब दिखाई देना बंद हो जाता है तो आप भी टाटा करना बंद कर देते हैं।

जो दिखाई नहीं दे रहा है, उसकी मृत्यु नहीं हुई है

तो क्या इसके बाद आप यह समझने लगते हैं कि वह मनुष्य मर गया? नहीं, आप ऐसा नहीं समझते। आप कहेंगे, 'वह मुझे दिखाई नहीं दे रहा है किंतु वह अपनी यात्रा पर है, बस मेरी शक्ति इतनी नहीं है कि मैं वहाँ तक देख पाऊँ।' इस उदाहरण का अर्थ मात्र इतना ही है कि आपको यह समझना है, जो दिखाई नहीं देता, उसकी मृत्यु नहीं हुई होती। उसकी यात्रा निरंतर जारी है।

मनुष्य की आँखों की शक्ति सीमित है। वह एक निश्चित सीमा तक ही देख सकता है, सुन सकता है। कुत्ता हमसे ज्यादा सूँघ सकता है, उल्लू अंधेरे में भी देख सकता है और ज्यादा सूँघनेवाले प्राणी भी हैं, ज्यादा रंग देखनेवाले प्राणी भी हैं, जैसे बाज, आसमान में उड़ते हुए भी नीचे पड़ी छोटी से छोटी चीज भी देख लेता है अर्थात उनकी शक्ति मनुष्य से अधिक है। किंतु मनुष्य के पास उतनी शक्ति नहीं है, जो वह उस सूक्ष्म शरीर को, जिसका ऊपरी आवरण टूट चुका है, देख पाए। वह सोचता है कि उस मनुष्य की मृत्यु हो गई और दुःख शुरू होता है, इस दुःख में रिश्तेदार रोते हैं और कई दिनों तक रोना-धोना चलता है। इसलिए कहा जाता है, अज्ञान जो भी करवाए, कम है।

इसका अर्थ है कि जिसे हम मृत्यु कह रहे थे, उसे नकली मृत्यु कहना चाहिए।

ये बातें समझते हुए अब हम आगे यह जानेंगे कि नकली मृत्यु (स्थूल शरीर गिरने) के बहुत पहले क्या होता है, नकली मृत्यु के ठीक पहले क्या होता है, नकली मृत्यु के ठीक बाद क्या होता है और नकली मृत्यु के बहुत बाद क्या होता है।

कुछ महत्त्वपूर्ण संकेत :

१) जिसे हम मृत्यु कहते हैं, उसे असल में नकली मृत्यु कहना चाहिए।

२) हमारी समझ के अनुसार मृत्यु का अर्थ है, बाहर के दो शरीरों का गिरना या कार की बॉडी का हट जाना या कोट और स्वेटर का उतर जाना।

३) स्थूल शरीर के गिरने के पश्चात् लगता है कि मनुष्य की मृत्यु हो गई किंतु उसकी यात्रा सूक्ष्म शरीर के साथ जारी रहती है। दरअसल आपकी आँखों की शक्ति सीमित है इसलिए जब सूक्ष्म शरीर दिखाई नहीं देता तो लोग कहते हैं कि 'मनुष्य की मृत्यु हो गई।'

अध्याय - ७

नकली मृत्यु के बहुत पहले

गहरी नींद और मृत्यु

अब तक हमने जाना कि मनुष्य के पास चार शरीर हैं, जिन्हें वह अपने साथ लेकर भ्रमण कर रहा है अर्थात एक ड्राइवर या चालक है और चार आवरण (वाहन) हैं। तो आइए जानते हैं, नकली मृत्यु से बहुत पहले हमारे जीवन में ऐसा क्या-क्या होता है, जिसका संबंध मृत्यु व सूक्ष्म शरीर से है।

मनुष्य जब गहरी नींद में सोता है तब सूक्ष्म शरीर, जिसकी बात चल रही है, वह कई बार शरीर से निकलकर अलग-अलग स्थानों की यात्रा करके आता है। कभी आप किसी को नींद से अचानक झटके से उठाते हैं तो क्या होता है? सूक्ष्म शरीर कहीं बाहर गया होता है और वह एक झटके से वापस आ जाता है, इससे कुछ लोगों को तो सिर दर्द तक हो जाता है। ऐसा इसीलिए क्योंकि दोनों शरीर अचानक फिर से जुड़ते हैं। जिस कारण तालमेल में जरा गड़बड़ हो जाती है। सूक्ष्म शरीर यदि दिखाई दे तो हू-ब-हू इस शरीर जैसा है। वह भौतिक (बाहरी) शरीर के नाभि केंद्र से जुड़ा हुआ है अर्थात दोनों शरीर आपस में जुड़े हुए हैं। उनके मध्य है एक रूपहली डोर, सुनहरा धागा जो नाभि केंद्र से जुड़ा हुआ है। सूक्ष्म शरीर रात में कई यात्राएँ करके लौटता है। कई बार वे यात्राएँ स्वप्न के रूप में आपको दिखाई देती हैं। कई बार जब आप किसी नए स्थान पर जाते हैं तो एक पल के लिए आपको लगता है कि 'इस स्थान को मैंने पहले भी देखा है।' ऐसे में आप कहते हैं, 'यह स्थान मेरा देखा हुआ है, इसे मैं पहले भी देख चुका हूँ, हालाँकि मैं यहाँ पहले कभी नहीं आया।'

कुछ लोगों के साथ ऐसा भी होता है कि कोई घटना घटती है तो लगता है, 'अरे यह घटना तो पहले भी हो चुकी है या मैं पहले भी ऐसी घटना देख चुका हूँ।' लेकिन जरा सोचिए कि उसने वह घटना पहले कैसे देखी होगी? कोई तो बात होगी। इसका अर्थ यही है कि सूक्ष्म शरीर इस शरीर से निकलकर, भ्रमण करके फिर से वापस आ जाता है। उस यात्रा की यादें मस्तिष्क में अंकित हो जाती हैं।

मृत्यु का अर्थ है, भौतिक शरीर और सूक्ष्म शरीर के मध्य की सुनहरी डोर का कट जाना। आप जब गहरी नींद में जाते हैं, तब असल में कौन सोता है? क्या कभी आपने खुद से यह सवाल पूछा है? जब आप सोते हैं, तब आपके भीतर निरंतर विचार चलते रहते हैं और अचानक विचार बंद हो गए और आप गहरी नींद में चले गए। क्या कभी आपने नींद में जाने से पहले का आखिरी विचार पकड़ा है कि नींद में जाने से पहले यह विचार आया, बाद में नींद आई? आपने वह विचार नहीं पकड़ा होगा। नींद से उठते ही आपके विचार शुरू हो जाते हैं और आप अपने आपको जगा हुआ महसूस करते हैं। इसका अर्थ कौन सोया और कौन जागा? सिर्फ विचार सोए और विचार जागे। इन विचारों को देखनेवाला तो जगा हुआ ही है। वह तो कभी सोया ही नहीं यानी जो शरीर का ड्राइवर है, वह कभी सोया ही नहीं। आप कहते हैं, 'मैं सोया, मैं जागा।' किंतु हकीकत में विचार सोए, विचार जागे। विचारों को जाननेवाला तो हमेशा ही जगा हुआ है।

आप रोज नींद में जीवन और मृत्यु के बहुत गहरे अनुभव लेते हैं। नींद में शरीर का एहसास लुप्त हो जाता है। मृत्यु के बहुत पहले से ही आप हर रात मृत्यु का अनुभव लेते हैं। स्वप्नों द्वारा आप कई स्थानों का भ्रमण करते हैं। समाधि (सविकल्प और निर्विकल्प) द्वारा आप चार शरीरों के पीछे पाँचवें (स्व-साक्षी) का अनुभव कर सकते हैं। ध्यान* में मनुष्य जीवित रहकर ही अपनी मृत्यु का आयोजन करता है यानी जाग्रत अवस्था में मृत्यु के अनुभव को समझता है।

इस भाग में आपने गहरी नींद और मृत्यु की समानता को समझा, अब जानें, नकली मृत्यु के ठीक पहले क्या होता है।

---

* ध्यान और ध्यान की विधियों को समझने के लिए पढें. पुस्तक ध्यान- २२२ सवाल और ध्यान दीक्षा।

कुछ महत्त्वपूर्ण संकेत :

१) जब भौतिक शरीर गिरता है, तब मनुष्य की नकली मृत्यु होती है क्योंकि उसके सूक्ष्म शरीर की यात्रा जारी रहती है। जब सूक्ष्म शरीर भी गिरता है तभी मनुष्य की असली मृत्यु होती है।

२) जब आप नींद लेते हैं तो कई बार सूक्ष्म शरीर बाहर जाकर यात्राएँ करके आता है इसलिए कई बार कुछ लोगों को कोई घटना या स्थान, पहले से देखा हुआ लगता है, जबकि असल जीवन में उन्होंने वह घटना या स्थान पहले कभी नहीं देखा होता।

अध्याय - ८

नकली मृत्यु के ठीक पहले

मृत्यु के पहले 'विचार'

मृत्यु के समय भौतिक शरीर के साथ जुड़ी हुई रूपहली डोर कट जाती है। ऐसा मृत्यु के ठीक पहले होता है इसलिए कई बार आपने देखा होगा कि मृत्यु के वक्त जो मनुष्य पीड़ा में या तकलीफ में होते हैं, वे मृत्यु के ठीक पहले शांत हो गए, उनके मुख पर एक मुस्कान आ गई। ऐसी कुछ घटनाएँ आपने देखी या सुनी होंगी।

ऐसा क्यों होता है? क्योंकि उस वक्त उस मनोशरीर यंत्र (इंसान के भौतिक शरीर) में ही मृत्यु के ठीक पहले बहुत सारी बातें समझ में आने लगती हैं। उन्हें पता चलता है कि जिसे वे मृत्यु समझकर भयभीत हो रहे थे, रो रहे थे, वह मृत्यु नहीं है। अचानक उन्हें वे बातें स्वीकार हो जाती हैं। कई पागल लोगों को मृत्यु के समय ठीक होते हुए देखा गया है। कई बार लोग आश्चर्य करते रह जाते हैं। मृत्यु के कुछ समय पहले ही वे ठीक हो गए, कुछ पल के लिए शांत हो गए यानी मृत्यु के बाद उनका पागलपन समाप्त हो जाएगा। उस सूक्ष्म शरीर के साथ, भौतिक शरीर की पीड़ाएँ भी समाप्त हो जाएँगी। मृत्यु के वक्त एक ऐसी बात जानने को मिलती है, जिससे मरनेवाला मनुष्य बहुत शांत हो जाता है। हालाँकि यह जरूरी नहीं है कि ऐसा हर शरीर में हो। यह मनुष्य के पूरे जीवन की समझ व कृपा पर निर्भर करता है।

कुछ लोगों को मृत्यु के समय भी वे ही विचार आते हैं, जो जीवनभर उनके साथ रहे। जैसे, 'फलाँ चीज का क्या होगा? फलाँ रिश्तेदार का क्या होगा? मेरा यह

काम अधूरा रह गया, मेरा वह काम अधूरा रह गया, अब क्या होगा?' ऐसे विचार इसीलिए चलते हैं क्योंकि अंत में (नकली मृत्यु के वक्त) वही विचार याद आते हैं, जो जीवनभर चले, जिनसे जीवनभर मोह रहा। यह मोह अंतिम क्षणों में मृत्यु के अनुभव पर हावी हो जाता है। वह मनुष्य नकली मृत्यु के अंतिम क्षण भी चूक जाता है, जो क्षण उसे बहुत कुछ सीखा सकता था। समझदार मनुष्य अपनी नकली मृत्यु का समय व्यर्थ नहीं गँवाता। जिसने जीवनभर अपना होश सँभाला हो, अपने लक्ष्य पर मनन किया हो, वही महाजीवन के योग्य होता है, वही नकली मृत्यु को हँसते-हँसते स्वीकार करता है।

एक मनुष्य की सात बेटियाँ थीं। उसने संपूर्ण जीवन परेशानियाँ सह-सहकर अपनी बेटियों के विवाह के लिए धन जुटाया। उस मनुष्य का जीवन बेटियों के लिए उचित वर ढूँढ़ने और उनका विवाह करवाने में व्यतीत हो रहा था। वह अत्यंत दुःखी था और मन की शांति चाहता था। किसी ने उसे बताया, 'फलाँ-फलाँ स्थान पर एक महाराज रहते हैं। उनसे अपनी मानसिक अशांति का समाधान पूछकर आओ और यह स्मरण रखना कि वे महाराज एक मनुष्य के एक ही प्रश्न का उत्तर देते हैं।' उसने कहा, 'ठीक है, मेरी समस्या का समाधान मिल जाए तो अच्छा है। मैं उनसे यही एक प्रश्न पूछूँगा कि 'मैं दुःखी हूँ, परेशान हूँ तो आनंदित कैसे हो सकता हूँ?''

वह उस महाराज के आश्रम में पहुँचा और उसने देखा कि महाराज की उम्र अधिक नहीं थी। महाराज ने उससे पूछा, 'तुम्हारा क्या प्रश्न है?' तो उसके मुख से तुरंत निकला, 'क्या आपका विवाह हुआ है?' महाराज ने उत्तर दिया, 'नहीं।' और फिर बोले, 'अब तुम दूसरा प्रश्न नहीं पूछ सकते।' वह मनुष्य रोते-पछताते घर वापस लौट आया।

अब जरा सोचें कि उसके साथ ऐसा क्यों हुआ? क्योंकि उसके दिमाग में सिर्फ यही विचार चल रहे थे कि किसी भी प्रकार बेटियों का विवाह करवाना है। इसलिए वह हर स्थान पर अच्छे लड़कों की तलाश में रहता था। इसलिए उसके मुँह से गलत प्रश्न निकल गया। वह अपनी आसक्ति और मोह के चलते कभी शांति प्राप्त नहीं कर पाया।

इससे आप समझ सकते हैं कि जीवनभर आप जो विचार रखते हैं, नकली मृत्यु के वक्त भी आपके मन में वही विचार आएँगे। जो परेशानी आप हमेशा लेकर जीते

आए हैं, वही परेशानी उस वक्त भी याद आएगी। मृत्यु के ठीक पहले देखा गया कि मनुष्य जो बातें जीवनभर सोचता आया है, मृत्यु के वक्त भी उसे उन्हीं बातों के विचार आते हैं। परंतु आपके जीवन में मृत्यु के वक्त सत्य के विचार रहेंगे क्योंकि आपको पूर्ण ज्ञान मिल रहा है। इस प्रकार आपने यह समझा कि मृत्यु के ठीक पहले क्या होता है।

कुछ महत्त्वपूर्ण संकेत :

१) जब भौतिक शरीर और सूक्ष्म शरीर के मध्य की रूपहली डोर कटती है तब मनुष्य की नकली मृत्यु हो जाती है।

२) कई पागल मनुष्य मृत्यु से थोड़े समय पहले बिलकुल ठीक हो जाते हैं या शांत हो जाते हैं क्योंकि मृत्यु से पहले ही उनमें समझ प्रकट होती है कि यह असली मृत्यु नहीं है। उन्हें वह समझ मृत्यु के वक्त मिलती है किंतु आपको यह समझ पहले ही दी जा रही है, जो अत्यंत महत्त्वपूर्ण है।

३) आपने जीवनभर जिन विचारों को अपने मन में रखा है, वे ही विचार मृत्यु के वक्त याद आते हैं इसलिए यदि आपको पूर्ण ज्ञान मिलता है तो आपको मृत्यु के वक्त सत्य के विचार ही आएँगे।

४) जीवनभर जो विचार मन में रखेंगे, जो कर्म करेंगे, मृत्यु के समय भी वही सब याद आनेवाला है, यह याद रखें। उदाहरण के लिए, एक मनुष्य की सात लड़कियाँ – पहाड़ पर जाना – स्वामी को एक ही प्रश्न पूछना – क्या आपका विवाह हुआ है?

अध्याय - ९

नकली मृत्यु के ठीक बाद

आप स्वयं अपने जज हैं

नकली मृत्यु के ठीक बाद मनुष्य अपने आपको अकस्मात एक नए वातावरण में पाता है। जैसे कोई मनुष्य अकस्मात किसी नए शहर में पहुँच जाए, जहाँ उसे उस शहर की भाषा आदि के बारे में कोई विशेष जानकारी न हो। नए लोग, नए खाद्य पदार्थ, नया मौसम, नई भाषा, नए परिधान देखकर उसे कैसा प्रतीत होगा? मनुष्य के इस नए जीवन की शुरुआत को 'ग्रे पीरियड' कहा गया है। जैसे काले और सफेद रंग के मध्य ग्रे शेड होता है, वैसे ही नकली मृत्यु और सूक्ष्म शरीर की आगे की यात्रा के मध्य एक ग्रे पीरियड होता है।

ग्रे पीरियड के इस छोटे से समय में सूक्ष्म शरीर अपने नए जीवन को शुरू करने की तैयारी करता है। इस ग्रे पीरियड में सूक्ष्म शरीर को अपने बीते जीवन की हर घटना याद आती है, बिलकुल किसी फिल्म के समान। बचपन से लेकर आज तक अर्थात नकली मृत्यु तक उसके जीवन में जो भी घटनाएँ घटीं, वे सारी याद्दाश्त के रूप में उसके सामने आती जाती है। उसे स्वयं ही मालूम पड़ जाता है कि उसके जीवन में क्या हुआ और क्या नहीं हुआ। नकली मृत्यु के ठीक बाद आपको कोई दूत लेने नहीं आएगा, जैसे कि हम सुनते आए हैं और न ही किसी स्वर्ग की अदालत में किसी धर्मराज के सामने आपकी सुनवाई होगी। इस ग्रे पीरियड में आप खुद अपने न्यायाधीश होंगे। आपकी चेतना का स्तर स्वयं आपकी आगे की अवस्था, व्यवस्था निर्धारित करेगा।

मनुष्य जब जीवित होता है, तब वह अपने जीवन के बारे में अनुमान लगाता है, 'मेरे जीवन में यह अच्छा हुआ, यह बुरा हुआ।' ऐसे अनुमान गलत सिद्ध होते हैं। जैसे किसी के घर बेटी पैदा हुई तो लोग कहते हैं, 'अरे! कितना बुरा हुआ, लड़की हुई।' किंतु कोई उनसे पूछे कि 'तुम यह कैसे कह सकते हो कि बुरा हुआ? पहले लड़की को बड़ी तो होने दो। हो सकता है कि वह बड़ी होकर पी.टी. उषा बन जाए, मदर टेरेसा बन जाए या झाँसी की रानी जैसी बन जाए।' तब आप कहेंगे, 'कितना अच्छा हुआ जो लड़की हुई, इतनी सफल हुई।' असल में हर मनुष्य बड़ी जल्दी अनुमान लगा लेता है इसलिए कहा जाता है कि पूरी फिल्म देखने के पश्चात् ही सही फैसला हो सकता है। तब ही कोई बता सकता है कि फिल्म अच्छी थी या नहीं। ग्रे पीरियड में अब वह स्वयं अपनी पूरी फिल्म देख रहा है (स्मरण कर रहा है) और वह स्वयं अपना धर्मराज (जज) है। एक साथ अपने जीवन की पूरी फिल्म देखने के पश्चात् ही अनुमान लगाया जा सकता है कि वह जीवन सफल रहा या असफल, वह लायक था या न-लायक, वह संतुष्ट हुआ या असंतुष्ट।

इस प्रकार वह सूक्ष्म शरीर अपनी पूरी फिल्म देख लेता है, स्मरण कर लेता है, फिर नए जीवन के लिए तैयार हो जाता है। तत्पश्चात् वह अपनी यात्रा में आगे बढता है।

अब तक आपने समझा कि नकली मृत्यु के बहुत पहले क्या होता है, ठीक पहले क्या होता है और ठीक बाद में क्या होता है। अब आगे जानें कि नकली मृत्यु के बहुत बाद क्या होता है।

कुछ महत्त्वपूर्ण संकेत :

१) ग्रे पीरियड में आपको अपना पूरा जीवन, हर घटना एक-एक करके याद आती है। इसलिए कहा जाता है, अपना पूरा जीवन देखकर ही ये अनुमान लगाएँ कि आपका जीवन अच्छा था या नहीं, आधा जीवन देखकर कभी अनुमान न लगाएँ।

२) नकली मृत्यु के ठीक बाद कोई दूत मृतक को लेने नहीं आएगा और न किसी स्वर्गीय अदालत में किसी धर्मराज के सामने उसकी सुनवाई होगी। आप स्वयं अपने जज होंगे और आपकी चेतना का स्तर ही आपकी आगे की अवस्था, व्यवस्था निर्धारित करेगा।

अध्याय - १०

नकली मृत्यु के बहुत बाद

परलोक जीवन के रहस्य

आगे की रोमांचक यात्रा

एक बार एक लड़के ने अपने मित्र से कहा, 'मैं जब भी अपने दादाजी की तलवार देखता हूँ तो मुझे इतना उत्साह आ जाता है कि युद्ध करने की इच्छा जाग्रत होती है।' इस पर उसके मित्र ने कहा, 'फिर तुम फौज में क्यों नहीं सम्मलित होते? जाओ फौज में सम्मलित हो जाओ।' इस पर लडक़े ने कहा, 'नहीं, जब मैं फौज में सम्मलित होने की सोचता हूँ तो मुझे दादाजी की कटी टाँग भी दिखाई देती है।' अर्थात जब पूरी जानकारी होती है तो ही सही निर्णय होता है। बहुत से लोग अधूरे ज्ञान के कारण सही निर्णय नहीं ले पाते।

जब मनुष्य ग्रे पीरियड में अपनी पूरी फिल्म देख लेता है, तब उसके पास पूर्ण ज्ञान होता है। पृथ्वी के जीवन में क्या-क्या हुआ यह उसने भलि-भाँति देख लिया होता है। अब इस पूर्ण ज्ञान के साथ अपनी चेतना व समझ के आधार पर वह अपने नए जीवन में आगे के पग उठाने के लिए तैयार होता है। इसमें उसकी सहायता के लिए वहाँ कई मनुष्य अलग-अलग समय पर सामने आते हैं।

जैसे कोई बच्चा पैदा होता है तब डॉक्टर, नर्स उसे इस संसार में आने में सहायता करते हैं, उसका ध्यान रखते हैं। वैसे ही उस जगत में भी कुछ ऐसे मनुष्य होते हैं, जो उस सूक्ष्म शरीर की मदद करते हैं। वह जगत यहीं है, कहीं दूर नहीं है।

सिर्फ उसकी तरंग अलग है। वहाँ पर भी यहाँ की तरह अस्पताल* होते हैं, बस थोड़े अलग ढंग के होते हैं क्योंकि वहाँ पर भौतिक शरीर के कष्ट नहीं होते, जिन्हें ठीक किया जाए। वहाँ अलग ढंग के अस्पताल होते हैं। सूक्ष्म शरीर उस यात्रा में आगे बढ़ेगा तो जानेगा कि सब कष्ट तो लुप्त हो गए किंतु अब अलग ढंग की बातें, अलग ढंग की उलझनें सामने आ रही हैं।

अब प्रश्न यह उठता है कि सूक्ष्म शरीर को किस प्रकार की सहायता की आवश्यकता होती है, कौन सी सहायता उसे दी जाती है? असल में वह सहायता नए जीवन, नए वातावरण की परख करने के लिए होती है। ताकि वह जल्द से जल्द मान्यतारहित होकर आगे बढे, अपना विकास करे। जब कोई मनुष्य सूक्ष्म जगत में प्रवेश करता है तो वहाँ पर समझानेवाले सेवक उसे बताते हैं कि यहाँ कोई अप्सराओंवाला स्वर्ग नहीं है और न ही कोई यमदूतोंवाला नरक है। यहाँ कोई चित्रगुप्त या धर्मराज तुम्हारे कर्मों का लेखा-जोखा करने के लिए नहीं बैठे हैं। इस प्रकार उसकी सारी मान्यताएँ उसके सामने स्पष्ट कर दी जाती हैं। जैसे-जैसे वह समझने का प्रयास करेगा, उसका मन खुलेगा, वैसे-वैसे वह उनकी बातें समझ पाएगा और अपनी आगे की यात्रा शुरू करते हुए, अपना विकास कर पाएगा। किंतु जो सूक्ष्म शरीर तैयार नहीं है, जो अपने धर्म और कर्म की मान्यताओं में उलझा हुआ है, वह समझ नहीं पाता, नई बातें स्वीकार नहीं कर पाता। ऐसा इसलिए होता है क्योंकि इस जगत में पंडितों-पुरोहितों ने अपनी दुकान चलाने के लिए लोगों को बहुत भयभीत कर रखा है और लालच दे रखा हैं। जैसे कि मृत्यु के पश्चात् ऐसा नरक होता है, ऐसा-ऐसा स्वर्ग होता है। वे सब दृश्य मनुष्य के मस्तिष्क में रहते हैं। इसलिए उसकी मान्यताएँ जल्दी नहीं टूटती। इस कारण से वह बड़ी दुविधा में रहता है, वह समझ नहीं पाता यह क्या हो रहा है? वह सोचता है, मुझे कुछ भी समझ में क्यों नहीं आ रहा? चारों ओर धुँध ही धुँध क्यों दिखाई दे रही है? सब कुछ स्पष्ट क्यों नहीं दिखाई दे रहा? आगे उसकी यात्रा में जितनी मान्यताएँ टूटती जाएँगी, जितने भ्रम समाप्त होंगे, उतना ही उसे साफ-साफ दिखाई देने लग जाएगा। वरना एक लंबे समय तक वह उलझनों के बादलों में ही जीएगा।

पृथ्वी के समान, सूक्ष्म जगत में भी एक नहीं बल्कि कई सारे अस्पताल होते

*अस्पताल जैसे शब्द समझाने के लिए बताए जा रहे हैं। शब्दों के पीछे की समझ पकड़ें, न कि शब्दों में उलझें।

हैं। यहाँ हम देखते हैं, किसी अस्पताल में डॉक्टर यदि निपुण हैं तो बच्चा उनके निपुण हाथों से जन्म लेता है। हम अपने रिश्तेदार के लिए यही प्रार्थना करें कि उनका सूक्ष्म शरीर भी अच्छे अस्पताल से होकर आगे की यात्रा जारी रखे। यदि उसने जीवन में बुरे कर्म किए हों, तब तो यह प्रार्थना जरूर करें कि अच्छे अस्पताल में उसे मार्गदर्शन देनेवाले लोग मिलें और वह उनसे मार्गदर्शन ले पाएँ। क्योंकि वह (मृत्यु को प्राप्त हुआ मनुष्य) किससे मार्गदर्शन लेने का चुनाव करता है, यह बात भी महत्त्वपूर्ण है। उदाहरण के लिए मान लीजिए, आप कहीं घूमने गए हैं और यदि चार गाईड आपके सामने तुरंत नक्शा लेकर खड़े हो गए तो आप किस पर यकीन करेंगे? किसकी सुनेंगे? आप देखते हैं, कुछ गाईड आपको घुमा-फिराकर जानकारी देते हैं, कुछ गाईड ऐसी बातें कहते हैं, जो आपको पसंद आ जाती हैं, कुछ गाईड सही और सीधी बातें भी बताते हैं किंतु वे आपको लुभावनी नहीं लगतीं। ज्ञान के अभाव के कारण आप उन्हें परख भी नहीं पाते। फिर अंत में आप वही गाईड चुनते हैं, जो आपको आपके ज्ञान के अनुसार सही या लुभावना प्रतीत होता है। जिसकी जितनी उच्च समझ होगी, वह वैसा ही गाईड चुनेगा।

पृथ्वी पर भी आप देखते हैं कि कई अच्छे लोग (संत, महात्मा, सेवक, सात्विक लोग) आम लोगों को मार्गदर्शन देते हैं। किंतु सभी लोग उनसे मार्गदर्शन नहीं ले पाते। ऐसी व्यवस्था सूक्ष्म जगत में भी है। लोग मार्गदर्शन देने के लिए कई बार सामने आते हैं। जो लोग बहुत दुविधा में हैं, मान्यताओं में फँसे हैं, उन तक मार्गदर्शन पहुँचता है। लेकिन जब कई मार्गदर्शक सामने आते हैं तब किससे मार्गदर्शन लें, इसका चुनाव हर किसी को स्वयं ही अपनी समझ के आधार पर करना पड़ता है।

इसलिए यहाँ की (पृथ्वी की) समझ सबसे मुख्य मानी गई है। मानव जीवन में जो समझ का कर्म आपसे हुआ है, वही कर्म आगे आपके काम आता है। इसीलिए सभी संतों ने कर्म पर इतना जोर दिया है। जब कोई सूक्ष्म शरीर सही मार्गदर्शन प्राप्त कर, अपना विकास करता है और अपनी समझ व चेतना का स्तर बढाता है तब ही उसे उच्च चेतना के उपखण्डों में प्रवेश मिलता है। जिनकी चेतना का स्तर निम्न है, उन्हें उन्हीं स्थानों में आने दिया जाता है, जहाँ वे अपने स्तर के मनुष्यों के साथ रह पाएँ। उन्हें किसी दूसरे स्थान में नहीं आने दिया जाता। वहाँ धन काम में नहीं आता। यहाँ, पृथ्वी पर तो कहीं भी जाने के लिए धन ही काम में आता है। यहाँ यदि

आपको अमरिका जाना है तो धन जरूरी है, धन नहीं है तो आप अमरिका नहीं जा सकते। जब आपको नए, अनोखे स्थानों पर जाना होता है, जहाँ सबको प्रवेश नहीं मिलता तब आप धन देकर वहाँ पहुँच जाते हैं परंतु सूक्ष्म जगत के उच्च उपखण्ड में प्रवेश पाने के लिए धन देनेवाली बात ही नहीं है। वहाँ आपकी चेतना का स्तर और ज्ञान ही काम में आएगा। चेतना की दौलत ही वहाँ असली दौलत है और आपकी समझ ही वहाँ आपका पासपोर्ट है।

सूक्ष्म शरीर की यात्रा में सबसे सुंदर बात यह है कि वहाँ (परलोक में) एक धारणा, एक विचारधारा के लोग, प्रेम-प्यार से जीनेवाले लोग, एक साथ रहते हैं। यहाँ, पृथ्वी पर एक ही घर में रहनेवाले लोगों के विचार कितने अलग-अलग होते हैं और ये बात कई बार बड़ी कष्टप्रद होती है। न चाहते हुए भी लोगों को यहाँ इकट्ठा रहना पड़ता है किंतु वहाँ की खूबसूरती अलग है। वहाँ एक तरह के विचार रखनेवाले लोग एक साथ रहना पसंद करते हैं। जो दुष्ट प्रकृति के मनुष्य हैं वे खुद-ब-खुद अलग वातावरण (लेवल) में पहुँच जाते हैं।

इसे एक उदाहरण द्वारा समझें। मान लीजिए कि एक बँगला है, जिसमें सात कमरे हैं। एक कमरे में अंधेरा है, एक में मोमबत्ती का प्रकाश है, एक में बल्ब का प्रकाश है और एक में ट्यूब लाईट का प्रकाश है। इनमें से आप कौन से कमरे में रहना पसंद करेंगे? निश्चित है, आप जहाँ आरामदायक (कम्फर्टेबल) महसूस करेंगे, वहीं जाना पसंद करेंगे। किसी को कैन्डल लाईट डिनर अर्थात मोमबत्ती के प्रकाश में भोजन करना बहुत अच्छा लगता है तो वह वहाँ जाकर बैठना चाहेगा। किसी को ट्यूब लाईट का प्रकाश अच्छा लगता है, किसी को बल्ब का प्रकाश अच्छा लगता है तो किसी को अंधकार में बैठना अच्छा लगता है। हर एक अपनी इच्छानुसार उस कमरे में जाना चाहेगा अर्थात जिसकी जैसी विचारधारा (चेतना) है, वह वैसे वातावरण में रहना पसंद करता है। जैसे-जैसे आपके विचार शुद्ध होते जाएँगे, वैसे-वैसे आप उच्च वातावरण (हायर लेवल) में शिफ्ट होते जाएँगे और आगे बढ़ते जाएँगे।

यहाँ पर लोग जिस प्रेम-प्यार के वातावरण की कल्पनाएँ करते हैं, वहाँ वैसा ही वातावरण मिलता है। वहाँ पर उन लोगों को कष्ट होता है, जिन्होंने शरीर हत्या (सुसाईड) की है क्योंकि शरीर हत्या करनेवाला मनुष्य कई गलत धारणाओं (अज्ञान) व दुःख में फँसा होता है। जिनकी स्वाभाविक मृत्यु होती है, उनका जीवन

वहाँ अच्छा चल सकता है किंतु यह भी तभी होगा यदि वे मान्यताओं से मुक्त होना सीख चुके हों।

यदि पृथ्वी पर मानव जीवन स्वार्थी और पापपूर्ण रहा है तो परलोक में वह स्वयं को एक धूमिल से अंधकारमय, दु:खद और बोझिल वातावरण में पाता है, जहाँ भय व वेदना का साम्राज्य होता है। उसे यह समझने में भी कठिनाई होती है कि वह वास्तव में मृत्यु को प्राप्त हो चुका है। उसकी यह अज्ञानता यदि शीघ्र नहीं टूटी तो कभी-कभी उसे (नियमानुसार) और नीचे की ओर, अधिक दु:खद वातावरण में जाना पड़ता है। जहाँ चेतना का स्तर निम्नतम होता है।

यदि मृत्यु को प्राप्त होनेवाले मनुष्य स्वभाव से स्वार्थी, हिंसक, लोभी रहे हैं तो वे परलोक में भी समान विचारवालों से घिरे रहते हैं, जहाँ बोझिल व उदासीनता का वातावरण रहता है। यदि ऐसे वातावरण में भी उन्हें अपने दुष्कर्मों पर पश्चाताप नहीं होता तो वे उससे और भी नीचे के उपखण्ड में उतर जाते हैं, जहाँ रोशनी पहले से कम होती जाती है। जब उनमें ऊपर उठने की प्रेरणा जगती है, तब उनकी सहायता के लिए कोई न कोई पहुँच जाता है, बशर्ते वे अहंकार से नहीं बल्कि समर्पण के साथ मार्गदर्शन ग्रहण करने को तैयार हो जाएँ।

यदि मनुष्य का जीवन पृथ्वी पर सेवा और सहानुभूतिपूर्ण रहा हो तब तो परलोक उसके लिए एक आनंद, प्रेम और सौंदर्य का अपूर्व जीवन प्रस्तुत करता है।

सूक्ष्म जगत में जो मनुष्य निम्न उपखण्डों में रहते हैं, वे खान-पान (भौतिक खाना नहीं) और विश्राम करने के उपकरणों का निर्माण करने में लगे रहते हैं क्योंकि भौतिक जीवन का स्वभाव उनसे तुरंत भुलाया नहीं जा सकता। भोजन करना यहाँ केवल एक स्वभाव की वजह से होता है, न कि शरीर पोषण की वजह से परंतु उच्च उपखण्डों में इन सबकी कोई आवश्यकता महसूस नहीं होती।

जैसे-जैसे मनुष्य विकास करता है और अपने विचारों में पवित्रता (Purity of mind) लाता है, वैसे-वैसे उसके शरीर में तेज (कांति) व सुंदरता का समावेश होना आरम्भ हो जाता है।

पृथ्वी पर जो प्रेम, करुणा व सेवा से भरे धीरजवान लोग होते हैं, वे मृत्यु उपरांत अपने मन की शुद्धता के अनुसार उच्च उपखण्ड में पहुँचते हैं, वहाँ प्रकाशवान, स्वच्छ, आनंद से भरपूर वातावरण होता है। यहाँ के लोगों से मिलकर उनके ज्ञान

का और विस्तार होता है, जिससे वे सूक्ष्म शरीर की उच्चतम अभिव्यक्ति को समझ पाते हैं।

पृथ्वी पर दया, करुणा और तेज प्रेम को ज्यादातर हलकी नजरों से देखा जाता है या मनुष्य इन गुणों को केवल दिखावे के लिए अपनाते हैं किंतु परलोक के उच्च उपखण्डों में इन गुणों को मूल्यवान समझा जाता है। वहाँ इन्हीं गुणों का वर्चस्व होता है।

सूक्ष्म जगत् में आने के पश्चात् कई मनुष्य सत्य जानकर यह सोचते हैं कि मृतक वे हैं या दुनियावाले हैं, जो इतने बड़े धोखे में पृथ्वी पर जी रहे हैं। पृथ्वी के मनुष्य वास्तविकता से कोसों दूर हैं। यहाँ प्रत्येक मनुष्य प्रेम और शांति की गरिमा को भलि-भाँति जानने लगता है। संगीत, रंग, चित्र, सृजनता, रचनात्मक कार्य इत्यादि यहाँ की अभिव्यक्ति है, जिसे पृथ्वी की भाषा में बताना कठिन है। पृथ्वी पर तीन आयाम हैं लंबाई, चौड़ाई और गहराई किंतु यहाँ चौथा आयाम भी जुड़ता है, जो हमारी भाषा में कभी व्यक्त ही नहीं किया गया है इसलिए हमारे शब्दकोष में वैसे शब्द भी नहीं बने हैं। यहाँ लोग जैसे-जैसे निःस्वार्थ होते हैं, उनके विचार शुद्ध होते है, वैसे-वैसे वे ऊपर के उपखण्डों के लिए रूपांतरित होते जाते हैं। यही सच्चा विकास है।

विचारों की शुद्धि को पृथ्वी पर बहुत कम महत्व दिया जाता है। जैसे आप सोचते हैं कि पृथ्वी पर कुछ ही लोग चोर हैं। बहुत सारे लोग जो चोरी नहीं करते वे चोर नहीं हैं लेकिन यदि हम उनके मन में झाँककर देखें तो पाएँगे, वे लोग चोरी केवल इसलिए नहीं करते क्योंकि वे जानते हैं कि अगर हम पकड़े गए तो दंड मिलेगा। इसलिए नहीं कि वे अच्छे हैं। सिर्फ दंड के डर की वजह से उन्होंने अपने आपको रोककर रखा है। वहाँ पर ये सब चोर, चोरों के साथ हो लेंगे और मोर (अच्छे) मोरों (अच्छों) के साथ हो लेंगे।

इसे ऐसे समझें, यदि पृथ्वी पर किसी ने ऐसा कानून निकाला कि आप कहीं पर भी जाकर रह सकते हैं, कोई सजा नहीं है, कोई दंड नहीं है। किसी का खून करना चाहें तो कर सकते हैं, चोरी करना चाहें तो कर सकते हैं, बेईमानी करना चाहें तो कर सकते हैं तो इस पृथ्वी पर क्या होगा? जो अच्छे लोग होंगे, वे अपना दल बना लेंगे और जो बुरे लोग होंगे, वे अपना दल बना लेंगे। यह खुद-ब-खुद हो

जाएगा। उसी तरह वहाँ भी लोग अपनी-अपनी चेतना के अनुसार संघ बना लेते हैं। जो अंदर से अच्छे हैं, सच्चे हैं, बच्चे हैं वे अपने जैसे लोगों के साथ रहना पसंद करते हैं। जो बाहर से अच्छे दिखने की चेष्टा करते हैं, वे अपने जैसे लोगों से ही जुड़ जाते हैं। क्योंकि यहाँ न किसी को धोखा दिया जा सकता है और न ही किसी को गलत समझा जा सकता है। यहाँ के लोग ज्यादातर अंतर्ज्ञान (इंट्यूशन) से ही कार्य करते हैं। दुष्ट प्रवृत्ति के लोग स्वयं भी उस स्थान पर नहीं जाते हैं, जहाँ उच्च चेतना के लोग रहते हैं क्योंकि वे वहाँ खुद को आरामदायक महसूस नहीं करते। यदि एक मनुष्य किसी अंधेरे कमरे से दूसरे कमरे में जाए, जहाँ तीव्र प्रकाश हो तो उसे वह पसंद नहीं आता। वह वापस अपने अंधेरे कमरे में आ जाता है और वहाँ पर आराम की अनुभूति करता है। जहाँ आप आरामदायक महसूस करते हैं, आप वहीं जाना पसंद करते हैं। जो लोग वास्तव में अच्छे हैं, उनके जीवन में वहाँ दूसरे हस्तक्षेप नहीं कर सकते। यही वहाँ की सबसे बड़ी खूबसूरती है।

वहाँ पर धन की आवश्यकता नहीं है, कोई बिजनेस करने की जरूरत नहीं है। पृथ्वी पर बिजनेस इसलिए करना पड़ता है क्योंकि पेट की जरूरतों को पूरा करना पड़ता है। अब भौतिक शरीर चला गया तो पैसे कमानेवाली बात ही नहीं है। धन से जुड़ी सारी दिक्कतें समाप्त हो गईं। आज जो काम आप करते हैं, उसमें देखेंगे कि ९०% कामों में पैसा कमाने की भावना आती ही है। वहाँ पर एक नए तरह का जीवन चल रहा है, जहाँ टैलीपॅथी (मानसिक संवाद) से बातें होंगी। आप चाहें तो बोल भी सकते हैं किंतु उसकी भी आवश्यकता नहीं है क्योंकि लोग एक-दूसरे के विचार आसानी से पढ.सकते हैं। कोई किसी को मूर्ख नहीं बना सकता कि मन में कुछ है और बाहर से कुछ और बता रहा है। बाहर से 'आय लाईक यू' बोल रहा है मगर अंदर से 'आय हेट यू' बोल रहा है। वहाँ ऐसा नहीं हो सकता क्योंकि विचार ही वहाँ की सबसे बड़ी शक्ति है। आप सिर्फ दिल्ली जाने का विचार मन में रखकर दिल्ली पहुँच सकते हैं। वहाँ ऐसा ही है। पृथ्वी पर ऐसा नहीं है क्योंकि भौतिक (बाहरी) शरीर की रुकावटें हैं। हमें पृथ्वी पर शरीर से चलना पड़ता है वरना आप मन की शक्ति से सिर्फ विचार करते और एक से दूसरी जगह पहुँच जाते।

वहाँ विचारों से ही संपूर्ण क्रियाएँ होती हैं क्योंकि विचार ही वहाँ की शक्ति हैं इसलिए आपको कहा जाता है कि सकारात्मक सोच रखें, हॅपी थॉट्स रखें। उस सूक्ष्म शरीर में सुखद विचारों का सबसे ज्यादा महत्व है। जो जितना शीघ्र समझ जाएगा,

उतनी ही जल्दी आनंद प्राप्त कर लेगा। इस जीवन में जितनी समझ आपने प्राप्त की है, उससे हजार गुना ज्यादा आनंद आप वहाँ प्राप्त कर पाएँगे।

मृत्यु से पूर्व ही मान्यताओं से मुक्त हो जाएँ

जब भी पृथ्वी पर कोई जन्म लेता है तो वह ब्राह्मण बनकर पैदा होता है। कोई भी शूद्र बनकर जन्म नहीं लेता। किंतु बहुत कम लोग ऐसे होते हैं जो ब्राह्मण होकर मरते हैं। मृत्यु के समय मनुष्य या तो शूद्र होते हैं, वैश्य होते हैं या क्षत्रिय होते हैं। जैसे कोई देश की सीमा पर मरता है तो वह क्षत्रिय होता है। कोई मरते वक्त सिर्फ धन में जान अटकाए हुए है तो वह वैश्य हुआ और जो इस गलत मान्यता के साथ मरता है कि 'मैं मर रहा हूँ', वह शूद्र होता है।

जो इंसान स्वयं को जानकर मरता है, वह ब्राह्मण होकर मरता है। किसी ब्राह्मण परिवार में जन्म लेने का अर्थ ब्राह्मण होना नहीं है। ब्राह्मण अर्थात ब्रह्म में रमण करनेवाला, सत्य में जीनेवाला। हमारे अंदर जो चैतन्य है, जो ईश्वर है, उसमें रहनेवाला ब्राह्मण है। इसीलिए कहा जा रहा है कि बहुत कम लोग ही ब्राह्मण होकर मरते हैं। जो सत्य जान लेते हैं, परम चैतन्य की अवस्था में स्थापित हो जाते हैं, वे सूक्ष्म जगत में सीधे चेतना के साँतवें स्तर में प्रवेश पाते हैं। पृथ्वी पर ही मनुष्य अपना विकास करते हुए चेतना के साँतवें स्तर को प्राप्त कर ले, यह पृथ्वी की उच्चतम संभावना है।

इसी जीवन में अगर आप सत्य प्राप्त करें तो आगे का जीवन बड़ा सुंदर होगा। आपका आनंद हजार गुना बढ.जाएगा। इस जीवन में अगर आपने सत्य प्राप्त नहीं किया तो उस जीवन में आपको पृथ्वी पर समय गँवाने और अपनी त्रुटियों का एहसास होगा। जब अपने जीवन की पूरी फिल्म सामने आती है, तब मनुष्य यह सोचकर पछताता है कि 'हमारे सामने ज्ञान पाने का, सत्य जानने का इतना बड़ा मौका आया था मगर हमने उसे गँवाया।' इसलिए हमें जो जीवन मिला है, पहले उसके असली लक्ष्य को जाने और उस पर काम करें।

आगे नकली मृत्यु के बहुत बाद, आपको वहाँ अपना अगला कार्य, लक्ष्य मिलेगा और आनंद की वजह से आप वह कार्य करेंगे। अभी हम देखते हैं, पृथ्वी पर धन या अहंकार ही हमारे लिए प्रेरणा है। हम जो भी कार्य करते हैं, उनके पीछे ये ही चीजें काम करती हैं। मगर वहाँ आप जो रोल निभाएँगे वह आनंद और अभिव्यक्ति की वजह से होगा।

कुछ महत्त्वपूर्ण संकेत :

१) सूक्ष्म शरीर में विचार सबसे मुख्य कार्य करते हैं इसलिए सदैव शुभ विचार रखें।

२) वहाँ पर आपकी समझ ही आपका पासपोर्ट है इसलिए पृथ्वी पर आप समझ प्राप्त करें और मान्यताओं से मुक्त हो जाएँ।

३) सूक्ष्म शरीर के जगत में जानेवाले मनुष्य को वहाँ के सेवक बताते हैं कि यहाँ पर अप्सराओंवाला स्वर्ग नहीं है और यमदूतोंवाला नरक भी नहीं है। यह जानकर उनकी मान्यताएँ टूट जाएँगी।

४) सूक्ष्म शरीर की यात्रा में मनुष्य की जितनी मान्यताएँ टूटती जाएँगी, जितने भ्रम गिरते जाएँगे, उतना ही उसे साफ दिखाई देने लगेगा। वरना एक लंबे समय तक वह उलझनों के बादलों में ही जीता रहेगा।

५) सत्य का मार्ग कहता है – सत्य जानो और महाजीवन जीना शुरू करो।

६) पृथ्वी पर आप धन कमाने के उद्देश्य से काम करते हैं लेकिन सूक्ष्म शरीर के जगत में आप आनंद और अभिव्यक्ति की वजह से अपना कार्य करेंगे।

७) यदि पृथ्वी पर मानव का जीवन स्वार्थी और पापपूर्ण रहा है तो परलोक में वह अपने आपको एक धूमिल से अंधकारमय, दुःखद और बोझिल वातावरण में पाता है, जहाँ भय व वेदना का साम्राज्य होता है।

८) यदि मृत्यु को प्राप्त होनेवाला मनुष्य पृथ्वी पर स्वार्थी, हिंसक, लालची रहा है तो वह परलोक में भी समविचारवालों से घिरा रहता है, वहाँ बहुत बोझिल व उदासीनता का वातावरण रहता है।

९) यदि पृथ्वी पर मनुष्य का जीवन सेवा और सहानुभूतिपूर्ण रहा है तो परलोक उसके लिए आनंद, प्रेम और सौहार्द से भरा एक अपूर्व जीवन प्रस्तुत करता है।

१०) जैसे-जैसे मनुष्य उन्नति कर अपने विचारों में पवित्रता (Purity of mind) लाता है, वैसे-वैसे उसके शरीर में तेज (कांति) व सुंदरता का समावेश होना आरम्भ हो जाता है।

११) पृथ्वी पर जो मनुष्य प्रेम, करुणा व सेवा से भरे होते हैं, धीरजवान होते हैं,

वे मृत्यु उपरांत अपने मन की शुद्धता के अनुसार ही उच्च उपखण्डों में स्वयं पहुँच जाते हैं।

१२) वहाँ पहुँचने के पश्चात् कई मनुष्य सत्य जानकर यह सोचते हैं कि मृतक वे हैं या संसारवाले हैं, जो इतने बड़े भ्रम के साथ पृथ्वी पर जी रहे हैं।

१३) हमारे यहाँ तीन आयाम हैं- लंबाई, चौड़ाई और गहराई। किंतु वहाँ चौथा आयाम भी जुड़ता है, जो हमारी भाषा में कभी व्यक्त ही नहीं किया गया है।

१४) वहाँ न किसी को धोखा दिया जा सकता है, न किसी को गलत समझा जा सकता है। वहाँ के लोग अंतर्ज्ञान (इंट्यूशन) से कार्य करते हैं।

अध्याय - ११

मृत्यु से मिलन

सगे संबंधी और समय

आपने देखा होगा जब थर्मामीटर मुँह में डाला जाता है तो एक मिनट का समय भी आपको बहुत लंबा लगता है। किंतु जब आप अपनी पसंदीदा फिल्म देखते हैं तो ३ घंटे कैसे बीत जाते हैं पता भी नहीं चलता। समय तो तब है जब बोरडम है... जब स्थूल शरीर है... वरना समय कहाँ है!

समय का यह मापदंड केवल यह समझाने के लिए है कि स्थूल शरीर का लंबा समय, सूक्ष्म शरीर के लिए छोटा सा है। इस प्रकार जो गुजर गया है, वह चाहे तो अपने रिश्तेदारों से, जो उसके पहले गुजर चुके हैं, उनसे मिल सकता है यानी फिर से रिश्तेदारों से मिलना वहाँ भी संभव है। कारण, वहाँ का समय अलग है और यहाँ का समय अलग है। जैसे यहाँ का सौ साल का जीवन वहाँ एक साल के समान हो सकता है। पृथ्वी के शब्दों में आपको यह मापदंड बताने का प्रयास किया जा रहा है क्योंकि हमारे पास केवल पृथ्वी के समय का मापदंड है। इसलिए पृथ्वी की भाषा का प्रयोग करना पड़ेगा।

इसी से संबंधित एक प्रश्न यह भी आता है कि मानव का सूक्ष्म शरीर कितने दिनों तक जिंदा रहता है? दिन और समय तो भौतिक शरीर के साथ होते हैं मगर सूक्ष्म शरीर के साथ दिन और समय का हिसाब नहीं होता। पृथ्वी पर २४ घंटे का हिसाब-किताब होता है क्योंकि यहाँ पर भौतिक शरीर है, यहाँ के चाँद-तारे,

सूर्य-पृथ्वी एक-दूसरे के चारों ओर लगाए गए चक्र के अनुसार दिन बनते हैं।

पृथ्वी पर आपको किसी भी शहर में जाना हो तो कुछ समय लगता है क्योंकि यह भौतिक शरीर की रुकावट है। शरीर की इस रुकावट से ही तो समय बना है। यदि यह स्थूल शरीर नहीं होता तो आप कहीं पर भी बहुत आसानी से और कुछ ही क्षणों में पहुँच गए होते। लेकिन यह बात सूक्ष्म शरीर में ही संभव है।

आज विज्ञान भी समयरहित (Timelessness) और स्थानरहित (spacelessness) अवस्था की खोज कर रहा है। भविष्यवाणियाँ हो रही हैं कि इस-इस समय तक लोग फलाँ आयाम को जान जाएँगे। जिस गति से विज्ञान तरक्की कर रहा है, उससे बहुत जल्द ये बातें आम लोगों के लिए समझने योग्य हो जाएँगी। इन सौ सालों में विज्ञान ने जितनी तरक्की और खोजें की हैं वे पिछले हजारों सालों में भी नहीं हुई। इसलिए आज हम ऐसे गहरे विषय पर मनन कर पा रहे हैं। पुराने समय में इस ज्ञान को समझने के लिए वैज्ञानिक भाषा न होने के कारण भी नहीं थी इसलिए यह ज्ञान गुप्त और लुप्त रहा है।

सूक्ष्म शरीर के जगत (परलोक) में समय का पैमाना बिलकुल अलग है। पृथ्वी की भाषा में समझाने के लिए बहुत सारी बातें बताई जाती हैं, जिससे यह ज्ञात होता है कि मृत्यु उपरांत जीवन पृथ्वी के हिसाब से कितना बड़ा होगा जबकि न वह बड़ा है, न छोटा है। इस प्रकार सिर्फ एक तुलना की जा सकती है।

जो इंसान मृत्यु उपरांत जीवन पर मनन व खोज करता है, उसके लिए पृथ्वी के जीवन का एक-एक पल महत्त्वपूर्ण होता है। कारण, आगे के जीवन के लिए पृथ्वी पर ही उच्चतम तैयारी हो सकती है। वरना अज्ञान में लोग अपने रिश्तेदार, सगे-संबंधियों के गुजर जाने के बाद दुःख मनाते हैं लेकिन कोई यह खोज नहीं करता कि 'मुझे दुःख क्यों हो रहा है?'

सोचिए, यदि आपका कोई रिश्तेदार विदेश में इलाज के लिए जाए और वहाँ वह ठीक हो चुका हो। फिर डॉक्टरों ने उससे कहा हो कि 'तुम यहीं रहो, यह जगह तुम्हारे स्वास्थ्य के लिए उचित है' तब भी क्या आपको दुःख होगा? नहीं, आप कहेंगे, 'हमें दुःख क्यों होगा? हमारा रिश्तेदार विदेश में है, उसकी बीमारी ठीक हो गई है और हमें क्या चाहिए!' ऐसे में आप उसके लिए रोते नहीं हैं। आपका जो भी रिश्तेदार गुजर गया है, उसके साथ भी ठीक ऐसा ही तो हुआ है। आपको लगता

है कि उसके साथ बहुत बुरा हुआ लेकिन असल में ऐसा नहीं है। यदि वह आपसे बात कर पाता तो यही कहता कि 'अगर मेरी मदद करना चाहते हो तो कृपया रोना मत।' क्योंकि उसके लिए रोने की जरूरत नहीं है। वह अपनी आगे की यात्रा में है, आनंद में है और आगे उसकी अनंत संभावनाएँ खुलनेवाली हैं। हाँ, यदि आप चाहें तो अपने लिए रो सकते हैं।'

एक मनुष्य किसी अमीर मनुष्य की कब्र पर बैठा रो रहा था। किसी ने उससे पूछा, 'क्या यह अमीर मनुष्य तुम्हारा कोई रिश्तेदार था?' उसने जवाब दिया, 'नहीं।' फिर उसने पूछा, 'यदि वह तुम्हारा रिश्तेदार नहीं था तो तुम उसके लिए क्यों रो रहे हो?' उसने कहा, 'मैं इसीलिए तो रो रहा हूँ क्योंकि वह मेरा रिश्तेदार नहीं था। यदि वह मेरा रिश्तेदार होता तो मेरे लिए बहुत सारा धन छोड़कर जाता।' अर्थात वह मनुष्य उस अमीर मनुष्य के मरने पर नहीं बल्कि अपने दुर्भाग्य पर रो रहा था। तात्पर्य यदि आप अपने लिए रो रहे हैं तो रो सकते हैं लेकिन जो मर गया है उसके लिए रोने की जरूरत नहीं है क्योंकि वह अपनी यात्रा में बड़े मजे में है। वह आगे की यात्रा में दिलचस्पी रखता है। प्रत्येक मनुष्य अपनी आगे की यात्रा में दिलचस्पी रखता है। वह पीछे नहीं आना चाहता क्योंकि उसकी आगे की यात्रा महत्त्वपूर्ण है।

जो मर गया है, उसके लिए अगर आप कुछ करना ही चाहते हैं तो दो चीजें कर सकते हैं। पहले तो उसके लिए रोएँ नहीं और दूसरा, उसके लिए प्रार्थना करें। यदि आप अच्छे लोगों की मृत्यु देखकर सिर्फ दु:ख प्रकट करेंगे कि 'ऐसा क्यों हुआ, ऐसा नहीं होना चाहिए था, यह इंसान सत्य की राह पर चल रहा था, उसके साथ ऐसा क्यों हुआ?' तब आप वास्तव में अपना अज्ञान प्रकट करते हैं। जब तक पूर्ण जानकारी न हो, तब तक अधूरी जानकारी से जो भी व्यक्तव्य निकलते हैं, वे अज्ञान ही दर्शाते हैं।

प्रार्थना में शक्ति है इसलिए गुजरे हुए लोगों के लिए प्रार्थना करें। सूक्ष्म शरीर की यात्रा (जीवन) में विचारों का सबसे ज्यादा असर होता है इसलिए जो भी गुजर गए, उनके लिए शुद्ध, सकारात्मक विचार रखें। उनकी आगे की यात्रा मंगलमय हो और वे आसानी से अपनी सभी मान्यताओं से बाहर आ जाएँ, यही प्रार्थना उनके लिए करें। उस नई यात्रा में उन्हें सही मार्गदर्शन मिले, बस यही कामना, शुभेच्छा आप उनके लिए रखें। यदि आपने बचपन से ही ऐसा देखा होता कि जब कोई मरता है तो लोग बैंड बाजा बजाते हैं, उत्सव होता है, जश्न होता है तब भी क्या आपको

आज किसी की मृत्यु पर उतना ही रोना आता, किसी की मृत्यु से उतना ही भय लगता, जितना आज है? ऐसा इसलिए क्योंकि ये सब मान्यताएँ ही हैं। लोगों ने अपने-अपने हिसाब से मान्यताएँ बना रखी हैं और आप उनके अनुसार रोते या हँसते हैं। इन्हीं मान्यताओं से मुक्त होना है, जो आप मानकर बैठे हैं उन्हें मानकर नहीं, जानकर मानें। सत्य का मार्ग कहता है – 'पहले असलियत जानो, फिर महाजीवन जीना शुरू करो।'

कुछ महत्त्वपूर्ण संकेत :

१) पृथ्वी के जीवन और सूक्ष्म शरीर के जीवन में समय का पैमाना अलग-अलग है। इसलिए यहाँ की भाषा में यह नहीं बताया जा सकता कि सूक्ष्म शरीर का जीवन कितना होगा लेकिन वह यहाँ के जीवन से कई गुना लंबा होगा।

२) जो गुजर गया है, वह यदि अपने गुजरे हुए रिश्तेदारों से मिलना चाहे तो मिल सकता है। कारण, वहाँ का समय अलग है और यहाँ का समय अलग है।

३) समय तो तब है जब बोरडम है... जब स्थूल शरीर है... अन्यथा समय नहीं है।

४) किसी मनुष्य की नकली मृत्यु के बाद उसके लिए प्रार्थना करें कि वह अतिशीघ्र अपनी आगे की यात्रा करे। प्रार्थना में बहुत शक्ति होती है।

५) सूक्ष्म शरीर की यात्रा (जीवन) में विचारों का सबसे ज्यादा असर होता है इसलिए जो भी गुजर गए, उनके लिए शुद्ध, सकारात्मक, मंगलमई विचार रखें, न कि रोएँ।

अध्याय - १२

शरीर हत्या या आत्महत्या

वे बातें जो मुझे नहीं करनी हैं

अब तक प्राप्त ज्ञान के आधार पर मन विचार कर सकता है कि नकली मृत्यु के बहुत बाद के जीवन के बारे में कितनी अच्छी बातें बताई गई हैं। वहाँ का जीवन इतना सुंदर है तो क्यों न जल्द से जल्द इस शरीर को त्याग दिया जाए। किंतु यह गलती कदापि न करें क्योंकि वहाँ पर केवल उन लोगों को ही कष्ट में रहना पड़ता है, जिन्होंने शरीर हत्या की है। इस विषय पर अधूरा ज्ञान बहुत भयानक सिद्ध हो सकता है इसलिए बताया जाता है कि इस विषय की पूरी जानकारी प्राप्त करें।

पृथ्वी पर आप अपने सबक सीखने आए हैं। अपने सबक सीखने से पहले ही यदि कोई शरीर हत्या कर लेता है तो इसका अर्थ है कि वह बहुत सारी मान्यताओं से भरा हुआ था। मान्यताओं से भरा मनुष्य वहाँ कभी आनंद से जीवन जी नहीं पाएगा। बिना पाठ सीखे आगे बढ़ना परेशानी, दुविधा और दुःख को आमंत्रित करने जैसा ही है।

आत्महत्या को यद्यपि शरीर हत्या कहना चाहिए क्योंकि आत्महत्या हो ही नहीं सकती। केवल स्थूल शरीर की हत्या हो सकती है। यदि हम स्थूल शरीर के महत्व को समझेंगे तो जानेंगे कि यह भी अत्यंत मूल्यवान है। प्रकृति द्वारा इसकी सुरक्षा के लिए पृथ्वी पर हर जीव में एक सुरक्षा की भावना डाली गई है। हर जीव का पहला प्रयास स्वयं को जीवित रखना ही होता है। यह भावना मनुष्य के भीतर

भी डाली गई है। उसे भी उँचाई, तेज गति, जंगली जानवर आदि से भय लगता है, जो स्वाभाविक है। किंतु यदि कोई मनुष्य इस भय के बावजूद स्वयं के शरीर को खत्म करना चाहे तो इसका अर्थ है, वह अपने पृथ्वी के जीवन से बहुत परेशान और निराश है। इन परेशानियों को निमित्त बनाकर अपने सबक सीखकर, जीवन की समझ बढाने के बजाय वह इनसे भागना चाहता है। उसके जीवन की समस्त परेशानियाँ और दु:ख कई मान्यताओं की उपज है। इन परेशानियों में उसने कई नई मान्यताएँ बना ली हैं, जो गलत है और सत्य से बहुत दूर हैं। सदैव त्रस्त और उलझन में रहने के कारण उसे परेशान रहने की आदत पड़ चुकी है। जिस कारण निराशा सदैव उस पर हावी होती है और वह बार-बार परेशानियों से भागना चाहता है।

एक भिखारी था, जो भीख माँग रहा था, 'लाचार की सहायता करो, लाचार की सहायता करो।' किसी ने उससे पूछा, 'तुम्हारे हाथ-पाँव आँख, नाक, कान सब सलामत हैं, फिर तुम लाचार कैसे हो गए?' उसने कहा, 'अब भीख माँगने की आदत पड़ गई है इसलिए लाचार हूँ और भीख माँग रहा हूँ।' इसी प्रकार जिस मनुष्य ने शरीर हत्या (सुसाईड) की है, वह भी अपनी आदतों से मजबूर और लाचार होता है।

यदि कोई मनुष्य ऐसी आदतें और मान्यताएँ लेकर अपनी शरीर हत्या करे तो ये उसे सूक्ष्म जगत में भी कष्ट देंगी क्योंकि सूक्ष्म शरीर में मनमई शरीर काम करता है। उस मनुष्य का मनमई शरीर वैसा ही रहता है, पुरानी समझवाला, जिसमें उसकी मान्यताएँ और आदतें बरकरार रहती हैं। वह वहाँ पर भी वही गलती करना चाहेगा। आदतवश वह परेशान होकर परेशानी से भागना चाहेगा। वह वापस अपनी शरीर हत्या ही करना चाहेगा क्योंकि मृत्यु उपरांत जीवन में सूक्ष्म शरीर एक धुँध में जी रहा है, जहाँ उसे कई बार यह स्पष्ट नहीं होता है कि वह शरीर है या सूक्ष्म शरीर। इसलिए वह वापस अपनी शरीर हत्या करने का प्रयास करेगा और असफल होगा क्योंकि वहाँ शरीर हत्या हो नहीं सकती। शरीर हत्या करने के प्रयास में वह अपने सूक्ष्म शरीर को कई कष्ट देगा पर उसे मार नहीं पाएगा। वह अपने लिए अधिक कष्ट एवं परेशानियाँ बढाएगा। इस प्रकार उसकी निराशा बढती जाएगी, चेतना का स्तर गिरता जाएगा और उसका जीवन और बदतर हो जाएगा। इस बात को समझाने के लिए, कई धर्मों में यहाँ तक कहा गया है कि जो लोग शरीर हत्या करते हैं, उन्हें नरक में डाल दिया जाता है। यदि हम देखेंगे तो उनका जीवन वहाँ किसी नरक से कम नहीं है।

पृथ्वी पर भी कुछ लोगों को हम कहते हुए सुनते हैं, 'भेजे में गोली मार दो, बहुत परेशान कर रहा है, शोर कर रहा है।' ऐसा मन जो अस्त-व्यस्त है, परेशान है, निराश है वह नरक में होता है। लोग ऐसे जीवन को गोली मारकर समाप्त करना चाहते हैं। मनुष्य जब जीवित होता है, तब उसके पास अवसर होता है कि वह इस मन को प्रशिक्षण दे। पृथ्वी पर उसे अपनी मान्यताएँ, समझ व दृष्टिकोण सही करने के लिए समय मिलता है। इसमें उसके साथ होनेवाली घटनाएँ और आस-पास के लोग उसकी निरंतर सहायता कर रहे होते हैं। बस! उसे यह बात पता नहीं होती इसलिए वह समय गँवाते रहता है। किंतु ऐसा मन लेकर यदि वह सूक्ष्म जगत में प्रवेश करता है तो वहाँ यह समस्या बड़ी हो जाती है क्योंकि ऐसे मन के साथ वह निम्न स्तर में ही प्रवेश पाएगा। जहाँ उसके आस-पास उसके जैसे ही और मनुष्य हैं। पृथ्वी की तुलना में सूक्ष्म जगत में गति अधिक होने के कारण उसके सुलझने की संभावना और कम हो जाती है।

वह सूक्ष्म शरीर तब तक अपने कष्टों से बाहर नहीं आ पाएगा, जब तक उसमें आगे बढ़ने की प्रेरणा जाग्रत नहीं होती, जब तक वह निराशा से उभरकर विकास की इच्छा प्रबल नहीं बनाता। जब वह ऐसा करेगा तब उस तक मार्गदर्शन पहुँच पाएगा। आगे उसे वे सभी सबक सीखने पड़ेंगे, जो उसने पृथ्वी पर नहीं सीखे। उसे अपनी सभी मान्यताओं से बाहर आना ही पड़ेगा, तभी वह विकास कर, आगे बढ़. पाएगा। वहाँ देर सवेर हर किसी को यह निर्णय लेना ही पड़ता है।

सूक्ष्म जगत की तुलना में पृथ्वी पर अपने सबक सीखना और मान्यताओं से बाहर आना कई गुना सरल है। यहाँ हर रोज आपके सामने कई मौके आ रहे हैं। आपके जीवन में आनेवाला हर मनुष्य, हर घटना आपको कुछ सिखाने के लिए ही आते हैं। यह व्यवस्था पृथ्वी पर बनाई गई है ताकि आप शीघ्र अपने सबक सीख पाएँ और सूक्ष्म जगत में उच्चतम निर्माण के लिए तैयार हो जाएँ। इसीलिए तो पृथ्वी को पाठशाला कहा गया है।

नीचे दिए गए उदाहरण से हम समझेंगे कि कोई भी ज्ञान मिलने के पश्चात् उस ज्ञान के प्रति मनुष्य का प्रतिसाद कैसा हो?

एक संन्यासी था। वह जंगल में गया, वहाँ उसने एक लोमड़ी देखी, जिसकी टाँग टूट गई थी और वह ठीक से चल नहीं पा रही थी। यह देखकर उस संन्यासी

को अत्यंत दु:ख हुआ। उसने सोचा, 'बेचारी कहाँ से खाना लाएगी? कैसे जीएगी?' उसके पश्चात् उसने देखा कि वहाँ एक शेर आया। वह कोई शिकार करके लाया था। उसने शिकार को पेट भरकर खाया और जो शेष बचा था वह उस लोमड़ी को खाने के लिए दे दिया। यह देखकर संन्यासी अत्यंत प्रसन्न हुआ। उसने सोचा, 'अरे वाह! ईश्वर ने क्या संसार बनाया है, लोमड़ी को भी भोजन पहुँचा दिया। मैं बिना कारण ही चिंता कर रहा हूँ। अब मैं भी किसी पेड़ के नीचे जाकर बैठ जाता हूँ, मेरे पास भी भोजन पहुँच ही जाएगा।' फिर वह बड़ी प्रसन्नता से एक पेड़ के नीचे जाकर बैठ गया। पूरा दिन वह सोचता रहा, 'इधर से, उधर से, कहीं से तो भोजन आएगा... कोई तो भोजन लाएगा।' किंतु कहीं से भी नहीं आया। दो दिन बीत गए। तीसरे दिन से उसकी हालत खराब होने लगी। उसने ईश्वर से कहा, 'मैंने आप पर इतना भरोसा किया कि आप भोजन देंगे किंतु तीन दिन बीत गए हैं और अब तक कोई मेरे लिए भोजन लेकर नहीं आया। आपने उस लोमड़ी के लिए तो भोजन की व्यवस्था कर दी किंतु मेरे बारे में नहीं सोचा।' तभी आकाशवाणी हुई, 'नकल करनी ही है तो उस शेर की कर, लोमड़ी की मत कर। नकल में अकल का इस्तेमाल कर।'

इस उदाहरण से आपने समझा, 'मृत्यु उपरांत जीवन' का ज्ञान पाने के पश्चात् आपको क्या नतीजा निकालना है। यह कदापि नहीं कि मृत्यु के पश्चात् यदि इतना अच्छा जीवन है तो शीघ्रता से यह जीवन समाप्त करें और दूसरी तरफ चले जाएँ। आपको यह नतीजा निकालना है कि इस जीवन में हम जितनी अधिक समझ प्राप्त करेंगे, वहाँ के जीवन में उतना ही अधिक आनंद ले पाएँगे, उतना ही आनंद वितरित कर पाएँगे। हम आज़ाद होंगे तो और भी कई लोगों की मदद कर पाएँगे। यदि कोई इस ज्ञान से गलत अर्थ निकालकर अपनी शरीर हत्या करे तो वह भी उस संन्यासी की तरह अपनी गलत सोच और गलत निर्णय पर पछताएगा। क्योंकि यदि यह अन्नमई शरीर होते हुए भी आप अपने सबक नहीं सीख पाते, अपने आपको नहीं जान पाते तो सूक्ष्म शरीर में आप अपने आपको कैसे जानेंगे? मनुष्य का मूल लक्ष्य है- स्वयं को, स्वअनुभव को जानना और गुणों की अभिव्यक्ति करना। यदि आप सीधे रास्ते पर नहीं चल सकते तो रस्सी पर कैसे चलेंगे? यह मानवीय शरीर आपको किसी खास उद्देश्य के लिए दिया गया है। इसके होते हुए आप अपना धीरज और सब्र न खोएँ। यही धीरज आपको आगे काम में आएगा। आपके सामने प्रतिदिन कई अवसर आ रहे हैं, अत: यह शरीर होते हुए ही अपने सभी सबक सीख लें।

अपने सबक सीखते वक्त किसी से तुलना न करें क्योंकि कोई पहली कक्षा में है, कोई दूसरी में है तो कोई तीसरी कक्षा में है। सभी के पाठ अलग-अलग हैं इसलिए दूसरों के जीवन से तुलना करने के बजाय उनके जीवन से प्रेरणा लें और अपने पाठ खुद सीखें। अध्यापक ने जब एक बच्चे से पूछा, 'क्या तुम्हारा होमवर्क करने में तुम्हारी बहन तुम्हारी सहायता करती है?' तो बच्चे ने उत्तर दिया, 'सिर्फ सहायता! वह तो मेरा पूरा होमवर्क ही करके दे देती है।' अब आप ही सोचें कि यह बच्चा क्या सीखेगा, जिसका पूरा होमवर्क कोई और करके देता है? वह बच्चा कुछ नहीं सीखेगा। हर मनुष्य को अपना होमवर्क स्वयं करना है, अपने सबक स्वयं सीखने हैं। तभी आप परीक्षा में उत्तीर्ण होंगे।

इस प्रकार अब तक हमने पाठशाला के उदाहरण को गहराई से समझने का प्रयास किया। पाठशाला में जो विद्यार्थी उत्तीर्ण हो गए थे, जिन्होंने पृथ्वी पर अपने सबक ठीक से सीख लिए थे, उनके लिए आगे का जीवन बड़ा ही सहज सिद्ध हुआ। उन्हें सभी नियम ज्ञात थे, अत: वे वहाँ पृथ्वी की तुलना में कई गुना ज्यादा आनंद ले पाए। उन्हें उनका आगे का रोल मिला जो वे आनंद की वजह से निभाते गए और अपनी उच्च संभावनाएँ खोलते गए। जो विद्यार्थी अनुत्तीर्ण हुए थे अर्थात जो अपने सबक ठीक से सीख नहीं पाए थे, उन्हें सूक्ष्म जगत में अपनी मान्यताओं से बाहर आने के लिए ज्यादा कष्ट लेना पड़ा और जैसे-जैसे वे अपने आगे के सबक सीखते गए, वैसे-वैसे उनका विकास होता गया। अंत में जिस विद्यार्थी ने ड्रॉप लिया था, उसे सबसे अधिक कष्टों को सहना पड़ा और वह सबसे पीछे रह गया।

यदि आप उच्चतम अवस्था तक पहुँचना चाहते हैं तो पृथ्वी पर ही सब सबक सीखना और सभी मान्यताओं से मुक्त होना आवश्यक है क्योंकि वहाँ यह कार्य ज्यादा कठिन हो जाता है। सूक्ष्म जगत में कई बार मनुष्य निम्न स्तर से आगे बढ़ना ही नहीं चाहता। उसे यदि समझाया भी जाए कि आपको आगे बढ़ना है, जिस स्तर पर आप हैं वह नरक समान है तो भी वह नहीं मानता क्योंकि वह उस स्तर पर ही संतुष्ट होता है और अपने आपको आरामदायक महसूस करता है। उसे विश्वास ही नहीं होता कि यह नरक समान जगह है। इस पृथ्वी पर भी आप देखेंगे कि आप जब किसी से कहते हैं कि 'चलो सत्संग चलें' तो क्या आप उसे सत्संग आने के लिए सरलता से मना पाते हैं? उसे मनाने में कितने कष्ट होते हैं। वह शीघ्र मानता ही नहीं। वह सोचता है, 'मुझे सत्संग की आवश्यकता नहीं है।' किसी भी निम्न स्तर

की चेतनावाले मनुष्य को, उच्च चीज के लिए मनाना बहुत कठिन होता है। क्योंकि वह नरक में होते हुए भी यह नहीं मानता कि वह नरक में है। वह तो समझता है कि वह स्वर्ग में है। जो नरक में है (जिसकी चेतना कम है) उसे ज्ञात नहीं होता कि वह नरक में है। किंतु जो स्वर्ग में है (जिसकी चेतना उच्च है) उसे ज्ञात होता है कि वह स्वर्ग में है और सामनेवाला नरक में है। उसे दोनों बातें ज्ञात होती हैं।

यदि बाहर जाकर आप किसी से कहें, 'तुम नरक में हो' तो वह नाराज हो जाएगा। वह कहेगा, 'हाँ, ठीक है थोड़ा कष्ट है, परेशानियाँ हैं लेकिन इसका अर्थ यह नहीं है कि हम नरक में हैं, ऐसा नहीं है। हमने नरक के चित्र देखे हैं, वहाँ लोगों को गर्म तेल में डाल दिया जाता है, आग में जला दिया जाता है।' इस तरह मनुष्य कभी नहीं मानेगा कि वह नरक में है। आपने उससे कहा कि 'आप अपने आपको शरीर मानकर कितने बड़े अज्ञान में जी रहे हैं। इस प्रकार यदि आप सूक्ष्म जगत में जाते हैं तो जो निर्माण करेंगे, वह निम्न ही होगा। आपके जीवन में तो अब भी नरक है, आगे भी नरक होगा।' ऐसा कहने के पश्चात् भी वह नहीं मानेगा, आप उसे मनवा ही नहीं सकते।

पृथ्वी पर जब आपके जीवन में आत्मसाक्षात्कारी गुरु आते हैं तो वे आपको अनुभव से यह ज्ञात कराते हैं कि आप और आपका शरीर अलग-अलग है। फिर आपको गुरु से साधना मिलती है, यह साधना आपको अहंकार (अज्ञान) युक्त प्रतिसाद देने से रोकती है। मन के कितना भी विरोध करने के बावजूद भी आप गुरु की आज्ञा मानकर वही प्रतिसाद देते हैं, जिसमें सबका मंगल हो। इस साधना में परिपक्वता प्राप्त करते हुए आप न सिर्फ सभी मान्यताओं से मुक्त होते हैं, मन की सभी गलत आदतों से बाहर आते हैं अपितु मन की शुद्धि के साथ चेतना का उच्चतम स्तर प्राप्त करके, पृथ्वी पर आने का परम उद्देश्य प्राप्त कर लेते हैं। आप अपने होने के अनुभव में स्थापित हो जाते हैं।

इन बातों को यदि आपने समझा है तो आज ही अपने जीवन के कुछ सिद्धांत बना लें। ऐसे सिद्धांत जो न सिर्फ हमारा वर्तमान सुधारेंगे बल्कि हमारे लिए उज्ज्वल भविष्य भी लाएँगे। जिसके लिए अगले पृष्ठ पर दी गई सारिणी पढ़ें, जिसका नाम है No No's in My Life अर्थात जो बातें मुझे जीवन में नहीं करनी हैं।

इस सारिणी में सबसे पहले नंबर पर शरीर हत्या लिखा है क्योंकि आत्महत्या

संभव नहीं है। इसे कभी नहीं या Never Never Never में डालें क्योंकि अब आप जान गए हैं कि वास्तव में आत्महत्या एक बहुत बड़ा भ्रम है, धोखा है। शरीर हत्या हो सकती है किंतु आत्महत्या नहीं हो सकती। इसलिए यह पहले से ही आपको सारिणी में चिन्हित करके दिया जा रहा है। आपका निर्णय पहले से ही ले लिया गया है। बाकी निर्णय आपको तय करने हैं कि कौन सी बातें आप कभी नहीं करेंगे और कौन सी बातें आप कुछ परिस्थितियों में करेंगे। जैसे तेजी से गाड़ी चलाना। कुछ लोगों को तेजी से गाड़ी चलाने की आदत होती है। उन्हें यह समझ नहीं होती कि किसी और को कष्ट पहुँचाने का उन्हें कोई हक नहीं है। दुर्घटना करके आप अपने शरीर को तो सता रहे हैं किंतु साथ ही किसी और के शरीर को भी आप उस दुर्घटना में शामिल करते हैं, जो गलत है। आप तेजी से गाड़ी नहीं चलाएँगे लेकिन कुछ अतिआवश्यक परिस्थितियों में चला सकते हैं। ऐसा ठानकर 'नहीं' के कॉलम में चिन्हित करें।

आगे जो बातें हैं जैसे, नकारात्मक विचार करना, आलोचना करना, ड्रग्स लेना, सिगरेट यानी धूम्रपान करना ये चीजें आपकी तरंग (फ्रिक्वेंसी) अर्थात चेतना का स्तर नीचे लाती हैं। जितनी तरंग कम होगी, सूक्ष्म जगत में उतनी ही अधिक कठिनाइयाँ होंगी। जो लोग कट्टर और हठधर्मी हैं उनकी फ्रिक्वेंसी कम होती है इसलिए उन्हें अपनी फ्रिक्वेंसी, चेतना और समझ बढानी है। अपने आहार में माँसाहार जितना कम कर सकते हैं, उतना अच्छा है। माँसाहार तमोगुण बढाता है और मनुष्य की संवेदन शक्ति कम करता है। जो मनुष्य सत्वोगुणी हैं, वे मान्यताओं से जल्द ही मुक्त हो पाते हैं। इस प्रकार आपको मनन करके अपने लिए और बहुत सारी बातें इस सारिणी में डालनी हैं। इसका लाभ यह होगा कि आपको अपने जीवन में कभी भी निर्णय लेने में कष्ट नहीं होगा और न ही देरी होगी। आपको किसी की सलाह की प्रतीक्षा भी नहीं करनी पड़ेगी।

कुछ महत्त्वपूर्ण संकेत :

१) इसी जीवन में सारे सबक सीखें। जीवन की कठिनाइयों से भागें नहीं, अपने सबक स्वयं सीखें।

२) दूसरों को उनके सबक सीखने में सहायता करें।

३) आपके जो रिश्तेदार गुजर गए हैं, उनके लिए कभी न रोएँ बल्कि उनके लिए

जितनी प्रार्थना कर सकते हैं, उतनी अवश्य करें क्योंकि उस (सूक्ष्म) शरीर में पत्थर और छड़ी की सहायता से हानि नहीं पहुँचाई जा सकती। अपितु शब्दों से हानि पहुँचाई जा सकती है इसलिए किसी की मृत्यु के पश्चात् उसकी बुराई न करें, केवल प्रार्थना करें।

४) सूक्ष्म शरीर में उन्हीं मनुष्यों को कष्ट होता है, जिन्होंने शरीर हत्या की है। आप पृथ्वी पर अपने पूरे पाठ सीखें। अधूरे पाठ सीखने से आगे की यात्रा में बहुत कष्ट होगा।

५) आपके शरीर के जो स्वरूप हैं, वृत्तियाँ हैं वे सूक्ष्म शरीर में भी जारी रहते हैं इसलिए अपनी गलत आदतों और वृत्तियों से बाहर आएँ।

वे बातें जो मुझे नहीं करनी हैं (No No's in My Life)

	मनन करने योग्य विषय	नहीं (No)	कभी नहीं (Never)
१.	आत्महत्या (शरीरहत्या - Suicide)		
२.	नकारात्मक सोचना (Negative Thinking)		
३.	दूसरों को भला-बुरा कहना (Criticizing)		
४.	ड्रग्स (Drugs) लेना		
५.	धूम्रपान (सिगरेट)		
६.	गाड़ी तेज चलाना (Speed Driving)		
७.	शराब		
८.	मांसाहारी भोजन		
९.	रखा हुआ (बासी) भोजन करना		
१०.	क्रोध करना		
११.	पीठ पीछे दूसरों की बुराई करना		
१२.	बड़ों की बात न मानना, उनका निरादर करना		
१३.	झूठ बोलना (कुछ छिपाकर, घटाकर, बढ़ाकर, घुमा-फिराकर बोलना)		
१४.	गलत संगत (दोस्तों) में रहना		
१५.	सुबह देरी से उठना और देर रात तक जागना		
१६.	दूसरों से पैसे उधार माँगना		
१७.	पैसे बर्बाद करना, (फिजूल खर्च करना)		
१८.	व्यर्थ, बिना काम की बातें करना		
१९.	अपनी चीजों को सही जगह पर न रखना		
२०.	अन्य		

खण्ड ३
मृत्यु संबंधित कर्मकाण्ड और मान्यताएँ

अध्याय - १३

मृत्यु के बाद कर्मकाण्ड के राज़

शोक सभा, प्रार्थना व श्राद्ध

अब तक आपने समझा कि किसी मनुष्य की नकली मृत्यु के पश्चात् उसके साथ क्या-क्या होता है। अब आप यह समझने जा रहे हैं कि उसके घरवालों के साथ क्या-क्या होता है। उसके घरवाले तीन तरह के कार्य करते हैं।

१) पहला उस इंसान के शरीर को जलाते या दफना देते हैं।

२) फिर प्रार्थना और शोक सभा होती है।

३) उसके बाद, कुछ पूजा-पाठ, कर्मकाण्ड होते हैं। जैसे मृत्यु उपरांत तीसरे दिन कुछ कर्मकाण्ड, फिर बारहवें या तेरहवें दिन के कुछ कर्मकाण्ड और लगभग एक साल के बाद और कर्मकाण्ड किए जाते हैं।

अब हम यह समझते हैं कि जब ये कर्मकाण्ड बनाए गए तब इन्हें बनाने के पीछे मुख्यत: तीन कारण थे।

१) आस-पास के लोगों के स्वास्थ्य के लिए

कुछ कर्मकाण्डों को स्वास्थ्य की रक्षा के लिए बनाया गया था। जैसे जिस कमरे में शव रखा गया था, उसे पवित्र करना, उसकी सफाई करना इत्यादि ताकि मृत शरीर में कुछ बीमारियाँ रही हों तो वे कहीं और न फैलें। मृत शरीर में कीटाणु तेजी से तैयार होते हैं, जो घर में फैल सकते हैं, उनसे बचने के लिए कुछ कर्मकाण्ड बनाए गए।

२) मृत मनुष्य को उसकी आगे की यात्रा में मदद करने के लिए

कुछ कर्मकाण्डों का मकसद यह था कि जो मनुष्य गुजर गया है, उसके लिए कुछ ऐसा करना ताकि उसका सूक्ष्म शरीर जल्द से जल्द अपनी आगे की यात्रा शुरू करे। वह आगे बढे, न कि जो शरीर मृत हो चुका है उसके साथ कोई आसक्ति रखे। इसीलिए उसके स्थूल शरीर को जलाया या दफनाया जाता है। जब उस सूक्ष्म शरीर को दिखाई देता है कि उसका भौतिक शरीर खत्म हो गया है, तब उसकी आगे की यात्रा शुरू हो जाती है। इसलिए यह कर्मकाण्ड करना आवश्यक है।

कई बार उस सूक्ष्म शरीर को सबसे ज्यादा आश्चर्य इसी बात का होता है कि वह सोच रहा था, 'मैं मर रहा हूँ।' किंतु असल में वह तो मरा ही नहीं। कोई सूक्ष्म शरीर दुविधा में भी होता है क्योंकि ज्यादा मान्यताओंवाले मनुष्य को नए जीवन में (जो मान्यताओं से परे है) बहुत ज्यादा दुविधा होती है। उसे समझ में नहीं आता कि वह भ्रम में है या स्वप्न देख रहा है, वह मर गया है या अभी जीवित है। ऐसी परिस्थिति में यदि वह अपने स्थूल शरीर का अंत होते हुए देखता है तो यह बात उसे आगे बढ़ने में मदद कर सकती है। हालाँकि, कुछ ऐसे समझदार मनुष्य भी होते हैं, जिन्हें अपनी भौतिक शरीर की मृत्यु के बाद यह सब हास्यास्पद लगता है। जैसे किसी फिल्म में आपने देखा होगा कि कोई हत्या हुई है। कातिल की खोज चल रही है और अंत में पता चलता है कि जिस हत्या की छानबीन चल रही थी, वह हत्या तो असल में हुई ही नहीं। जिसकी हत्या की छानबीन चल रही थी, वह मनुष्य तो जिंदा था। ऐसी फिल्में शुरू में रहस्यमई (सस्पेन्स) व गंभीर प्रतीत होती हैं लेकिन अंत में हास्यप्रद (कॉमेडी) बन जाती हैं। उसी तरह किसी सूक्ष्म शरीर में वह घटना हास्यप्रद लग सकती है कि वह तो जीवित है, सिर्फ उसका भौतिक शरीर नष्ट हुआ है। वह तो वैसा ही महसूस कर रहा है, जैसा अभी आप अपने अंदर महसूस कर रहे हैं। किंतु लोग कर्मकाण्ड करते हैं, उसके भौतिक शरीर को समाप्त करते हैं ताकि जल्द से जल्द वह सूक्ष्म शरीर अपनी आगे की यात्रा के लिए निकल जाए क्योंकि आगे की यात्रा बहुत महत्त्वपूर्ण है।

शरीर को जलाने या दफनाने के पश्चात्, आगे के जो भी पूजा-पाठ, शोकसभा आदि कर्मकाण्ड बनाए गए उनके पीछे मुख्य उद्‌देश्य यह था कि यहाँ से उन्हें उनकी आगे की यात्रा में मदद मिले। पृथ्वी से उनके लिए एक ही तरीके से सहायता भेजी जा सकती है और वह है हमारी 'विचार शक्ति'। विचार शक्ति अर्थात हमारी

'प्रार्थनाएँ'। प्रार्थना ही एक ऐसी चीज है जो हर जगह पर सहायता कर सकती है। किसी की मृत्यु के बाद आप हमेशा प्रार्थना करें, भूले नहीं, इसके लिए कई प्रथाएँ बनाई गई हैं। जैसे फलाँ-फलाँ दिनों पर फलाँ-फलाँ कर्मकाण्ड के साथ आप उनके लिए प्रार्थना करें। प्रार्थनाओं के साथ कर्मकाण्ड जोड़ने पड़े क्योंकि ज्यादातर लोग बिना कर्मकाण्ड के प्रार्थना कर ही नहीं पाते। मन चंचल है, इधर-उधर भागता है इसलिए उसे कोई कर्मकाण्ड दिया जाता है। जैसे, कोई आयोजन करना, फलाँ दिन और फलाँ तरीके से ही करना, उसमें फलाँ तरह की पूजा सामग्री रखना इत्यादि...। ये सब इसलिए है ताकि वैसा भाव... वैसा वातावरण तैयार हो तब जाकर प्रार्थना का भाव बनता है। जैसे किसी कक्षा में अध्यापक पढाता है तो वह सबसे मट्ठ (पढाई में कमजोर) बच्चे को ध्यान में रखकर पढाई की विधि बनाता है। यदि इस विधि से उस कमजोर बच्चे की एकाग्रता बढती है तो सब बच्चों की एकाग्रता बढ. सकती है। इसी तरह जिनकी चेतना व एकाग्रता कम है ऐसे लोगों को ध्यान में रखकर ये कर्मकाण्ड बनाए गए थे। किंतु धीरे-धीरे समय के साथ मूल बात गायब हो जाती है और सिर्फ कर्मकाण्ड ही बचते हैं।

यहाँ सबसे महत्त्वपूर्ण बात हमें यह समझनी है कि आप सिर्फ अपनी विचार शक्ति यानी प्रार्थनाओं के द्वारा ही मृत मनुष्य की सहायता कर सकते हैं। बिना प्रार्थना का भाव रखकर किए गए कर्मकाण्ड मृतक की सहायता नहीं करेंगे। हो सकता है, उनसे जीवितों को कुछ मदद हो जाए।

३) लोगों को अपराधबोध व डरों से मुक्ति दिलाने के लिए

मृत्यु के पश्चात् सभी कर्मकाण्ड उनके लिए नहीं बनाए गए, जो गुजर जाते हैं। कुछ कर्मकाण्ड उनके संबंधियों के लिए भी बनाए गए हैं। जिससे वे अपने अपराधबोध व डरों से मुक्त हो जाएँ। यही कर्मकाण्डों के पीछे का तीसरा कारण है।

जिन्होंने अपने बड़े-बूढों के साथ या सगे संबंधियों के साथ अच्छा व्यवहार नहीं किया, उनके बुजुर्गों व संबंधियों के मरने के बाद वे लोग अपराधबोध या डर में जीने लगते हैं। वे सोचते हैं, कहीं वह मनुष्य मृत्यु के पश्चात् भी दु:खी न रहे या उनके सामने न आ जाए। इन अपराधबोध व डरों को निकालने के लिए कुछ कर्मकाण्ड बनाए गए, जैसे गाय को कुछ चीजें खिलाना या ब्राह्मणों, पंडितों को वे चीजें खिलाना जो मृत्यु को प्राप्त हुए मनुष्य को पसंद थीं। ऐसे कर्मकाण्डों से कई

लोग अपने अंदर के अपराधबोध व डर से मुक्ति पाते हैं।

कुछ ऐसे कर्मकाण्ड भी हैं, जिनके बारे में लोग यह अनुमान लगाते हैं कि 'मृत मनुष्य का भूत न आए इसलिए मुझे यह कर्मकाण्ड करना चाहिए... मैं ये कर्मकाण्ड करूंगा तो इन कर्मकाण्डों को देखकर, भूत डरकर भाग जाएगा।' परंतु भूत कभी भी किसी कर्मकाण्ड से डरकर नहीं भागते बल्कि उन कर्मकाण्डों से आपका डर भागता है और विश्वास जागता है। उन कर्मकाण्डों से भूत के साथ कुछ नहीं होता, जो होता है आपके साथ होता है। अत: आप नकारात्मक चीजों के लिए ग्रहणशील न रहें, आपके विचार सकारात्मक हों इसलिए ये सभी कर्मकाण्ड बनाए गए हैं।

यहाँ हमने जाना कि कर्मकाण्ड बनाने के पीछे असली कारण क्या थे। तो अब सवाल उठता है, आज की तारीख में ये कर्मकाण्ड करने की जरूरत है या नहीं? आइए इसे समझें,

श्राद्ध करें या न करें

अलग-अलग संप्रदायों में किसी मनुष्य की मृत्यु के बाद कई सारे कर्मकाण्ड जैसे श्राद्ध इत्यादि किए जाते हैं। इनमें सबसे ज्यादा महत्त्वपूर्ण यह है कि आप ऐसे कर्मकाण्ड किस भावना से कर रहे हैं। यदि वह श्राद्ध इसलिए किया जा रहा है, जिससे बहुत सारे लोगों का पेट भरेगा तो जरूर करें। यदि वह श्राद्ध इसलिए कर रहे हैं कि मरनेवाले को आप पुण्य कार्य द्वारा श्रद्धांजली देना चाहते हैं तो जरूर करें। यदि श्राद्ध आपके अंदर प्रार्थना का भाव लाने में मदद कर सकता है तो भी आप श्राद्ध कर सकते हैं। हालाँकि, इस भाव को जगाने के लिए किसी निश्चित दिन का इंतजार करने की जरूरत नहीं है। मृत्यु को प्राप्त हुआ मनुष्य आगे की यात्रा पर गया है। जब तक उसे आगे का मार्गदर्शन नहीं मिलता तब तक हमारी प्रार्थनाएँ उसके लिए चलती रहें। फिर भी श्राद्ध के पीछे अगर उददे्श्य 'प्रार्थना' है तो जरूर करें। किंतु यदि आप सोचते हैं कि श्राद्ध करने से मृत मनुष्य का पेट भरनेवाला है तो श्राद्ध करने की कोई आवश्यकता नहीं है क्योंकि जो गुजर चुके हैं वे पेट और धन, दोनों से मुक्त हो चुके हैं। वहाँ ऐसी कोई आवश्यकता नहीं है कि उन तक भोजन पहुँचाया जाए। वास्तव में जो लोग श्राद्ध करते हैं, सब चीजें उन तक ही पहुँचती हैं, न कि उन तक जिनके लिए श्राद्ध किया जाता है। जिस शरीर (मनोशरीर यंत्र) की मृत्यु हुई है वह आगे की यात्रा में रुचि रखता है। उसे इन कर्मकाण्डों से कुछ लेना-देना नहीं है।

लोगों के मन में एक सूक्ष्म भय यह भी रहता है कि 'अगर मेरे पीछेवाले मेरे लिए यह सब कर्मकाण्ड नहीं करेंगे तो मैं वहाँ परेशानी में रहूँगा।' उन्हें लगता है, जो गुजर गए हैं, उन तक यहाँ की चीजें वास्तव में पहुँचती हैं, ऐसा सोचना उनका अज्ञान है। इस भय से वे अपने बच्चों से भी कर्मकाण्ड करवाते रहते हैं। कहीं वे भूल न जाएँ, उनकी यह आदत छूट न जाए। यदि उनकी आदत छूट गई तो हमारा क्या होगा, मन में यही डर होता है किंतु इस डर की कोई आवश्यकता नहीं है। यदि समझ मिली है तो किसी भी भय की आवश्यकता नहीं है।

किसी की मृत्यु के बाद उसके घरवालों को बताया जाता है कि इतने दिनों के बाद फलाँ-फलाँ पूजा-पाठ करना है... ११ महीनों के बाद यह-यह विधि फलाँ-फलाँ शहर जाकर करनी है...। पंडित तो यही चाहते हैं कि ऐसे कर्मकाण्ड हमेशा चलते रहें। पंडित रिश्तेदारों से पूछता है कि '५० रूपएवाली पूजा करवानी है या ५०० वाली पूजा करवानी है? मानों ५०० से यह काम (मोक्ष मिलना) शीघ्र हो जाएगा, ५० से विलंब हो जाएगा किंतु हो जाएगा।' लोग भी उनकी बातें मान लेते हैं क्योंकि वे उस वक्त सच्चाई नहीं जानना चाहते। वे सोचते हैं कि जहाँ इतना खर्च हुआ है, वहाँ ५०० और सही, इस प्रकार लोग ५०० वाली पूजा करवा लेते हैं। कुछ लोग इसलिए भी तैयार होते हैं क्योंकि वे अपने अपराधबोध की वजह से मृत मनुष्य के लिए कुछ करना चाहते हैं। सच क्या है उन्हें भी मालूम नहीं है। किंतु यह विचार करने का विषय है कि आपने जो भी पूजा करवाई क्या वह सच में मृत मनुष्य तक पहुँची? ज्यादातर ऐसी पूजा में जो लोग कर्मकाण्ड करते हैं, उनका ध्यान न तो प्रार्थना में होता है और न ही वे मृत मनुष्य के बारे में सोच रहे होते हैं। उनका ध्यान तो अपने मोबाईल पर होता है कि अब तक रिंग क्यों नहीं बजी? आपने कर्मकाण्ड करते समय देखा होगा कि आजकल पंडितों के भी मोबाईल बजतेरहते हैं। उनके मन में यही चलता रहता है कि अब दूसरी जगह पहुँचना है... अभी तक यहाँ रुके हुए हैं... वहाँ कब पहुँचेंगे। कर्मकाण्ड और प्रार्थना करते समय यदि पंडित और रिश्तेदारों का ध्यान उसमें नहीं है तो उस कर्मकाण्ड का कोई अर्थ नहीं। वह कहीं काम नहीं आएगा।

इसलिए जब भी ऐसा कोई कर्मकाण्ड करें तो अपने आपसे पहले यह पूछें, 'यह कर्मकाण्ड करने के पीछे मेरी भावना क्या है?' यदि उसमें प्रार्थना और प्रेम का भाव है तो ही करें। लोग अपने आपसे पूछते भी नहीं कि हम जो कर रहे हैं, उसके पीछे हमारी भावना क्या है। यदि आपको सिर्फ लोगों को भोजन ही खिलाना है तो

आप कभी भी दे सकते हैं। इसके लिए कर्मकाण्डों की आवश्यकता नहीं है और यदि पंडितों, पुरोहितों के पेट पर लात नहीं मारनी है तो उन्हें भी बीच-बीच में भोजन, दक्षिणा दे दिया करें।

प्रार्थना करें या न करें

प्रार्थना करने से पहले एक बार अपने आपसे यह सवाल भी पूछें कि जिसके लिए हम प्रार्थना कर रहे हैं, क्या उसे प्रार्थना की आवश्यकता है? उसने यदि बहुत बुरे कर्म किए हैं या उसका जीवन मान्यताओं में बीता है तो उसके लिए जरूर प्रार्थना करें। यदि वह जीवनभर परेशान रहा और दूसरों को भी परेशान करता रहा है, तब तो उसे प्रार्थनाओं की बहुत आवश्यकता है। किंतु यदि वह मनुष्य अच्छा था, शांत स्वभाव का और सदैव खुश रहता था तो उसे प्रार्थनाओं की आवश्यकता नहीं है। कुछ मनुष्य ऐसे भी हैं, जो वहाँ से यहाँ के लोगों के लिए प्रार्थनाएँ करते हैं।

प्रार्थना की शक्ति के बारे में विज्ञान बहुत कम जानता है। आज भी लोगों को प्रार्थना की शक्ति का ज्यादा ज्ञान नहीं है। यदि विश्व के सभी लोग मिलकर एक ही स्थान पर, एक ही समय पर, एक साथ, दो मिनट प्रार्थना करें तो विश्व युद्ध भी रोका जा सकता है। यह दो मिनट की प्रार्थना भी इतना बड़ा कार्य कर सकती है, जिसकी कोई कल्पना नहीं की जा सकती। एक प्रार्थना विश्व की संपूर्ण समस्याओं को समाप्त कर सकती है इसलिए उस मनुष्य के लिए, जिसे मृतक मान लिया गया है, सभी लोग मिलकर प्रार्थना करें।

जब बहुत सारे लोग एक साथ मिलकर प्रार्थना करते हैं तो उस प्रार्थना में असीम शक्ति होती है। सभी के मिले-जुले एकाग्रित विचार व भाव, मृत मनुष्य से अज्ञान, नफ़रत, उलझन तथा अहंकार को पूरी तरह हटा सकते हैं।

सामूहिक प्रार्थना की शक्ति विलक्षण होती है। इसमें सामूहिक बल, सामूहिक शक्ति, सामूहिक संबंध और सामूहिक भाव की प्रबल तरंगें होती हैं, जो लगातार बढ़ती जाती हैं और विकसित होने लगती हैं। जो सारे वायुमण्डल को उन भावों से ओत-प्रोत कर देती हैं। ऐसे वातावरण में भेदभाव, दुर्वासना और नास्तिकता के भाव जड़ से नष्ट हो जाते हैं। उनके स्थान पर भाईचारा, प्रेमभाव, बंदगी, एकता और तेज आस्तिकता के भावों का उदय होता है। इसलिए किसी की मृत्यु के बाद इकट्ठे होकर प्रार्थना करना बहुत महत्व रखता है।

शोक सभा कब करें, कब न करें

ऐसी प्रथा, जिसमें लोग मृत मनुष्य के लिए शोक सभा करते हैं, लगभग सभी धर्मों में होती है। दूसरों के साथ मिलकर प्रार्थना करना और दूसरों के लिए प्रार्थना करना शुभ है, इससे मन शुद्ध होता है।

जब शोक सभा रखी जाती है और सभी लोग इकट्ठे होकर मृतक के लिए प्रार्थना करते हैं तो सामूहिक प्रार्थना की शक्ति कार्य करती है। इसीलिए शोक सभा रखी जाती है और ऐसी शोक सभा का सूक्ष्म शरीर को लाभ भी होता है। किंतु यदि कोई गुजर गया है, सब लोग एकत्र होकर वहाँ बैठे हैं लेकिन हर कोई अपने बिजनेस की ही बात सोच रहा है। भीड़ सिर्फ इसलिए इकट्ठी हुई है क्योंकि वे सोचते हैं कि ऐसा करना आवश्यक है। यदि 'लोग क्या कहेंगे' इस भय से सभी लोग वहाँ बैठे हैं और किसी का भी भाव प्रार्थना व प्रेम का नहीं है, सिर्फ औपचारिकता निभाने के लिए सब लोग आए हुए हैं तो ऐसी शोक सभा करने का कोई अर्थ नहीं है।

अब तक आपने सभी कर्मकाण्ड बनाने के पीछे उद्‌देश्य क्या था यह समझा। इस समझ के सहारे आप अपनी सारी मान्यताओं से बाहर आएँ। मान्यताओं से बाहर आने के बाद भी घरवालों की संतुष्टि के लिए कुछ कर्मकाण्ड करने पड़ रहे हैं तो अवश्य करें ताकि उन्हें भी कष्ट न हो। बस अपने अंदर यह भावना स्पष्ट रखें कि हम वह कर्मकाण्ड क्यों कर रहे हैं। यदि परिवारवालों की ओर से आपके लिए ऐसा कोई बंधन नहीं है तो ऐसी बातों से आपको भयभीत होने की कोई आवश्यकता नहीं है। मृत मनुष्य के लिए आप वास्तव में कुछ करना चाहते हैं तो प्रार्थना करें ताकि आगे की यात्रा में जल्द से जल्द उसकी मान्यताएँ टूट जाएँ और वे आगे बढें।

कुछ महत्त्वपूर्ण संकेत :

१) मृत्यु उपरांत के कर्मकाण्ड स्वास्थ्य की रक्षा की दृष्टि से या सावधानी बरतने के तौर पर करवाए जाते हैं।

२) यदि आप कर्मकाण्ड समझ के साथ कर रहे हैं तो ठीक है वरना अंधश्रद्धा से किए हुए कर्मकाण्डों का कोई अर्थ नहीं है।

३) कई मनुष्य भय के कारण कर्मकाण्ड करते हैं। इस प्रकार किए गए कर्मकाण्डों का कोई अर्थ नहीं है।

४) आप श्राद्ध या कोई भी कर्मकाण्ड किस भावना से कर रहे हैं, यही सबसे ज्यादा महत्त्वपूर्ण है। यदि श्राद्ध इसलिए किया जा रहा है, जिससे कई लोगों का पेट भरनेवाला है तो अवश्य कर सकते हैं किंतु आपकी भावना लोभ और भय की न होकर प्रेम की होनी चाहिए।

५) हमारी विचार शक्ति यानी हमारी प्रार्थनाएँ ही सूक्ष्म शरीर में हमारे करीबियों की मदद कर सकती है। इस पृथ्वी पर, इस लोक में, स्थूल शरीर के साथ या सूक्ष्म शरीर के साथ प्रार्थना ही एक ऐसी चीज है, जो हर जगह पर मदद कर सकती है।

६) मृतक के लिए प्रार्थना करते समय, मन में प्रार्थना का भाव लाने के लिए बहुत सारे कर्मकाण्ड जोड़ दिए गए हैं।

अध्याय - १४

क्या सूक्ष्म शरीर हमें हानि पहुँचा सकते हैं

तोलू मन सबसे बड़ा भूत

सूक्ष्म शरीर की दुनिया हमारे लिए अज्ञात है इसीलिए हम उनसे इतना डरते हैं, जबकि इतना डरने की कोई आवश्यकता नहीं है। इस दुनिया में भी दुष्ट प्रवृत्ति के लोग हमारे आस-पास रहते हैं, फिर भी हम उनके बीच आसानी से रह लेते हैं। हमें सिर्फ थोड़ी सजगता व सतर्कता बरतनी होती है।

आप सुनते हैं कि चोर होते हैं और वे रात को आपके घर में आकर चोरी कर सकते हैं तो क्या आप हर समय इस बात से डरे हुए रहते हैं? क्या आप पूरी रात जागते रहते हैं? नहीं, आप रोज सोते हैं और आराम से सोते हैं। सिर्फ दरवाजा, खिड़की ठीक से बंद कर लेते हैं। जो भी सुरक्षा के साधन हैं, उनका उपयोग कर लेते हैं और निश्चिंत होकर सो जाते हैं। वैसे ही जो शरारती और अपराधी सूक्ष्म शरीर हैं, उनसे बचने के लिए हमें केवल अपने विचार सकारात्मक रखने हैं। यदि आपके विचार सकारात्मक है, अंदर डर नहीं है और मन दुर्बल नहीं है तो ऐसे लोग आपके समीप भी नहीं आ सकते। दोनों दुनिया में ऐसे शरीर हैं। यहाँ आप अपराधियों के बारे में रोज अखबार में पढ़ते रहते हैं किंतु आपको भय नहीं लगता। लेकिन वहाँ के एक भी भूत-प्रेत की कहानी सुनी तो आप घबरा जाते हैं। इस जगत के हों या उस जगत के हों, अपराधी दोनों जगत में हैं। इसमें कोई बड़ी बात नहीं है।

कुछ कहानियाँ सुनकर या फिल्में देखकर हम डर जाते हैं। फिल्मों, कहानियों

और किस्सों के कारण हमने कुछ कल्पनाएँ बना ली हैं। भूत वैसे नहीं होते। फिल्म बनानेवाले लोग तो पैसा कमाने के लिए कुछ बातें बढा-चढाकर दिखाते हैं। मगर असलियत तो कुछ अलग ही है, क्या आपको पता है सबसे बड़ा भूत कहाँ है? सबसे बडा भूत तो आपके ही अंदर बैठा हुआ है, वह है आपका 'तोलू मन'। इसी तोलू मन को प्रशिक्षण दिया जा रहा है कि वह शांत हो जाए, उसे भक्ति मिल जाए, वह भूतकाल से छूट जाए, उसकी कल-कल बंद हो जाए। मशीन चलती है तो उसमें किट-किट, कल-कल की आवाज आती रहती है। उसी तरह तोलू मन भूत (कल) और भविष्य (कल) में रमण करता रहता है। उस मन को वर्तमान में रहने का प्रशिक्षण दिया जाए।

नकारात्मक शक्तियाँ, जिन्हें हम भूत-प्रेत के नाम से जानते हैं, उन्हीं लोगों की तरफ आकर्षित होती हैं, जो ऐसी नकारात्मक चीजों के लिए ग्रहणशील होते हैं। हर मनुष्य के चारों तरफ एक तरंग होती है। यह तरंग या तो नकारात्मक होती है या सकारात्मक। हमें कौन सी चीजों को अपनी तरफ आकर्षित करना है और कौन सी चीजों को आकर्षित नहीं करना है, यह उस तरंग पर ही निर्भर करता है। जो मनुष्य दुर्बल संकल्प शक्तिवाले होते हैं, कमजोर व नकारात्मक विचारोंवाले होते हैं, उनकी तरंग नकारात्मक होती है। इनकी अपनी कोई विचारधारा नहीं है, अपना कोई मनन नहीं है। इन लोगों को जब जैसा विचार आता है, वे वैसा करने लगते हैं। किसी ने कुछ गलत करने के लिए कह दिया तो वे बिना मनन किए अनुचित कार्य करने लग जाते हैं। ऐसे शरीरों में न कोई सोच होती है और न ही कोई दिशा। ये लोग अकसर भयभीत किस्म के होते हैं। भयभीत लोग सिकुड़ जाते हैं और अपने अंदर किसी और चीज (नकारात्मक शक्तियों) के लिए जगह बना देते हैं। जबकि निर्भय और आनंदित मनुष्य खुल जाता है। वह अपने अंदर गलत चीजों के लिए कोई जगह नहीं छोड़ता। उसकी फैली हुई सकारात्मक तरंग की वजह से कोई नकारात्मक शक्ति उसके आसपास भी नहीं आती।

इसे इस प्रकार भी समझ सकते हैं कि भयभीत शरीर नकारात्मक तरंगों के लिए पोरस (छिद्रपूर्ण) होते हैं, जैसे स्पंज पोरस होता है। स्पंज में यदि पानी डालें तो पानी अंदर रुक जाता है, कारण यह है कि अंदर पानी के लिए छोटे-छोटे छिद्र हैं। इसलिए अपने शरीर को नकारात्मक तरंगों के लिए पोरस मत बनाइए। जब भी डर सताए – बार-बार मुक्ति मंत्र दोहराइए- 'मैं ईश्वर की दौलत हूँ, कोई गलत

शक्ति मुझे छू नहीं सकती।' इस मंत्र में सत्य की शक्ति है, आपको सिर्फ यह सत्य याद रखना है कि आप ईश्वर की दौलत हैं और यह मंत्र सारे छिद्र बंद कर देगा, डर को पूरी तरह खत्म कर देगा।

जो लोग भूतों से डरते हैं, उनकी जानकारी के लिए बता दें कि वास्तव में भूत नहीं होते, जो भी चीजें (नकारात्मक तरंगें) हैं, वे आपके सहयोग के लिए ही हैं, आपके लिए निमित्त हैं, आप उन्हें सीढी बनाना सीखें। बहुत से लोग ज्योतिषी, कुण्डली, भूत, करनी जैसी बातों से डरे हुए हैं। उन्हें बता दें कि ज्योतिष, आकाश के नक्षत्र, धरती का आकर्षण और गुरुत्वाकर्षण ये सब चीजें निमित्त हैं। यदि धरती आपको नहीं खींचती और आप पर उसका असर नहीं होता तो क्या होता? आप कैसे चलते-फिरते? अंतरिक्ष यात्री जब कई सालों के लिए अंतरिक्ष में रहने के पश्चात् पृथ्वी पर लौटते हैं तो वे पाते हैं कि उनका शरीर बहुत दुर्बल हो गया है, उनके स्नायु बहुत ही कमजोर हो गए हैं और अब वे ठीक से चल भी नहीं पा रहे हैं। जब वे पृथ्वी पर थे तब पृथ्वी के गुरुत्वाकर्षण के कारण उनका शरीर तंदरुस्त बना हुआ था। जिस तरह पृथ्वी का सभी पर असर होता है, उसी तरह से नक्षत्रों का भी असर होता है किंतु वे हमारे लिए निमित्त हैं। हमारा काम ज्यादा खूबसूरती से हो, हमारा विकास हो, हमारे आनंद में बढोत्तरी हो इसलिए यह असर होता है। लेकिन हम सोचते हैं, 'मेरे नक्षत्र खराब चल रहे हैं इसलिए मेरे साथ इतना बुरा हो रहा है?' इस प्रश्न के उत्तर में आप यह समझें कि नक्षत्रों का असर सिर्फ १० से १५ प्रतिशत होता है, उससे अधिक नहीं। ९० प्रतिशत असर तो आपके विचारों का होता है। बाहरी चीजों का असर सिर्फ इसलिए होता है क्योंकि आप उन चीजों के लिए ग्रहणशील हैं। यदि आपके ९० प्रतिशत विचार नकारात्मक हैं तो आप पर बाहर की नकारात्मक चीजों का परिणाम भी ज्यादा होगा।

यदि आपके विचार बदल गए हैं तो यह १०-१५ प्रतिशत असर करनेवाले नक्षत्र क्या कर पाएँगे। इसके विपरीत ये आपको आगे बढाने के लिए और आनंद की संभावना खोलने के लिए निमित्त बनेंगे इसलिए कभी डरें नहीं कि 'कोई मुझ पर जादू-टोना कर रहा है... मेरे नक्षत्र ऐसे चल रहे हैं... मेरा भविष्य ऐसा है... किसी ज्योतिषी ने बताया है कि मेरे साथ ऐसी समस्याएँ अगले दस साल तक चलनेवाली हैं...', इस प्रकार की सारी बेकार की बातें अपने मस्तिष्क से निकाल दें।

आपके सामने कोई भी समस्या इसीलिए आती है ताकि आप और ज्यादा

मजबूत बन जाएँ, आपका विकास हों। जब भी जीवन में समस्या आए तो अपने आपसे एक ही प्रश्न पूछें, 'क्या यह समस्या मुझे मार डालेगी?' आप देखेंगे उत्तर हमेशा 'नहीं' आएगा। यदि 'हाँ' जवाब आए तो बात ही खत्म हो गई। **जो समस्या आपको मार नहीं सकती वह आपको मजबूत ही बनाती है।** हर समस्या दो ही काम करती है या तो आपको मार डालती है या फिर मजबूत बनाती है। यदि समस्या आई है तो वह आपको मजबूत बनाने के लिए ही आई है, यह समझ रखते हुए जल्द से जल्द समस्या के जरिए मजबूत हो जाएँ क्योंकि आगे आपको बहुत मजबूत (महान) कार्य करने हैं।

कुछ महत्त्वपूर्ण संकेत :

१) लोग सूक्ष्म शरीरों से यह सोचकर डरते हैं कि वे भूत बनकर वापस आते हैं और फिर सताते हैं। किंतु भूत-प्रेत वैसे नहीं होते, जैसे आपने फिल्मों में देखे होते हैं। सबसे बड़ा भूत आपके अंदर ही है और वह है आपका तोलू मन।

२) जो लोग नकारात्मक विचार रखते हैं, उनका शरीर नकारात्मक चीजों के लिए ग्रहणशील होता है, वे उन्हीं शरीरों में शरारत कर सकते हैं इसलिए सदा सकारात्मक विचार ही रखें और कभी डरें नहीं।

३) जो समस्या आपको मार नहीं सकती वह आपको मजबूत ही बनाती है। हर समस्या दो ही काम करती है या तो आपको मार डालती है या फिर मजबूत बनाती है।

अध्याय - १५

स्वर्ग और नरक

लालच और डर

स्वर्ग और नरक की कल्पनाएँ पृथ्वी पर लोगों से अच्छे कर्म करवाने के लिए ही बनाई गई हैं। आप जानते हैं कि बच्चा जब छोटा होता है, स्वयं का भला-बुरा समझ नहीं पाता, तब कई बार डर या लालच देकर उससे अच्छे कार्य करवाने पड़ते हैं। जब समाज में लोग अंतिम सत्य सुनने व समझने की तैयारी नहीं रखते, तब नरक का डर और स्वर्ग की लालच देकर ही उनसे अच्छे कर्म करवाने पड़ते हैं। जैसे कहा जाता है कि 'यदि तुम बुरे कर्म करोगे तो तुम्हें नरक में जला दिया जाएगा... गरम तेल की कढाई में डाला जाएगा... तुम्हारे शरीर को बहुत सताया जाएगा... और यदि तुम अच्छे कर्म करोगे तो स्वर्ग मिलेगा जहाँ बहुत आनंद और सुख सुविधाएँ होंगी' आदि...। ये सारी कल्पनाएँ गलत हैं। लेकिन इस वजह से लोगों को हमेशा अच्छे कर्म करने की प्रेरणा मिलती रही है। हालाँकि मनुष्य से अच्छे कर्म सत्य समझ की वजह से होने चाहिए, न कि स्वर्ग के लालच या नरक के डर की वजह से। जब तक मनुष्य की वह समझ तैयार नहीं होती, जब तक वह असली बात सुनने को तैयार नहीं होता तब तक वह बुरे कर्मों से बचता रहेगा इसलिए ऐसी कल्पनाएँ बनाई गई।

स्वर्ग का असली अर्थ है, 'स्व' का अर्क अर्थात जहाँ 'स्वयं' का अनुभव प्रखर है और नरक यानी जहाँ 'स्व' का अर्क नहीं है, अर्थात ऐसी अवस्था जो 'स्व' के अनुभव से बहुत दूर है। जब मनुष्य नफ़रत, द्वेष व अहंकार के विचारों से घिरा होता है, तब वह 'स्व' के अनुभव से बहुत दूर होता है, उस वक्त वह असली नरक

में होता है। यह हम पृथ्वी पर भी देख सकते हैं, यहाँ लोग अपना-अपना स्वर्ग या नरक साथ लेकर घूमते हैं। आपने ऐसे लोग देखे होंगे, जो बहुत मान्यताओं में फँसे हुए हैं, दुःख में जी रहे हैं, सभी नकारात्मक भावनाएँ अपने साथ लेकर घूमते हैं। यह देखकर आप सोचते हैं, 'बेचारे कैसी मान्यताओं से घिरे हुए हैं, कितना दुःख भोग रहे हैं।' यदि आप उन्हें कहेंगे, 'आप नरक में जी रहे हो' तो वे नहीं मानेंगे। क्योंकि उन्हें वे दुःख, नकारात्मक भावनाएँ आम लगती हैं। वे सोचते हैं कि यही जीवन है। आपको उनका नरक दिखाई देता है लेकिन उन्हें वह दिखाई नहीं देता क्योंकि जो उच्च स्तर पर है, वह निम्न को पहचान सकता है। लेकिन जो निम्न स्तर पर है, वह उच्च स्तर को कभी पहचान नहीं सकता। इसलिए साधना, ध्यान, मनन व समझ द्वारा वह स्तर लाना पड़ता है। यदि उच्च को समझना है तो वह होकर (उच्च चेतना बनकर) ही जाना जा सकता है। अपने से निम्न को समझना है तो बहुत ही आसानी से समझा जा सकता है, उसे देखकर ही समझ में आता है कि वह किन मान्यताओं में है। इन मान्यताओं के कारण उसके भीतर कैसे विचार चलते होंगे और उन विचारों से उसे कैसा दुःख होता होगा, आप यह सब महसूस भी कर सकते हैं। मान्यताओं में तो नरक और स्वर्ग (नफ़रत व लालच) के ही विचार चलेंगे, दुःख का ही निर्माण होगा। यदि आपने उच्चतम स्तर का स्वाद लिया है तो आपको वह नरक दिखाई देगा, जो औरों को नरक में रहते हुए भी दिखाई नहीं देता।

पृथ्वी पर कई बार नरक और स्वर्ग एक ही जगह पर होते हैं। एक ही घर नरक भी होता है और स्वर्ग भी होता है। एक ही दुकान नरक भी होती है और स्वर्ग भी होती है। एक ही मंदिर नरक भी होता है और स्वर्ग भी होता है। जब मंदिर में आतंकवादी घुस आते हैं तो वह नरक हो जाता है। एक ही दुकान में एक भाई बैठता है तो ग्राहक आते हैं और दूसरा भाई बैठता है तो ग्राहक दूर से ही चले जाते हैं। वे यह सोचकर नहीं जाते कि 'नहीं, अभी नहीं जाएँगे, उसका पहला भाई आएगा, तभी जाएँगे' क्योंकि पहले भाई के विचार और व्यवहार अच्छा है। दूसरे भाई के विचार इतने नकारात्मक हैं कि किसी का वहाँ जाने का मन ही नहीं करता, दूसरे भाई के साथ वह दुकान नरक ही है। जिस घर में नकारात्मक लोग रहते हैं, उस घर में भी लोगों को जाना अच्छा नहीं लगता क्योंकि वह घर नरक समान है।

सूक्ष्म जगत में भी अकसर यही होता है। लोग समझ नहीं पाते कि सूक्ष्म जगत में स्वर्ग और नरक कोई बनी बनाई जगह नहीं है, जहाँ पर भेजा जाता है। हर कोई

अपना स्वर्ग और नरक स्वयं बनाता है और उसकी अनंत संभावनाएँ हैं। सिर्फ वहाँ अलग-अलग समझ व चेतना के लोग अलग-अलग चेतना के स्तरों पर पहुँच जाते हैं। वहाँ एक जैसी विचारधारा के लोग एकत्रित हो जाते हैं। निम्न चेतना व विचारधारा के लोग एक साथ रहने लगते हैं। जिनकी चेतना का स्तर ऊँचा है, वे जब अपने से निम्न चेतनावाले लोगों को देखते हैं तो कहते हैं, 'अरे! बेचारे अभी भी मान्यताओं में अटके हुए हैं। अगर उन्होंने पृथ्वी पर सही ढंग से काम किया होता तो आज उनकी ये स्थिति नहीं होती।' उच्च चेतना के मनुष्य के लिए वह निम्न चेतना का स्तर नरक समान ही लगता है। वह उस माहौल में आरामदायक महसूस नहीं करता। केवल निम्न चेतनावाला मनुष्य ही वहाँ टिका रहता है। वह वहाँ पर तब तक टिका रहता है, जब तक उसके विचार सकारात्मक (हॅपी थॉट्स) नहीं हो जाते। अगर कोई उच्च चेतनावाला मनुष्य उन्हें समझाने का प्रयास करे कि आप नरक में जी रहे हैं तो वे वहाँ भी नहीं मानते। किसी का मार्गदर्शन उन्हें अच्छा नहीं लगता क्योंकि वे उच्च अवस्था को पहचान व समझ नहीं सकते, ठीक पृथ्वी की तरह। यदि वे समझ पाएँ कि वे नरक में हैं तो संभावना है कि वे आगे बढें. लेकिन ऐसा नहीं होता। वे नरक में जी रहे हैं, दु:ख भी भोग रहे हैं और उन्हें पता भी नहीं चलता कि वे नरक में हैं। सोचिए, इससे बड़ा नरक और क्या होगा।

अभी जीवन-मृत्यु की पूरी फिल्म आपको एक साथ स्पष्ट नहीं है इसलिए ये बातें समझने में थोड़ी उलझन होती है। मगर जब पूरी फिल्म आपको एक साथ समझ में आएगी तो आपको पता चलेगा कि इसमें शुरुआत में भी आनंद है, मध्य में भी आनंद है और अंत में भी आनंद है। पूर्ण समझ के बाद सिर्फ आनंद ही बचता है। आज की तारीख में इतना समझें कि यह ज्ञान हमें सिर्फ इतनी मदद करे कि हम यहाँ के जीवन को अपनी समझ बढाने के लिए इस्तेमाल कर पाएँ। जब आप उस दुनिया में चेतना के उच्च स्तर पर जाएँगे तब इन बातों के साथ सूक्ष्म जगत की सारी बातें आपको समझ में आ जाएँगी किंतु आज उनकी आवश्यकता नहीं है। यदि स्वर्ग-नरक का ज्ञान आपकी समझ बढाता है, आज आप जिस साधना पर काम कर रहे हैं, उसका महत्व बताता है तो ही यह ज्ञान उपयोगी है वरना निरर्थक है।

कुछ महत्त्वपूर्ण संकेत :

१) स्वर्ग-नरक मृत्यु के बाद की बातें नहीं हैं। हर कोई अपना स्वर्ग-नरक अपने साथ लेकर घूमता है।

२) नरक का डर और स्वर्ग की लालच लोगों को दी गई मान्यता है ताकि वे अच्छे कर्म करें।

३) जो नरक में जीता है, उसे लगता ही नहीं कि वह नरक में है। जो स्वर्ग में है, उसे पता होता है कि सामनेवाला नरक में है यानी जो उच्च स्तर पर है वह निम्न को पहचान सकता है। लेकिन जो निम्न स्तर पर है, वह उच्च स्तर को कभी भी पहचान नहीं सकता।

अध्याय - १६

पुनर्जन्म

उच्च दृष्टिकोण, दो पहलू

'मृत्यु उपरांत जीवन' इस विषय को समझते वक्त एक महत्त्वपूर्ण प्रश्न सभी के मन में उठता ही है कि क्या पुनर्जन्म होता है? यह बहुत महत्त्वपूर्ण प्रश्न है, इसे ठीक से समझें।

भिन्न-भिन्न धर्मों में इस विषय पर कुछ बातें लिखी गई हैं। हिंदू धर्म में पुनर्जन्म के बारे में जैसा जिक्र किया गया है, वैसा इस्लाम धर्म में नहीं किया गया। क्रिश्चियन और बौद्ध धर्म में भी कुछ लिखा गया है।

मुस्लिम धर्म में माना जाता है कि 'मनुष्य का एक ही जन्म होता है, उसका पुनर्जन्म नहीं होता है। जब मनुष्य की मृत्यु हो जाएगी तब वह कब्र में आराम करेगा। फिर एक कयामत का दिन आएगा उसमें अल्लाह उन सब मरे हुए लोगों को कब्र से बाहर लाएँगे। अगर उन्होंने धार्मिक पुस्तकों एवं पैगंबर की शिक्षाओं के अनुसार सही कार्य किए होंगे तो उन्हें पुनःजीवित किया जाएगा। उन्हें ऐसा जीवन दिया जाएगा, जिसके बाद कोई मृत्यु नहीं है।'

हिंदू धर्म में माना जाता है, 'मनुष्य पुनर्जन्म लेता है और उसके चौरासी लाख जन्म होते हैं।' ये दोनों धारणाएँ कितनी विपरीत हैं! किंतु ये दोनों बातें सत्य हैं। जिन आत्मसाक्षात्कारी विभुतियों ने अपने अनुभव को, सत्य को इन धार्मिक पुस्तकों द्वारा बताया, चाहे वह गीता हो, कुरान हो, बाइबिल हो या गुरुग्रंथ साहिब हो तो क्या वे लोग पूरा सत्य नहीं जानते थे? वे पूरा सत्य जानते थे किंतु उन्होंने लोगों के सामने

उनकी योग्यता (पात्रता) के अनुसार सत्य का एक ही हिस्सा रखा, एक ही आयाम स्पष्ट किया। हालाँकि सत्य के कई आयाम हैं।

किसी बात के अगर चार आयाम (पहलू) हों और आपके सामने उसका सिर्फ एक ही आयाम रखा जाए तो आपको समझने में आसानी होगी। एक आयाम से जितना समझ में आ रहा है, उतना समझकर आप उस पर काम शुरू कर देंगे, जो ज्यादा महत्त्वपूर्ण है। किंतु जैसे ही दूसरा आयाम आपके सामने आएगा तो आप दुविधा में पड़ जाएँगे। आप सोचेंगे, 'यहाँ ऐसा लिखा है और वहाँ तो एकदम विपरीत लिखा है फिर सच्चाई क्या है? जब तक मुझे यह स्पष्ट नहीं होता तब तक मैं कार्य शुरू नहीं करूँगा।' आपको खुद पर संदेह होगा, 'कहीं यह मेरी कमजोरी तो नहीं कि मैं दोनों बातें एक साथ समझ नहीं पा रहा हूँ।' इसे एक उदाहरण से समझें,

यदि जमीन पर चॉक से 6 लिखा जाए तो दूसरी तरफ के लोग उसे 9 समझेंगे लेकिन इस तरफ के लोग उसे 6 ही मानेंगे। एक ही अंक होते हुए भी उसे समझने में कितना बड़ा फर्क हो गया। लिखनेवाले ने समझ के साथ लिखा मगर देखनेवाले लोग उसे अलग-अलग ढंग से देखते हैं। दोनों धर्मों की बातें बहुत विपरीत लगती हैं किंतु इनके पीछे का सत्य एक ही है। संपूर्ण ज्ञान व उच्च दृष्टिकोण के साथ आप सत्य के सभी आयाम समझ सकते हैं। लेकिन जब लोग दो आयामों को ही समझ नहीं पाते तो यदि चार आयाम सामने आ जाएँगे तो वे कैसे समझ पाएँगे? फिर तो बहुत उलझन हो जाएगी इसीलिए हर धर्म में उस समय की आवश्यकता के अनुसार एक ही आयाम सामने रखा गया है ताकि मनुष्य एक आयाम को समझकर उस पर कार्य करना शुरू करें।

आप जानते हैं कि कोई भी कार्य शुरू करने से पहले आपको अपने मन को उसके लिए राज़ी करना पड़ता है। अगर उसने अतार्किक, विरोधाभासी उत्तर सुना तो वह कहता है, 'मुझे यह बात सही नहीं लगती, मैं यह कार्य शुरू नहीं करनेवाला। धार्मिक पुस्तक में जैसा बताया गया है, मैं वैसे नहीं जीनेवाला हूँ।' यदि वह थोड़ा बहुत कार्य करेगा भी तो वह आधे मन से करेगा, जिसका पूरा लाभ उसे नहीं मिलेगा। इसलिए हर धर्म में लोगों के सामने उनकी तैयारी के पहले सत्य का एक ही हिस्सा रखा गया ताकि लोग ठीक से समझकर अच्छे कार्य शुरू करें, नैतिक जीवन जीना शुरू करें, पंचशील का पालन शुरू कर दें। इस प्रकार जीते-जीते, मनन करते-करते एक दिन वे पूरा सत्य भी जान जाएँगे। ऐसा कई सारे लोगों के साथ हुआ भी, उन्होंने

अंत में पूरा सत्य जान लिया। किंतु जो लोग पूरा सत्य नहीं समझ पाए, वे अधूरे ज्ञान के हिस्सों को लेकर ही आपस में लड़ते-झगड़ते रहे कि 'हमारे धर्म में तो एक ही जीवन बताया है, तुम्हारे धर्म में अनेक जन्म बताए हैं तो दोनों में से कोई एक ही सही होगा।' वे समझ नहीं पाए, दोनों सत्य हैं किंतु पूर्ण सत्य के एक-एक हिस्से के अनुसार। इस सत्य के और दो हिस्से हैं, जो सामने आएँ तो उलझन और बढ़ जाएगी। अभी तक दो ही आयाम बताए गए हैं और लोग उन्हीं में उलझे हुए हैं।

जब अखंड सत्य की बात शब्दों में की जाती है तो हर बात के कम से कम दो पहलू रखे जाते हैं। जैसे मृत्यु के विषय में आप सुनते हैं कि 'मृत्यु ही परम सत्य है, बाकी सब झूठ है क्योंकि एक न एक दिन सबकी मृत्यु निश्चित है।' जो भी यह पंक्ति सुनेगा वह कहेगा, 'कितना तर्क है इस बात में, यह सही बात है। मृत्यु ही अंतिम सत्य है, सबकी मृत्यु होती है।' फिर दूसरी पंक्ति आप सुनते हैं, 'मृत्यु धोखा है।' अब आप फिर से उलझन में पड़ जाएँगे। आप सोचेंगे कि हम यह बात मानें कि वह मानें। मन चाहेगा कि उसे एक ही बात बताई जाए लेकिन दोनों बातें अपने-अपने दृष्टिकोण के अनुसार सही हैं।

पहली पंक्ति में मृत्यु को सत्य कहा गया। यह बात मनुष्य के मनोशरीर यंत्र (शरीर) को ध्यान में रखते हुए कही गई है। मृत्यु ही सत्य है, ऐसा इसलिए बताया जाता है क्योंकि मनुष्य अपने शरीर की मृत्यु का भय मन में रखकर मरने से पहले ही कई बार मरता है। इसलिए उसे कहा जाता है, 'मृत्यु तो सभी को आने ही वाली है, यह सभी के लिए अंतिम सत्य है। अतः मरने से पहले न मरें, डर-डरकर न मरें।'

दूसरी पंक्ति चैतन्य (सेल्फ) को ध्यान में रखकर कही गई है। यहाँ उस चैतन्य की बात की जा रही है जो शिव है, शव (मनोशरीर यंत्र) नहीं। शव के लिए बताया गया है, 'मृत्यु ही सत्य है' मगर सबके अंदर मौजूद शिव यानी उस चैतन्य के लिए कहा गया है, 'तुम अमर हो, मृत्यु सिर्फ एक धोखा है।' यदि मनुष्य के भीतर व्यक्ति (अहंकार) की मृत्यु होती है तो वह अमर चैतन्य प्रकट होता है, जो पहले से ही था। सिर्फ अहंकार की वजह से ढँका हुआ था। इसलिए कहा जाता है, 'जीवन में जल्द से जल्द मरें अर्थात जीते जी अहंकार को मारें।'

अब आप देखेंगे, एक तरफ कहा गया है कि डर-डरकर आप रोज मरते हैं, इस तरह रोज न मरें और दूसरी तरफ कहा गया है कि जल्द से जल्द मरें। चूँकि आपने

अभी दोनों दृष्टिकोणों को समझा है इसलिए आप समझ सकते हैं कि दोनों पंक्तियाँ सही हैं सिर्फ उनका संदर्भ अलग है। ये दो पंक्तियाँ दो अलग-अलग स्वभाव के लोगों को उनकी जरूरत के अनुसार कही गई हैं। ज्ञान की बातें सिर्फ व्यक्ति (शरीर व मन) से नहीं होतीं बल्कि उस चैतन्य से भी होती हैं, जो आपके अंदर है।

जब आप उच्च दृष्टिकोण से देखेंगे, तब ऐसे विरोधाभासी उत्तर सुनकर कहेंगे, 'बिलकुल सही, दोनों बातें बिलकुल सही हैं। ये दोनों जवाब अलग-अलग आयाम से कहे गए हैं।' आपको सिर्फ यह समझना है कि किसे क्या कहा जा रहा है? किसे कहा जा रहा है कि 'तुम्हारा जन्म फिर नहीं होनेवाला है। किसका जन्म कयामत के वक्त होनेवाला है? कौन फिर से पैदा होनेवाला है? किसका पुनर्जन्म होनेवाला है?' अत: जिन्होंने भी ईश्वर की रचना समझी, उन्होंने सामने जो लोग थे, उनकी जरूरत के अनुसार शब्दों में कुछ बताने का प्रयास किया। हिंदू अलग आयाम से बता रहे हैं, उनके मुताबिक व्यक्ति का जन्म नहीं होता, सारे जन्म सेल्फ के होते हैं। कहने का अर्थ है, उच्च दृष्टिकोण पाने के बाद यदि आप एक आयाम से देखेंगे तो लगेगा कि ये सही हैं और दूसरे आयाम से देखेंगे तो लगेगा, वे भी सही हैं। जब आपको पूर्ण ज्ञान मिलेगा, चारों आयाम मिलेंगे, तब ही आप ये सारी बातें समझ पाएँगे, उसके पहले नहीं समझ पाएँगे।

पुनर्जन्म को तभी जाना जा सकता है जब आपने यह जान लिया कि 'यह जन्म किसका हुआ?' उदाहरण के लिए, जैसे एक राम नाम का इंसान है, वह किसी नाटक मंडली में काम करता है। वह स्टेज पर कभी शकुंतला का रोल करता है तो कुछ समय के बाद शकुनी का रोल करता है। ऐसे में आप क्या यह कहेंगे कि शकुंतला अगले जन्म में शकुनी बनकर आई? नहीं, क्योंकि जो शकुंतला का रोल कर रहा था और जो शकुनी का रोल कर रहा था, दोनों एक ही हैं। यदि इसे आप पुनर्जन्म का नाम देना चाहते हैं तो दे सकते हैं। लेकिन फिर राम ने बाकी जो-जो रोल किए हैं उनका क्या? वह हर एक रोल उसका पुनर्जन्म कहलाएगा। सत्य यह है कि हर जन्म राम का ही है, अर्थात सेल्फ का ही है। व्यक्ति (अहंकार) दूसरा जन्म नहीं ले सकता क्योंकि यह जन्म भी उसका नहीं है। पहले मनुष्य का जन्म होता है, व्यक्ति (अहंकार) तो बाद में तैयार होता है। उसका पुनर्जन्म कैसे होगा, उसका तो अस्तित्व ही अफवाह है, अज्ञान है। इसीलिए तो उसकी मृत्यु का महत्व है, उसकी मृत्यु के साथ ही सच्चा ज्ञान प्रकट होता है।

व्यक्ति के पुनर्जन्म की गलतफहमियाँ तब बढ़ती हैं, जब सेल्फ पुराने किरदारों की याददाश्त का इस्तेमाल करता है। आइए इसे समझें,

पृथ्वी की उत्पत्ति के साथ विकास का क्रम लगातार चल रहा है, जिसमें मनुष्य भी शामिल है। इस विकास की प्रक्रिया में आगे की संभावना खोलने के लिए, सेल्फ कई बार अपने कुछ किरदारों की याददाश्त दोबारा इस्तेमाल करता है। जैसे विज्ञान में आगे की संभावना जल्दी खोलने के लिए किसी वैज्ञानिक की याददाश्त वापस इस्तेमाल की जाती है। सोचिए, किसी वैज्ञानिक की याददाश्त अगर दो भागों में बाँटकर दो अलग-अलग शरीरों में डाली जाए तो क्या आप यह कहेंगे कि 'उस वैज्ञानिक ने एक ही समय दो पुनर्जन्म लिए?' नहीं, आप ऐसा नहीं कहेंगे क्योंकि उसकी सिर्फ याददाश्त का इस्तेमाल हुआ है, उस वैज्ञानिक का पुनर्जन्म नहीं हुआ है। यहाँ यह बात स्मरण रखने योग्य है कि सेल्फ सभी की याददाश्त का वापस इस्तेमाल नहीं करता।

इस प्रकार आपको समझ में आया कि सूक्ष्म शरीर वापस पृथ्वी पर जन्म नहीं लेता। सूक्ष्म जगत में आगे क्या-क्या होता है? यदि पृथ्वी एक पाठशाला है, अगर हम यहाँ अपने पाठ सीखने आए हैं तो इनका उद्देश्य क्या है? हमें आगे के जीवन में क्या करना है? इसे अगले अध्याय में विस्तार से समझें।

कुछ महत्त्वपूर्ण संकेत :

१) पुनर्जन्म केवल उस चैतन्य का होता है जो सबके अंदर है। किसी शरीर का पुनर्जन्म नहीं होता।

२) लोगों में यह गलत धारणा है कि शरीर का पुनर्जन्म होता है। शरीर के पंच तत्व- पृथ्वी, वायु, जल, अग्नि, आकाश में विलीन हो जाते हैं।

३) मृत्यु ही सत्य है, ऐसा इसलिए बताया जाता है क्योंकि मनुष्य अपने शरीर की मृत्यु के भय के चलते मरने से पहले ही कई बार मरता है इसलिए उसे कहा जाता है कि मृत्यु तो सभी को आने ही वाली है, यह सभी के लिए अंतिम सत्य है। अत: मरने से पहले न मरें, डर-डरकर न मरें।

४) पुनर्जन्म को तभी जाना जा सकता है जब आपने यह जान लिया कि 'यह जन्म किसका हुआ?'

खण्ड ४
महानिर्वाण निर्माण

अध्याय - १७

पृथ्वी पर प्रैक्टिस करें

महानिर्वाण निर्माण

एक दिन जब भगवान महावीर ध्यान में बैठे हुए थे तो किसी ने उन्हें आकर सूचित किया, 'फलाँ-फलाँ राजा के राज्य पर फलाँ-फलाँ की फौज आक्रमण करने जा रही है। उस राजा ने राज्य का त्याग किया हुआ है और वह जंगल में इस समय

ध्यान अवस्था में भगवान महावीर

ध्यान कर रहा है। यदि उसने राज्य का त्याग किया है तो वह अवश्य स्वर्ग में जाएगा और निर्वाण प्राप्त करेगा।' उस वक्त के लोगों के दिमाग में यह बात थी कि जो राजा राज्य का त्याग करता है, वह निर्वाण प्राप्त करता है। कारण उस समय में भगवान महावीर ने और भगवान बुद्ध ने अपने राज्य का त्याग किया था।

इस राजा ने भी राज्य का त्याग किया था और उसके राज्य पर आक्रमण होनेवाला था। इसलिए लोगों का भगवान महावीर से प्रश्न था कि 'यदि इस वक्त उस राजा के स्थूल शरीर की मृत्यु होती है तो वह कहाँ जाएगा?' भगवान महावीर ने कहा, 'वह नरक में जाएगा।' यह सुनकर लोगों को आश्चर्य हुआ क्योंकि वह तो तप कर रहा है, ध्यान कर रहा है और फिर भी वह नरक में कैसे जाएगा? इसका उत्तर जानने के लिए जब भगवान महावीर से पूछा गया, 'आपने ऐसा क्यों कहा कि वह नरक में जाएगा?' तो उन्होंने आँखें बंद कीं और कहा, 'यदि वह अभी मृत्यु को प्राप्त होता है तो वह स्वर्ग में जाएगा।'

ध्यान के समय में भी क्रोध जाग्रत होना

पहला प्रश्न पूछने पर भगवान महावीर ने बताया कि 'वह राजा नरक में जाएगा', दूसरी बार पूछने पर जवाब दिया कि 'राजा स्वर्ग में जाएगा।' 'ऐसा क्यों?' पूछने पर भगवान महावीर ने समझाया, 'जब पहले आपने प्रश्न पूछा तब उसके मन की स्थिति

कैसी थी? तब वह ध्यान कर रहा था किंतु जंगल से सेना को गुजरते हुए देखकर उसे ज्ञात हुआ, 'यह सेना तो मेरे ही राज्य पर आक्रमण करेगी।' इससे वह क्रोधित हो गया। उसका मन नफ़रत और घृणा से भर गया था। यदि तब उसकी मृत्यु होती तो वह क्या निर्माण करता? वह तो नरक ही निर्माण करता, नरक में ही जाता। फिर कुछ क्षण पश्चात् उसमें बोध (विवेक) जागा, जाग्रति हुई कि 'मैं, मेरा किसे कह रहा हूँ? पहले तो मैं कह रहा था कि मैंने राज्य का त्याग कर दिया और अब बोल रहा हूँ, मेरे राज्य पर ये आक्रमण कर रहे हैं यानी 'मेरा' का भाव तो अभी भी है, फिर त्याग कहाँ हुआ?' इस तरह उसकी 'मैं-मेरा' की अष्टमाया टूट गई। अब यदि उसकी मृत्यु होती है तो वह मुक्त होकर मरेगा। वह निर्वाण प्राप्त कर स्वर्ग का निर्माण करेगा।'

यह कहानी प्रसिद्ध है किंतु कहानी में कुछ बातें छूटी हुई हैं। कहानियाँ मनुष्य को प्रेरणा देने के लिए होती हैं, ज्ञान को सरल बनाकर लोगों तक पहुँचाने के लिए होती हैं। यदि लोग सत्य की बातों को कठिन समझेंगे तो उस रास्ते पर नहीं चलेंगे इसलिए उन्हें कहानियों के माध्यम से प्रेरणा दी जाती है।

इस कहानी में बताया गया है कि जो चित्त की चेतना है, जो समझ है, वही आगे की चीज निर्माण करती है। यद्यपि यहाँ छूटी हुई कड़ी (मिसिंग लिंक) है कि अगर सिर्फ मरते वक्त वह सही बात सोच पाया तो स्वर्ग (स्व-अर्क, महानिर्वाण) निर्माण करेगा। किंतु जिसकी वृत्तियाँ पुरानी हैं, वह स्वर्ग निर्माण नहीं कर सकता। मृत्यु के समय वही सही सोच पाएगा, जिसने अपने संपूर्ण जीवन में सही सोचा होगा, सही समझ प्राप्त की होगी अन्यथा मृत्यु के समय भी उसे सत्य का स्मरण नहीं होगा। लोगों ने इसे संक्षिप्त मार्ग समझ लिया कि जीवनभर चाहे कुछ भी करें किंतु मृत्यु के समय राम का नाम ले लो, नारायण का नाम ले लो तो स्वर्ग की प्राप्ति होगी। बेटे का नाम ही नारायण रख लो तो और सरल हो जाएगा। लोग नाम की महिमा इस प्रकार बताते हैं कि 'बेटे का नाम नारायण रखा और मृत्यु के समय बेटे को पुकार लिया तो ईश्वर को लगेगा कि मुझे ही पुकारा और इस तरह ईश्वर आ जाएगा।' ऐसे संक्षिप्त रास्ते (शॉर्टकट) कहानियों द्वारा दे दिए गए हैं। इन्हें बतानेवाला और इनका पालन करनेवाला, दोनों गड्ढे में हैं। जिन्होंने ऐसे शॉर्टकट बताए, वे पवित्र पापी हैं। साथ ही यह बतानेवाले भी पवित्र पापी हैं कि मृत्यु के पश्चात् क्या साधु, क्या शैतान, सब एक समान हैं इसलिए खाओ-पीयो और मजे करो। मन को ऐसे तर्क पसंद आते हैं। पवित्र पापी बताते हैं कि 'स्वप्न में आप साधु भी थे, शैतान भी थे, दोनों जागने के बाद एक

हो गए तो पाप करके क्या फर्क पड़ता है?' ऐसे उलझानेवाले लोग पवित्र पापी हैं।

यदि आप ऐसे तथाकथित पवित्र पापियों के सत्संग में जाकर देखेंगे तो आपको वहाँ पर वे ही लोग दिखाई देंगे जो आवश्यकता से ज्यादा धन रखते हैं और उसे उड़ाना चाहते हैं। वहाँ वैसे ही लोग आकर्षित होते हैं। पवित्र पापियों के पास जाकर वे उस धन से अपना अहंकार बढाते हैं, चरस और गांजा पीते हैं। बिना सत्संग गए यदि वे ऐसे ही चरस या गांजा पीएँगे तो लोग उन्हें बुरा कहेंगे किंतु अध्यात्म के नाम पर व्यसन करेंगे तो कोई उन्हें गलत नहीं कह सकता। ऐसे मनुष्य को यह बताना चाहिए, 'तुम्हें पता नहीं है कि तुम ऐसा करके किस गड्ढे में जा रहे हो।'

जब तक बतानेवाले पर विश्वास निर्माण नहीं होता, तब तक उन्हें मार्गदर्शन नहीं दिया जा सकता कि वास्तव में सत्य क्या है? सत्य तक पहुँचने का सही मार्ग क्या है? इंसान कोई भी बात जल्द मानने को तैयार नहीं होता।

जब आप सत्य के ही मार्ग पर चलने की ठान लेते हैं और चलने लगते हैं, हर दिन सारी क्रियाएँ करते समय जब ईश्वर का स्मरण करते हैं, तब उस सत्य सुमिरन से सत्य की शक्ति अर्जित होती है। इस शक्ति पर विश्वास रखें। ईश्वर के अलावा बाकी सब असत्य है। आज तक आपने असत्य की शक्ति तो बहुत अर्जित की है और अच्छा है कि असत्य में शक्ति नहीं है वरना बहुत पहले ही आपकी मृत्यु हो गई होती। असत्य में सिर्फ एक धोखा (इल्यूजन) निर्माण करने की शक्ति है, जैसे किसी वस्तु का अस्तित्व न हो और फिर भी लगे कि वह है।

असत्य में सिर्फ इतनी ही शक्ति है कि वह हमारे अंदर 'नकली मैं' को तैयार करती है, जो कि असल में है ही नहीं। किंतु लगता है कि 'मैं' का अस्तित्व है। असत्य इतना ही कर सकता है और असत्य ने हर एक के साथ यह किया भी है। असत्य में शक्ति नहीं है किंतु सत्य में बहुत बड़ी शक्ति है। सुबह से लेकर रात्र तक आप जितनी बार ईश्वर को स्मरण करते हैं, उतनी ही ईश्वरीय शक्ति आपके भीतर जाग्रत होती है। फिर कोई भी समस्या आपको परेशान नहीं करती।

संसार में सब कार्य करने के साथ-साथ, यदि आपने स्वयं को नहीं जाना तो सभी समस्याएँ सुलझ जाने के बाद भी आप आफत में ही रहेंगे। यदि आप असली चीज प्राप्त कर पाए तो सभी तरह की समस्याएँ जीवन में रहते हुए भी आप प्रफुल्लित महसूस करेंगे। अत: यह फैसला करें कि हमें जीवन की सभी समस्याओं

के साथ-साथ असली चीज पर हमेशा ध्यान रखना है। केवल पृथ्वी के जीवन को नहीं अपितु संपूर्ण जीवन को सामने रखते हुए हर निर्णय लेना है।

संपूर्ण जीवन का अर्थ

'संपूर्ण जीवन' में स्थूल शरीर की मृत्यु के पश्चात् जीवन समाप्त नहीं होता। स्थूल शरीर की मृत्यु तो केवल एक पड़ावमात्र है। जैसे जब बच्चा किशोरावस्था में पहुँचता है तो उसके जीवन का प्रथम पड़ाव आता है, जवानी में पहुँचता है तो दूसरा पड़ाव आता है, फिर बुढापे में पहुँचता है तो तीसरा पड़ाव आता है। इस प्रकार जब वह स्थूल शरीर को छोड़कर सूक्ष्म शरीर की यात्रा आरम्भ करता है तो चौथा पड़ाव आता है।

संपूर्ण जीवन अर्थात पूर्ण जीवन, पृथ्वी का जीवन इसका केवल पहला हिस्सा है। यह अभ्यास केंद्र है, स्कूल है। दूसरे हिस्से में अभिव्यक्ति है। पृथ्वी पर अभ्यास करना है इसलिए यहाँ अच्छे और बुरे दोनों तरह के लोग साथ में रहते हैं। जैसे स्कूल में बुद्धिमान और मट्ठ विद्यार्थी एक साथ पढते हैं। लेकिन वे आगे की यात्रा में अपनी पात्रता अनुसार अलग हो जाते हैं। अर्थात जो नरक का निर्माण करेंगे वे अपने नरक में ही रहेंगे। जो स्वर्ग का निर्माण करेंगे, वे अपने स्वर्ग में ही रहेंगे। जो महानिर्वाण का निर्माण करेंगे, वे उच्चतम अभिव्यक्ति का चुनाव करेंगे।

संपूर्ण जीवन का ज्ञान रखनेवाले मनुष्य को उच्चतम लक्ष्य पता होता है। उसे पता होता है कि उच्चतम इच्छा क्या है, उच्चतम चुनाव, उच्चतम अभिव्यक्ति क्या है। ये सब बातें जिसे पूर्ण रूप से स्पष्ट है वह अपने जीवन का एक दिन भी व्यर्थ करना नहीं चाहेगा। किंतु यदि ये पता नहीं है तो दिन क्या, सालों साल गुजर जाते हैं, हम जाग ही नहीं पाते, नींद में ही पृथ्वी का सारा अमूल्य समय बिता देते हैं। जो अभ्यास करना था, जो कला सीखनी थी, वह सीख नहीं पाते।

मृत्यु के पश्चात् लोग क्या निर्माण करेंगे

सोचिए, दो कमरोंवाला एक मकान है। पहले कमरे में कुछ लोग रहते हैं। जब कोई मनुष्य पहले कमरे से दूसरे कमरे में जाता है तो लोग कहते हैं कि 'वह मर गया' क्योंकि अब वह उन्हें दिखाई नहीं दे रहा है किंतु वह दूसरे कमरे में गया है और वहाँ कुछ निर्माण कर रहा है। वह इस कमरे में आया ही था कुछ रंगों को जमा करने के लिए ताकि दूसरे कमरे में जाकर वहाँ जो कैनवास पड़ा है, उस पर वह चित्र बना पाए। पृथ्वी पर (इस कमरे में) यदि लोग तैयार नहीं हुए हैं, हेट (नफ़रत)

पृथ्वी जीवन   मृत्यु उपरांत जीवन का संकेत

अटैक से मर रहे हैं, आखरी क्षण तक अपनी अधूरी इच्छाओं और वासनाओं में ही अटके हुए हैं तो वे दूसरी दुनिया (दूसरे कमरे) में जाकर क्या निर्माण करेंगे? कौन से भयानक चित्र बनाएँगे? और जो तैयार हैं, जिन्होंने अपने मन को प्रशिक्षण दिया है वे क्या निर्माण करेंगे? वे उच्चतम ही निर्माण करेंगे।

सूक्ष्म जगत में स्थूल शरीर के सारे रोग, बंधन समाप्त हो जाते हैं। अंधा-अंधा नहीं रहता, लँगड़ा-लँगड़ा नहीं रहता। वहाँ पर शरीर के सारे कष्ट समाप्त हो जाते हैं किंतु मन की बातें समाप्त नहीं होती क्योंकि सूक्ष्म शरीर में भी मन रहता है। सूक्ष्म शरीर में मन की पुरानी समझ व वृत्तियाँ वैसी ही रहती हैं। यदि मन को प्रशिक्षण व समझ नहीं मिली है तो वह वहाँ भी अपनी निम्न इच्छाओं को ही पूर्ण करना चाहेगा। पृथ्वी पर भी अभ्यास करते हुए हम देखते हैं कि मनुष्य की प्रवृत्ति (आदत) कैसे सिर उठाती है। वह प्रवृत्ति कहती है, 'अभी क्षणभर के लिए ये सब ध्यान-साधना छोड़ो, बाद में अभ्यास करते हैं।' इस बीच मन चाहता है कि उसे थोड़ी सुविधा मिल जाए, थोड़ी सुरक्षा मिल जाए, थोड़ा लाभ मिल जाए या थोड़ा स्वाद (खाना) मिल जाए। इस प्रकार शरीर की पुरानी प्रवृत्ति के जागते ही असली कार्य (प्रशिक्षण) रुक जाता है या कई बार सत्य पर चलने का निर्णय ही बदल जाता है। यदि हम यहाँ (स्थूल शरीर के साथ) अभ्यास नहीं कर पाए तो वहाँ (सूक्ष्म शरीर के साथ) कैसे कर पाएँगे? यदि आप रास्ते पर ही सीधे नहीं चल पाए तो रस्सी पर भला कैसे चल पाएँगे?

इसलिए पृथ्वी पर समझ व प्रशिक्षण पाना अति आवश्यक है। सोचिए, यदि एक अंधा मनुष्य मरेगा जो अज्ञान में था तो वह क्या निर्माण करेगा? वह तो अपनी उसी इच्छा को पूर्ण करना चाहेगा, जो सदैव उसके मन में रही है। वह यही चाहेगा कि 'पृथ्वी पर जो फिल्में नहीं देखीं, जिनके बड़े नाम सुने थे, पहले मैं वे फिल्में देख लूँ।' पृथ्वी पर कई अंधे भी फिल्में देखने जाते हैं, वे फिल्मों को सुनते हैं और उससे वे अपने अंदर दृश्यों की कल्पना (विजुअलाईजेशन) करते हैं या उन्हें महसूस करते हैं। मरने के बाद वे अपनी अधूरी वासना ही पूरी करना चाहेंगे।

एक चित्रकार जिसकी मृत्यु हुई है और जो पेटू है, वह दूसरे कमरे में जाकर कौन से चित्र बनाएगा? वह भोजन के चित्र बनाएगा, मिठाइयों के, होटल के चित्र ही बनाएगा। वह आखिर निर्माण कर-करके क्या निर्माण करेगा? मिठाइयाँ खाकर किसका भला होगा? एक भयभीत मनुष्य जिसका भाव है- 'शरीर मरा अर्थात मैं मरा।' वह मरेगा तो क्या निर्माण करेगा? वह एक किले का ही निर्माण करेगा। वह सोचेगा, 'मैं वहाँ कैसे सुरक्षित रहूँ।' वह बना बनाकर एक किला ही बनाएगा, सुरक्षा के लिए चीजें ही बनाएगा। निर्माण तो वह भी करेगा किंतु अपने स्वार्थ अनुसार करेगा। पेटू हो या भयभीत मनुष्य हो, उन्हें पता ही नहीं है कि वे कौन हैं? वे तो

मृत्यु उपरांत जीवन में मनुष्य की जैसी प्रवृत्ति होती है, वैसा ही निर्माण होता है

शरीर को ही 'मैं' मानते आए हैं। इसलिए आगे भी वे अपने सूक्ष्म शरीर को 'मैं' मानकर जीएँगे। वे कभी जान नहीं पाएँगे कि वास्तव में वे कौन हैं।

जैसी प्रवृत्ति वैसा निर्माण, जैसी चाहत वैसे कार्य। यदि कोई लँगड़ा होगा तो वह वहाँ दौड़ने का मैदान निर्माण करेगा क्योंकि पृथ्वी पर वह कभी दौड़ नहीं पाया

इसलिए वह चाहेगा कि अब वहाँ दौड़ने का मैदान बने। वह सोचेगा कि 'इतने सालों से मैं यह इच्छा अपने मन में दबाए हुए हूँ तो मुझे इसे पूरा करना ही चाहिए।' एक मनुष्य जिसे रोज पेटभर भोजन नहीं मिल रहा है। उसके अंदर क्या इच्छा पैदा होती होगी? ऐसे मनुष्य को यदि धन और ताकत मिले तो वह क्या निर्माण करेगा? मौका मिलते ही वह अपनी अधूरी इच्छाएँ पूर्ण करना चाहेगा। सूक्ष्म जगत में इस प्रकार के लोगों को यह समझाना कितना कठिन होगा कि जिन इच्छाओं को आप लेकर आए हैं, वे निम्न हैं। यहाँ उच्चतम निर्माण संभव है। किंतु वे वहाँ सुनने के लिए राजी नहीं होंगे क्योंकि पृथ्वी पर जो समझ व प्रशिक्षण उन्हें प्राप्त करना था, वह उन्होंने प्राप्त किया ही नहीं।

किसी ने अपने शरीर की हत्या की है तो किसी के शरीर की हत्या हुई है। दोनों अपनी समझ के अनुसार निर्माण करेंगे। जिसने अपने शरीर की हत्या की है उसकी समझ क्या थी? वह किस पीड़ा में था? किस परेशानी में था? उसकी मानसिक वृत्तियाँ क्या थीं? जिसके शरीर की हत्या की गई है, उसकी समझ क्या थी? क्या वहाँ पूर्णता थी? क्या वहाँ समझदारी थी? उसकी जो भी समझ रहेगी, आगे वही काम करेगी। मन का प्रशिक्षण और समझ ही सबसे महत्त्वपूर्ण है या यूँ कहें कि यह प्राप्त करने के लिए ही आप पृथ्वी पर आए हैं, रिश्ते-नाते, दु:ख-सुख इसीलिए ही दिए गए हैं।

यदि आप पृथ्वी पर गुरु (सत्य) की आज्ञा में रहे होंगे, सभी व्यसनों, वृत्तियों व गलत आदतों से मुक्त होकर आपने मन को प्रशिक्षित किया होगा, सदा सत्य के मार्ग पर अटल रहने का प्रशिक्षण लिया होगा तो आपके लिए उच्चतम निर्माण का चुनाव करना बहुत सरल होगा। यदि आपमें कुछ वृत्तियाँ शेष हैं किंतु साथ ही समझ व ज्ञान भी है, आज्ञाओं में रहने के कारण आज्ञा के पालन का महत्व भी पता है तो आप अपनी वृत्तियों को हटाकर, उन्हें तोड़कर वही निर्माण करेंगे जिसकी आपको आज्ञा दी गई है। आपसे जब कहाँ जाएगा कि 'तुम्हें होटल या मैदान नहीं बनाना है' तो आपके लिए यह कष्टदायक नहीं होगा। आप तुरंत सब बातें मान जाएँगे क्योंकि आपको यह पूर्णत: स्पष्ट (क्लियर) है कि 'हमें इन बातों में नहीं उलझना है बल्कि आगे बढ़ना है।' इस प्रकार आप शीघ्र अपने आपको नए स्तर पर पाएँगे, आगे की नई संभावना खोल पाएँगे। इस प्रकार आगे बढ़कर महानिर्वाण निर्माण (उच्चतम अभिव्यक्ति) करने के पश्चात् आप कहेंगे कि यदि हम अपनी वृत्तियों में उलझे रहते तो कितनी बड़ी गलती करते क्योंकि जब वृत्तियाँ, पैटर्न सिर उठाते हैं तब हम अपनी

निम्न इच्छा ही पूर्ण करना चाहते हैं, हमसे जो भी निर्णय होता है वह उन वृत्तियों के आधार पर ही होता है।

जो मनुष्य तेजज्ञान का अंधा है, जिसे तेजज्ञान मिला ही नहीं है, वह क्या निर्माण करेगा? जो स्वयं को शरीर मानकर ही जीया है, वह भला क्या करेगा? वह वही बातें निर्माण करेगा जो व्यक्तिगत हैं, अपने लिए हैं, अपना अहंकार पूरा करने के लिए है। मनुष्य जिसे पृथ्वी पर प्राप्त नहीं कर पाया, सूक्ष्म जगत में अवसर पाकर वह वही निर्माण (प्राप्त) करना चाहेगा। उस समय कोई उसे समझाए कि 'यह निर्माण तुम मत करो, तुम्हें ज्ञात नहीं है कि तुम क्या निर्माण कर रहे हो? तुम्हारी क्या संभावनाएँ हैं? तुम एक बहुत बड़ी संभावना खोल सकते हो, इसे छोड़ो, यह जो निर्माण कर रहे हो वह मत करो' तो वह नहीं मानेगा। आप उसे नहीं समझा पाएँगे, नहीं मना पाएँगे क्योंकि उसमें तेजज्ञान की दृष्टि ही नहीं है। इस तरह वह केवल नरक, दु:ख और वासना के दलदल का ही निर्माण करेगा।

पृथ्वी पर जिसने मन, शरीर तथा बुद्धि पर अनुशासन रखने का पूर्ण प्रशिक्षण प्राप्त किया है, जिन्होंने सचमुच निरंतर साधना की है, वे ही कुछ उच्च निर्माण कर पाएँगे, वे ही महानिर्वाण निर्माण कर पाएँगे। वे ही उच्च अभिव्यक्ति कर पाएँगे। अन्य लोग अपनी व्यक्तिगत चाहतों को पूर्ण करने में ही समय गँवाएँगे क्योंकि प्रवृत्ति, गलत आदतें व पैटर्न जब सिर उठाते हैं तो मनुष्य भटक जाता है।

सभी निर्माण करना चाहते हैं, सभी पृथ्वी पर रंग एकत्रित कर रहे हैं। पृथ्वी पर कुछ तैयारी, प्रशिक्षण (ट्रेनिंग, टेस्टिंग और टीचिंग्स्) चल रहा है, इस तैयारी के पश्चात् ही सही निर्माण होता है। वह निर्माण वहीं (सूक्ष्म जगत में) हो सकता है, ऐसा नहीं है। यहाँ (पृथ्वी) पर यदि उसकी तैयारी होगी तो यहाँ पर भी बहुत कुछ निर्माण होने की संभावना है।

महानिर्वाण निर्माण करें

यदि आप सर्वेक्षण करके देखेंगे तो बहुत कम लोग आपको समय पर मरते हुए दिखाई देंगे। हर एक समय से पहले ही मर जाता है अर्थात यदि मृत्यु के समय उससे पूछा होता, 'क्या आप मृत्यु के लिए तैयार हैं?' तो वह कहता, 'नहीं, अभी यह कार्य शेष है... वह कार्य बाकी है... अभी यह नहीं समझा... वह समझ में नहीं आया... अभी बहुत इच्छाएँ हैं...।' अर्थात अब तक जो भी लोग मरे हैं, उनमें से

अधिकांश लोग समय से पहले ही मृत्यु को प्राप्त हुए हैं। पृथ्वी पर बहुत थोड़े लोग ही हैं, जो समय पर मरे हैं, जिनका अहंकार टूटा है, जिसके पश्चात् मात्र सत्य की अभिव्यक्ति रह गई है। जो लोग समझ प्राप्त करके मरे हैं, वे ही सही मायने में समय पर मरे हैं। उनकी अभिव्यक्ति न केवल दूसरे कमरे (सूक्ष्म शरीर के जगत) में भी चलती रहेगी अपितु और जोरदार होगी, सही होगी।

लोग अलग-अलग तरीके से मरते हैं। मृत्यु किस प्रकार से हुई यह बात महत्व नहीं रखती, कोई भी बाहर से इस बात का अनुमान नहीं लगा सकता कि उस मनुष्य के भीतर कौन सी समझ है। किसी ने परेशानी में अपने शरीर की हत्या की है तो किसी ने समाधि ली है। दोनों ने स्वयं अपने शरीर का अंत किया किंतु दोनों का निर्माण बिलकुल अलग-अलग होगा। किसी की मृत्यु बीमारी के कारण होती है तो किसी के शरीर की हत्या की जाती है। बाहर से यह नहीं बताया जा सकता कि उनकी समझ क्या थी। जीज़स के शरीर की हत्या की गई। वह हत्या थी किंतु जीज़स ने जो निर्माण किया वह 'महानिर्वाण निर्माण' था। जीज़स का वह निर्णय आज तक लोगों को यहाँ (पृथ्वी) पर और वहाँ (सूक्ष्म जगत) पर भी सहायता कर रहा है। जीज़स ने मृत्यु के समय ईश्वर से कहा, 'हे प्रभु, तुम इन्हें क्षमा करो क्योंकि ये नहीं जानते कि ये क्या कर रहे हैं।' जीज़स ने उस वक्त लोगों के किस अज्ञान की बात की थी? उस समय लोग यह नहीं जानते कि वे जीज़स को मार नहीं सकते। मृत्यु तो केवल शरीर की होती है।

जीज़स ने पृथ्वी पर भी बहुत कुछ निर्माण किया। संत ज्ञानेश्वर ने समाधि ली, उन्होंने स्वेच्छा से शरीर का त्याग किया। वे जानते थे कि अब इस शरीर की भूमिका खत्म हुई अर्थात यहाँ पर आगे के निर्माण की आवश्यकता उस शरीर से नहीं थी। अब वे सूक्ष्म जगत में जाएँगे तो कौन सा चित्र बनाएँगे? आप उस चित्र की कल्पना भी नहीं कर सकते। यदि आप संत ज्ञानेश्वर द्वारा बनाए गए चित्र की कल्पना भी कर पाएँ तो कहेंगे कि 'इस चित्र में कोई आकर्षण नहीं है, इसमें कोई मजा नहीं है।' जिसने आत्मसाक्षात्कार प्राप्त नहीं किया है, वह जब आत्मसाक्षात्कारी शरीर के चित्र देखेगा तो कहेगा, 'इसमें क्या खास बात है? इसमें तो कुछ विशेष नहीं है।' किंतु उसे कहा जाएगा, 'यह कुछ नहीं, कुछ नहीं, नहीं है, यह कुछ नहीं ही सब कुछ है क्योंकि वह समझने के लिए भी सही दृष्टि व समझ चाहिए।'

यदि आपको हर घटना में यह स्मरण है कि पृथ्वी पर आप जहाँ कहीं भी हैं

वहाँ क्यों हैं? तो सही अभ्यास होगा और आप उसका आनंद लेंगे। किंतु यदि आप यह भूल गए तो आपका अभ्यास नहीं होगा, आप महाजीवन के सबक नहीं सीखेंगे। फिर आप केवल इसी बात में लगे रहेंगे कि 'लोगों ने हमारे लिए तालियाँ क्यों नहीं बजाईं? कल तो बजाई थीं, आज क्यों नहीं बजाईं? यह मनुष्य कल ऐसा था, आज ऐसा क्यों हो गया?' इसलिए सही ज्ञान (सत्य) का सही समय पर स्मरण होना बहुत आवश्यक है। यदि हमारा पूर्ण जीवन बीत जाए और हमें कोई सत्य की बातें बताए ही नहीं, मनन द्वारा हम सत्य को जाने ही नहीं तो हमारा संपूर्ण जीवन व्यर्थ ही चला जाएगा। इसीलिए यह जानना आवश्यक है कि हम क्या कर रहे हैं और क्यों कर रहे हैं? हम कौन हैं? वास्तव में हम जीवन की पाठशाला में आगे के महाजीवन और संपूर्ण जीवन की तैयारी कर रहे हैं।

हमारे पास बहुत कम जानकारी होती है इसलिए हम सोच नहीं पाते, मनन नहीं कर पाते। जब हम सत्य श्रवण, पठन करते हैं, तब हमें कुछ सोचने के लिए संकेत मिलता है। हम मनन करते हैं तो हमें ज्ञात होता है कि ये इतनी गहरी बातें हैं जिन पर हम जितना मनन करेंगे, उतना कम ही होगा। इन पर मनन करके ही तो हमारा जीवन वह बनेगा, जिसके लिए हम पृथ्वी पर आए हैं। यदि आपका लक्ष्य उच्चतम है तो आपको उसके लिए पात्र बनना पड़ेगा। यदि आपका हाथ काँपता है और आपको तेजमहल (महानिर्वाण निर्माण) बनाने के लिए कहा जाए तो वह कैसे बनेगा? हाथ काँपना, एक बाहर का उदाहरण है, वास्तव में मन के काँपने की बात चल रही है। आप मन को अकंप, प्रेमन, निर्मल और आज्ञाकारी करने के लिए पृथ्वी पर आए हैं। ये ही वे गुण हैं, जिनके साथ आप उच्चतम अभिव्यक्ति (महानिर्वाण निर्माण) के लिए पात्र बनते हैं। वहाँ अन्य कोई चीज काम में नहीं आती। यही लक्ष्य लेकर हर कोई पृथ्वी पर आता है। किंतु बहुत ही कम लोग यह प्रशिक्षण लेकर इस पृथ्वी से जा पाते हैं।

पूर्ण जीवन समाप्त होने के पश्चात् कोई बिना प्रशिक्षण लिए ही चला जाए तो उसके लिए 'तेजदुःख' होना चाहिए। वह जो सीखने आया था वह तो सीखा ही नहीं, उसकी कितनी बड़ी संभावना थी। पृथ्वी से जाकर वह सूक्ष्म जगत में क्या निर्माण करेगा? कंपित मन से नरक, दुःख ही निर्माण करेगा। वह सूक्ष्म शरीर का जीवन भी व्यक्ति की इच्छाओं को पूरा करने में ही बिता देगा। किंतु किसी को तेजदुःख होता नहीं है। उसके लिए तेजदुःखी वही मनुष्य होगा, जिसकी स्वयं की संपूर्ण संभावना

खुल चुकी है, जो उच्चतम अवस्था तक पहुँच चुका है। इसीलिए 'तेजदु:ख' कहा गया क्योंकि वह उच्चतम अवस्था जो सुख और दु:ख से परे है।

मृत्यु उपरांत जीवन और महानिर्वाण निर्माण की ये बातें हम जितनी समझेंगे, उतना ही कहेंगे कि अब हर दिन मूल्यवान है। अत: अब समय नष्ट नहीं करना है क्योंकि यदि हम ऐसे ही लापरवाही और व्यसनों में जीते रहें तो फिर वहाँ क्या निर्माण करेंगे? इसलिए सही दिशा में आगे बढ़ते हुए अपने मन को प्रशिक्षण देना आरम्भ करें, इसके लिए आपके जीवन में प्रतिदिन अवसर आ रहे हैं। इन अवसरों का लाभ लेकर पृथ्वी पर ही सही प्रैक्टिस करें और मृत्यु मनन से महानिर्वाण निर्माण की तैयारी करें।

कुछ महत्त्वपूर्ण संकेत :

१) आपने पृथ्वी पर जन्म लिया है, अभ्यास करने (प्रशिक्षण लेने) के लिए ताकि आप सूक्ष्म शरीर द्वारा महानिर्वाण निर्माण कर पाएँ। इसलिए पृथ्वी पर आप अपने सभी पाठ (सबक) पूरे सीखें।

२) जैसी प्रवृत्ति वैसा निर्माण और जैसी अभिलाषा वैसे कार्य होते हैं। इसलिए पृथ्वी पर अपने पैटर्न्स व वृत्तियों को सिर न उठाने दें, तभी आप महानिर्वाण का निर्माण कर पाएँगे।

३) आपका मन अकंप बने। मन अकंप करने के लिए आप पृथ्वी पर आते हैं और सही प्रशिक्षण लेकर जाते हैं। यदि किसी ने वह प्रशिक्षण नहीं लिया और पृथ्वी से चला गया तो उसके लिए तेज दु:ख होना चाहिए।

४) जो चित्त की चेतना, समझ है, वही आगे का निर्माण करती है। यदि मृत्यु के समय मनुष्य सही बात सोच पाया तो वह स्वर्ग (स्व का अर्क) निर्माण करेगा किंतु जिसकी वृत्तियाँ पुरानी हैं, वह स्वर्ग निर्माण नहीं कर पाएगा। मृत्यु के समय वही सही सोच पाएगा, जिसने जीवनभर सही सोचा होगा।

५) सूक्ष्म शरीर के साथ स्थूल शरीर की सारी बातें समाप्त हो जाती हैं। अँधा, अँधा नहीं रहता, लँगड़ा, लँगड़ा नहीं रहता। वहाँ पर शरीर की सारी दिक्कतें, रोग समाप्त हो जाते हैं किंतु मन की इच्छा, वासना समाप्त नहीं होतीं क्योंकि सूक्ष्म शरीर के साथ मन जीवित रहता है।

अध्याय - १८

मृत्यु मनन

मृत्यु दर्शन

'मृत्यु' शब्द हर मनुष्य के भीतर तक जाता है। यह शब्द मनुष्य से बहुत गहराई तक काम करवा सकता है। 'मृत्यु' शब्द सुनने के पश्चात् मनुष्य बेहोश नहीं रह सकता, उसे तुरंत होश आ जाता है। इसी को 'मृत्यु मनन' कहा जाता है। विश्व में कई लोगों को मृत्यु मनन के कारण ही आत्मसाक्षात्कार हुआ है। अर्जुन के बारे में आप जानते हैं। कृष्ण ने उनसे युद्ध के मैदान पर 'मृत्यु मनन' करवाया था।

अर्जुन का मृत्यु मनन

कुरुक्षेत्र के युद्ध में कृष्ण ने अर्जुन से जबरदस्ती 'मृत्यु मनन' करवाया। युद्ध तब प्रारम्भ नहीं हुआ था इसलिए अर्जुन ने किसी की मृत्यु तो नहीं देखी थी किंतु किसी की मृत्यु की आशंका से ही अर्जुन का मनन शुरू हो गया। युद्ध में विरोधी खेमे के प्रिय रिश्तेदारों की मृत्यु के विचार से अर्जुन ने मनन शुरू किया। गीता का आरम्भ ही मृत्यु के प्रश्न से होता है। गीता में श्रीकृष्ण के मुख से मृत्यु का असली रहस्य समझने के पश्चात् ही अर्जुन युद्ध के लिए तैयार हुआ।

जब अत्यावश्यकता की स्थिति निर्मित हुई तभी अर्जुन ने मृत्यु के बारे में मनन किया। जीवन में सभी लोगों की अवस्था ऐसी ही है। जब कोई अत्यावश्यक स्थिति आ खडी होती है तभी हम मृत्यु के बारे में सोचते हैं। अर्जुन ने सोचा, 'जिन लोगों को मैं अपने विजय का संदेश सुनाना चाहता हूँ, उन्हीं लोगों को मारकर यदि मुझे

विजय प्राप्त होती है तो ऐसे विजय का क्या लाभ?' यह तो वैसा ही हुआ, जैसे किसी को मैडल मिलनेवाला है और मैडल पाने के लिए उसे उसी इंसान को मारना है, जिसके द्वारा मैडल मिलनेवाला है।

इस प्रकार अर्जुन के लिए एक विशेष अवस्था का निर्माण हुआ। उस अवस्था में अर्जुन ने प्रश्न पूछे और भगवान श्रीकृष्ण ने उनके उत्तर दिए। जिन प्रश्नों से आपका मनन आरम्भ हुआ था, कुछ वैसे ही प्रश्न अर्जुन के मन में भी उठे थे। जैसे किसकी मृत्यु होती है? शरीर क्या है? चैतन्य क्या है? कृष्ण कौन है? युद्ध का असली उद्देश्य क्या है? इन सभी प्रश्नों के उत्तर जब अर्जुन को मिल गए तभी उसका मृत्यु का भय समाप्त हुआ और वह अपने रिश्तेदारों के साथ धर्मयुद्ध कर पाया।

जीवन में जब घटनाएँ होती हैं, तभी मनुष्य मनन करता है। बिना घटना के मनन करने की मनुष्य को आदत नहीं है इसलिए ऐसी व्यवस्था की गई है। ज्यादातर घटनाओं और परिस्थितियों द्वारा हर मनुष्य से जबरदस्ती मनन करवाया जाता है। किसी के जीवन में जब कोई दुःखद घटना होती है, तभी वह विचार करना आरम्भ करता है। जब किसी मनुष्य पर कृपा हो जाती है तो वह मृत्यु के विषय पर विचार करना आरम्भ करता है।

रमण महर्षि का मृत्यु मनन

गुरुनानक, रमण महर्षि जैसे संतों पर छोटी उम्र में ही कृपा हुई थी। रमण महर्षि सोलह वर्ष की उम्र में अपने चाचा के घर की छत पर बैठे हुए थे। घर के सदस्य बाहर गए हुए थे। वहाँ बैठे-बैठे उनके मन में अचानक विचार आया, 'अब मेरी मृत्यु होनेवाली है।' इस विचार के कारण वे भयभीत हो उठे। यह विचार अनायास ही आया था, इसके लिए उन्होंने अपनी ओर से कोई प्रयास नहीं किया था। उन पर ईश्वर की कृपा हुई और उन्हें मृत्यु का भय सताने लगा। यदि सही ढंग से मनन हो तो मृत्यु का भय कृपा सिद्ध हो सकता है। मृत्यु का भय आने के पश्चात् उन्हें अगला विचार आया, 'चलो अब मृत्यु का दर्शन करेंगे, देखते हैं, मृत्यु के पश्चात् क्या-क्या होता है!' वे छत पर इस प्रकार लेट गए जैसे उसी वक्त उनकी मृत्यु हो रही हो। उन्हें लगा कि मृत्यु के पश्चात् उनका शरीर अकड़ जाएगा इसलिए वे शरीर को सख्त करके लेट गए। उस वक्त उनके शरीर में कोई भी हलचल नहीं हो रही थी।

इसी प्रकार कुछ क्षण लेटे रहने के पश्चात् उन्हें विचार आया, 'मैं तो मर गया हूँ, फिर भी मैं यह कैसे जान रहा हूँ?' वहाँ पर चेतना जाग्रत हुई, 'मैं तो मर चुका हूँ, फिर भी मैं सब कुछ जान रहा हूँ। यह जानना क्या है? यह अहसास क्या है? मेरे शरीर की मृत्यु होने के पश्चात् मुझे जलाया जाएगा तो क्या मुझे यह सब दिखाई देगा? फिर भी मुझे मेरा अहसास होगा? यदि मृत्यु उपरांत भी यह अहसास होता है तो इसका अर्थ है कि यह अहसास शरीर पर निर्भर नहीं है। शरीर का अहसास अलग है और मेरा अहसास अलग है।' ये सभी बातें रमण महर्षि को स्पष्ट रूप से दिखाई दीं। यह घटना होने में सिर्फ आधा घंटा लगा। तत्पश्चात् वे उठकर खडे.हो गए और उनके जीवन में सब कुछ परिवर्तित हो गया। यह एक उदाहरण है, जो बताता है कि कृपा और मृत्यु मनन के कारण किस प्रकार आत्मसाक्षात्कार हो सकता है।

रमण महर्षि के उदाहरण से यह स्पष्ट है कि मृत्यु मनन बडी सहजता से हो सकता है। यह घटना सिर्फ आधे घंटे में हो गई थी। इतनी छोटी अवधि के मनन से भी उन्हें मृत्यु का सत्य समझ में आ गया। उन्होंने सिर्फ शरीर से परे अपना अस्तित्व जाना, अपने होने का अनुभव किया और उस दृढ.विश्वास व अनुभव के साथ वे जीवनभर जीए।

मृत्यु के साक्षात्कार के पश्चात् रमण महर्षि के साथ बहुत सी बातें हुईं। वे पहले जैसे खाते, पीते, खेलते थे, मृत्यु मनन के बाद वैसे नहीं रहे। उसके पश्चात् उनकी क्रियाओं में उपेक्षा भाव आ गया। वे सभी क्रियाओं में स्वयं अलगाव का अनुभव करने लगे। पहले सभी लोगों की भाँति उन्हें भी स्वादिष्ट भोजन में रुचि थी किंतु बाद में नहीं रही। उन्हें जैसा भी भोजन मिलता, कच्चा, पक्का, मीठा, तीखा या बासी, वे बिना शिकायत उसे खाने लगे।

रमण महर्षि का मृत्यु मनन यह बताता है कि सत्य के प्रति दृढ.विश्वास कितना महत्त्वपूर्ण है। यदि हममें सत्य के प्रति दृढ़ विश्वास होगा तो सभी बातें अपने आप बदल जाएँगी।

रमण महर्षि का मार्गदर्शन करने के लिए कोई गुरु नहीं थे वरना उनके साथ कुछ अलग प्रकार की बातें भी हो सकती थीं। कई बार सर्वोच्च ज्ञान प्राप्त मनुष्य का व्यवहार देखकर दूसरे लोगों को भय लगने लगता है। उनका व्यवहार देखकर लोग ज्ञान मार्ग से विमुख हो जाते हैं। उनके मन में तरह-तरह के प्रश्न उठने लगते

हैं। जैसे- ज्ञान प्राप्त करने के लिए क्या संसार त्यागना आवश्यक है? क्या संन्यासी बनना आवश्यक है? इस प्रकार के प्रश्नों में उलझकर लोग कई बार सत्य की राह पर चलने से कतराते हैं। यही कारण है कि आज साधारण मनुष्य सत्य की राह पर नहीं चलता।

गुरुनानक का मृत्यु मनन

रमण महर्षि जैसा एक और उदाहरण गुरुनानक का भी है। गुरुनानक ने जब मृत्यु मनन किया, उस वक्त वे नदी पर स्नान करने गए थे और कई दिनों तक घर नहीं लौटे। लोगों को लगा कि वे नदी में डूबकर मर गए किंतु वास्तव में वे समीप की चट्टानों की ओट में समाधि में चले गए थे। लोगों ने नदी किनारे जाकर उन्हें बहुत ढूँढ़ा पर गुरुनानक के कपडे, लोटा आदि वस्तुओं को छोडक़र कुछ न मिला। लोगों ने उनका नाम लेकर उन्हें बहुत आवाजें लगाईं किंतु नानक की ओर से कोई भी उत्तर नहीं मिला। वे तो समाधि में लीन थे। लोगों ने सोचा कि नानक मर गए हैं। किंतु कई दिनों पश्चात् जब वे समाधि से बाहर आए तब लोग आश्चर्यचकित रह गए। तब लोगों ने कहानियाँ बनाईं कि नानक पानी में गए थे और वहाँ पर उन्हें ईश्वर का दर्शन मिला, जिसने नानक को साधना करने के लिए कहा।

लोग समाधि, आत्मसाक्षात्कार जैसी बातों को सरलता से नहीं समझ पाते इसलिए कहानियों द्वारा प्रतीकात्मक रूप में ये बातें बताई जाती हैं। गुरुनानक जब समाधि से वापस आए तो सब बातें बदल गई थीं। उन्होंने वापस आकर पहला वाक्य यह कहा था, 'कोई हिंदू नहीं है और कोई मुसलमान नहीं है।'

संत सुकरात का मृत्यु मनन

संत सुकरात को विष देकर मारने का दंड दिया गया था। जब उन्हें विष दिया जा रहा था, उस समय उन्हें मृत्यु की समझ थी। उस समझ के अनुसार वे मृत्यु को अनुसंधान के रूप में देख रहे थे। उन्हें लग रहा था कि जीवनभर उन्होंने जो बातें बताईं, मृत्यु के विषय में जो समझ रखी, उस समझ को प्रत्यक्ष रूप में देखने का, उसका उपयोग करने का अवसर मिल रहा है।

जिस दिन उन्हें विष दिया जानेवाला था, उस दिन प्रात:काल उनके शुभचिंतक, कुछ शिष्य और रिश्तेदार उनसे मिलने आए। उनसे बात करते-करते कुछ समय बीत गया। सुकरात ने देखा कि विष देने का समय बीतता जा रहा है। उन्होंने विष

देनेवाले से पूछा, 'अभी तक विष तैयार क्यों नहीं हुआ? देखो जरा, क्या समस्या है?' सुकरात की बातें सुनकर विष बनानेवाला हैरान रह गया। वास्तव में वह जान-बूझकर विष बनाने में देरी कर रहा था ताकि सुकरात को जीवन के कुछ और क्षण मिल जाएँ और सुकरात उससे ही पूछ रहे थे कि 'विष बनाने में देर क्यों हो रही है?'

जो लोग सुकरात से मिलने आए थे, उन्होंने सुकरात से पूछा, 'आपका अंतिम संस्कार कैसे किया जाए?' तब सुकरात ने कहा, 'जब आप मुझे पकड. पाएँगे तभी तो अंतिम संस्कार कर पाएँगे। मैं तो आपके हाथ ही नहीं आऊँगा। न कोई मुझे मार पाएगा और न ही कोई मेरा अंतिम संस्कार कर पाएगा।' लोगों ने सुकरात को शरीर मानकर प्रश्न पूछा था किंतु वे स्वयं को शरीर नहीं मानते थे। उन्हें ज्ञान था कि वे शरीर से परे हैं। वे तो मृत्यु को अनुसंधान के रूप में देख रहे थे।

विष ग्रहण करने के पश्चात् उनके शरीर में कौन-कौन से परिवर्तन हो रहे हैं, यह वे बताते जा रहे थे और शिष्य लिखते जा रहे थे। उन्होंने विष ग्रहण करने के पश्चात् बताया, 'अब मेरे पैर संवेदनशून्य हो रहे हैं... हाथ ठंडे पड. रहे हैं... इत्यादि।' जब तक वे बोल पा रहे थे, तब तक वे सारे लक्षण बताते रहे। उन्होंने आगे यह भी बताया कि 'यदि मेरी जुबान बंद हो जाए तो उसे मृत्यु मत समझना।' उन्होंने हावभाव से बताया कि 'जुबान बंद होने के पश्चात् भी कुछ बातें हो रही हैं। सिर्फ वे बातें शब्दों में नहीं बताई जा सकतीं।' इस प्रकार सुकरात ने मृत्यु की संपूर्ण समझ को जनकल्याण के लिए निमित्त बनाया।

येशू (जीजस) का मृत्यु मनन

येशू के शरीर को सूली पर चढ़ाया गया था। लोगों को लगता है कि आत्मसाक्षात्कारी होते हुए भी येशू को सूली पर क्यों चढ़ाया गया? मनुष्य प्रत्येक घटना को सदैव अपनी मान्यताओं के अनुसार ही देखता है। लोग सोचते हैं कि सूली पर चढ़ाया जाना एक नकारात्मक घटना है और ऐसी घटना एक आत्मसाक्षात्कारी मनुष्य के साथ नहीं होनी चाहिए। कई लोगों के मन में इस प्रकार का प्रश्न उठता है कि आत्मसाक्षात्कारी होते हुए भी येशू स्वयं को सूली से क्यों नहीं बचा पाएँ?

मृत्यु के बारे में समझ मिलने के पश्चात् जब आप येशू के दृष्टिकोण से देखेंगे तो समझ पाएँगे कि सूली पर चढ़ाया जाना बुरा होता है, यह विचार उनके मन में नहीं था। वे स्पष्टता से जानते थे कि शरीर को सूली पर किस अभिव्यक्ति के तहत

चढ़ाया जा रहा है। येशू को संपूर्ण ज्ञान था कि उस वक्त माया के प्रसार को रोकने के लिए इस प्रकार की लीला आवश्यक है। वे जानते थे कि किस प्रकार का खेल लोगों की आँखें खोल सकता है। पृथ्वी पर अपने लक्ष्य को पूर्ण करने के लिए सूली पर चढ़ने की घटना को भी उन्होंने अवसर ही माना। वे यह चाहते थे कि इस घटना से लोग जाग्रत हों।

आत्मसाक्षात्कारी लोगों के साथ जो घटनाएँ हुईं, उनके कारण लोगों का मनन शुरू हुआ। हर युग में आत्मसाक्षात्कारी लोगों द्वारा कुछ लीलाएँ हुई हैं, जो उस वक्त की आवश्यकता थी। यह भ्रम न रखें कि वह घटना होना अनुचित बात थी। हर समय के लोगों के हिसाब से, उनकी आँखें खोलने के लिए संतों द्वारा ऐसे खेल होते हैं।

उस घटना से बहुत सारे लोगों का लाभ हुआ और कई लोग सत्य के मार्ग की ओर आकर्षित हुए। आज वह लाभ नहीं हो रहा है या बहुत कम पैमाने पर हो रहा है किंतु लंबे अंतराल तक लोगों को इसका लाभ हुआ है। समझदार लोग तो आज भी सत्य के मार्ग पर जाने के लिए येशू को सूली पर चढ़ाने की घटना का लाभ ले रहे हैं। उन्हें लगता है कि यदि कोई हमारी खातिर सूली पर चढ़ा है तो हमें भी उसे योग्य प्रतिसाद देना चाहिए। हमें भी सत्य के मार्ग पर चलना चाहिए। हमें भी संतों की आज्ञा का पालन करना चाहिए।

संत कबीर का मृत्यु मनन

संत कबीर ने अपने शरीर के अंत समय तक लोगों में परमेश्वर के प्रति भक्ति, कर्म के प्रति शक्ति और ज्ञान के प्रति प्यास जगाने के लिए ढाई अक्षर प्रेम का संदेश दिया। कबीर कहते थे, 'संपूर्ण विश्व मृत्यु से डरता है किंतु मृत्यु कबीर से डरती है। कई बार मृत्यु आई किंतु कबीर को लिए बिना ही चली गई।' लोग कबीर के भाव समझ नहीं पाते थे और कबीर हँसते जाते थे।

एक दिन उनके एक शिष्य ने उनसे पूछा, 'बाबा, सुना है काशी में मरने से स्वर्ग मिलता है और मगहर में मरने से नरक मिलता है तो आप काशी में ही क्यों नहीं रहते?' कबीर ने उत्तर दिया, 'यह सब अंधविश्वास है, आँखें खुली रखो और देखो कि सच क्या है?' शिष्य ने तुरंत कहा, 'किंतु विश्व तो इसी बात को सत्य मानता है।' इस पर कबीर ने कहा, 'प्रेमभाव एक चाहिए, भेस अनेक बनाय, चाहे घर में

वास कर, चाहे बन को जाए।' अर्थात 'चाहे अनेक प्रकार के घर बदलो, चाहे घर में रहो या जंगल में जाओ सिर्फ एक बात याद रखो कि तुम्हारे अंदर ईश्वर के प्रति प्रेम-भाव होना चाहिए। राम तो कण-कण पर कृपा करते हैं, उनके लिए क्या काशी और क्या मगहर! चलो, हम परख लेते हैं कि मगहर में मरने से स्वर्ग मिलता है या नरक।'

उस वक्त लोगों की यह मान्यता थी कि काशी में मरने से स्वर्ग मिलता है और मगहर में मरने से गधे का जन्म मिलता है। किंतु कबीर को पता था कि यह बात असत्य है बल्कि यह सिर्फ लोगों की एक मान्यता है। इसी मान्यता को तोड़ने के लिए कबीर काशी छोड़कर मगहर आए थे। कबीर अपने अनुभव से यह जान रहे थे कि ये लोगों के द्वारा बनाए गए पाखण्ड हैं। आज लोग यह मानकर बैठे हैं कि 'हज करेंगे, तीर्थ करेंगे या इस-इस पावन जगह पर मरेंगे तो स्वर्ग मिलेगा।' हालाँकि यह सत्य नहीं है। स्वर्ग या नरक मिलना, यह तो मनुष्य के कर्म और समझ पर निर्भर करता है। जिन लोगों को मृत्यु पर पूरी स्पष्टता होती है, वे मृत्यु से कभी नहीं डरते और ऐसे लोग ही कबीर जैसा निर्णय ले पाते हैं। वरना उस काल में काशी छोड़कर मगहर में शरीर त्यागने कौन जा सकता था?

कबीर अपने शरीर की अंतिम साँसें ले रहे थे किंतु वे आनंद से भरे हुए थे। उन्होंने अपने दोहे में कहा है, 'पिया से मिलने का समय आ चुका है और भरम के सारे जाले हट गए हैं, बिरह की लंबी रात कट गई है और भोर हो रही है।'

शरीर के अंतिम क्षण में कबीर का पुत्र कमाल कबीर के पास आया, उसकी आँखों में केवल प्रेम के आँसू थे। तब कबीर ने उससे कहा, 'दस द्वारे पिंजरा, तामे पंछी का कौन, रहे को अचरज है, गए अचम्भा कौन।' अर्थात 'यह शरीर दस दरवाजों का पिंजरा है, इसमें वायु (आत्मा) नाम का पंछी है। मुझे इसके पिंजरे में रहने से आश्चर्य होता है। यदि यह इस शरीर से निकल जाए तो अचम्भा क्यों होना चाहिए? मैं इतने दिनों के पश्चात् अपने परमात्मा से मिलूँगा। मैं मर नहीं रहा हूँ, मैं जीवित रहूँगा। जब तक इस संसार में सत्य रहेगा, मैं जीवित रहूँगा। जब भी कोई निडर दिखे तो समझ जाना कि कबीर जीवित है। जब कोई मृत्यु को देखकर प्रसन्न हो जाए तब समझ जाना कि तेरा बाबा आज भी है। जो धर्म के नाम पर लड़-मर रहे हैं, उनकी चिंता मत करना। जिसे कबीर को पाना है, उसे ही कबीर मिलेगा।'

मगहर में कबीर के देहांत पश्चात् जो लोग अलग-अलग स्थानों से वहाँ आए, वे काफी समय से कबीर के संपर्क में नहीं थे। वे माया में ही थे। माया की दुनिया से सीधे ही वे मगहर पहुँचे और रास्ते में सोचते आए कि 'मुसलमान लोग भी वहाँ पर आएँगे तो वे अवश्य अपने धर्म के अनुसार कबीर का दाह संस्कार करेंगे।' मुसलमान सोचने लगे कि 'हिंदू अपने धर्म के अनुसार कबीर का अंतिम संस्कार करेंगे।' उन्हीं कथाओं के साथ वे मगहर आ पहुँचे। इस बात पर लोगों में काफी वाद-विवाद हुआ।

वाद-विवाद चल ही रहा था कि वहाँ से एक साधु महाराज गुजरे। उन्होंने हिंदुओं और मुसलमानों से कहा, 'झगडा करने से कोई लाभ नहीं होगा। मैं आपको संत कबीर के शरीर के दो टुकड़े करके देता हूँ, उसके पश्चात् मुसलमान एक टुकड़े को दफना दें और दूसरे टुकड़े को हिंदू जला दें।' यह कहते ही उस साधु ने कबीर के मृत शरीर से कपड़ा हटाया और वहाँ खड़े सभी लोगों ने अचंभित होकर देखा कि वहाँ पर कबीर के मृत शरीर के बजाय महकते हुए फूल ही फूल थे। सभी लोगों को अपनी मूर्खता पर पश्चाताप हुआ। उस वक्त सभी ने इस बात को माना कि कबीर एक फूल पर तैरते हुए ही इस जगत में आए थे और अपना संदेश देकर फूलों में ही विलीन हो गए। उसके पश्चात् हिंदुओं ने आधे फूल काशी ले जाकर गंगा के पावन-तट पर अग्नि को समर्पित कर दिए तथा एक पवित्र स्थान का निर्माण किया और मुसलमानों ने बाकी आधे फूल मगहर की एक कब्र में दफन कर, उसे पवित्र स्थान घोषित किया।

जीवन में हर मनुष्य भिन्न-भिन्न प्रकार से जाग्रत होता है। कई बार तो बहुत उच्च ज्ञान देने पर भी उसकी आँखें नहीं खुलतीं किंतु एक छोटी सी घटना से खुल जाती हैं। विभिन्न प्रकार के लोगों के लिए आत्मसाक्षात्कारी विभुतियों द्वारा अलग-अलग व्यवस्थाएँ की जाती हैं। जो लोग समझ नहीं पाते, उन्हें जगाने के लिए अलग व्यवस्था होती है। जब तक लोग कुछ घटनाएँ विशिष्ट तरीके से नहीं देखते तब तक उन्हें विश्वास नहीं होता। हर आत्मसाक्षात्कारी संत ने यही चेष्टा की है कि उस वक्त के लोगों की धारणाओं के अनुसार उन्हें मार्गदर्शन दिया जाए।

आज साधारण लोग शारीरिक तप करनेवाले लोगों को अधिक आदर देते हैं क्योंकि वे स्वयं तप नहीं कर सकते। जब कोई तप करता दिखता है तब उन्हें अधिक प्रसन्नता होती है इसलिए सिद्धियों जैसी बातों में लोग अधिक आकर्षित होते हैं।

मनुष्य जो बातें स्वयं नहीं कर सकता, वे बातें यदि कोई दूसरा कर रहा हो तो उसे बहुत प्रसन्नता होती है। इस प्रकार आज शारीरिक तप करनेवाले लोगों को समाज में आदर प्राप्त हो रहा है। जब तक लोगों की बुद्धि नहीं खुलती, वे बाहर से देखकर ही विश्वास कर लेते हैं। समझ शब्द उनके लिए बिलकुल अजनबी होता है। लोगों को समझ के बारे में पता ही नहीं होता।

लोगों की चेतना जितनी ऊपर उठती जाएगी, उतनी ही सूक्ष्म बातों को देखकर वे सत्य के मार्ग पर चलने के लिए तैयार होंगे। चेतना यदि कम होगी तो सत्य समझ प्राप्त करने के लिए स्थूल घटनाओं का आधार लेना पड़ेगा। ऐसी घटनाएँ तो ईश्वर की लीला और खूबसूरती का परिचायक हैं। हमें उनसे आनंद प्राप्त कर मृत्यु पर मनन करना चाहिए।

इस अध्याय में बताए गए हर संत के मृत्यु मनन से बोध लेकर मृत्यु के प्रति आप अपना दृष्टिकोण बदल लें। चाहें तो इस पुस्तक को मनन करते हुए दोबारा पढ़ लें और यह समझ रखें कि 'शरीर की मृत्यु कुछ समय के उपरांत आवश्यक है।' रात को जब आप सोते हैं तब यह सोचकर डर नहीं जाते कि 'अरे! कहीं मुझे नींद न आ जाए।' क्योंकि आप जानते हैं कि शरीर के लिए नींद आवश्यक है। उसी प्रकार भौतिक शरीर के लिए मृत्यु भी आवश्यक है। भौतिक शरीर जब वृद्ध हो जाता है या समय के साथ आगे की अभिव्यक्ति के योग्य नहीं रह जाता तो उस शरीर को छोड़ना उसी प्रकार आवश्यक हो जाता है, जिस प्रकार एक कुली के लिए मंजिल आने पर अपने सिर पर रखा हुआ बोझ उतारना। इस शरीर के मृत्यु (मंजिल) के बाद ही आगे की यात्रा की जा सकती है।

पूरी पुस्तक पढ़ने व समझने के पश्चात् अब आप मृत्यु के बारे में सब कुछ जान गए हैं। अब आप अवसर के साथ मृत्यु का चित्र भी बना सकते हैं। अब जो चित्र बनेगा वह संपूर्ण होगा। यदि आपने मृत्यु का चित्र बिना यह पुस्तक पढ़ें बनाया होता तो वह डरावना होता। अब जो चित्र आपकी कल्पना में रूप लेगा, वह गलत धारणाओं और मान्यताओं से मुक्त होगा, सच्चाई के समीप होगा। अतः इसे सभी को दिखाएँ और पुस्तक संबंधित अपने अभिप्राय हमें अंत में दिए गए पते पर लिखकर भेजें।

अध्याय - १९

मृत्यु उपरांत जीवन

संतों द्वारा मार्गदर्शन

Death Demystified

'मृत्यु उपरांत जीवन कैसा होता है?' यह बात अनेकों लोगों ने बताई है। इस बारे में कुछ ऐसे लोगों ने भी अपने बयान दर्ज करवाए हैं, जिन्हें मृत्यु के निकटस्थ अनुभव (Near Death Experience- NDE) मिले हैं। इन लोगों द्वारा जो अनुभव दर्ज करवाए गए हैं, वे आपस में काफी मिलते-जुलते हैं। ये मनुष्य अलग-अलग देशों के अलग-अलग भाषाएँ बोलनेवाले मनुष्य हैं किंतु उनके अनुभव लगभग एक जैसे थे। जरा सोचिए कि ऐसा क्यों हुआ होगा? जो मनुष्य इन बातों पर विश्वास नहीं करते, उन्हें इस प्रश्न पर मनन करना चाहिए।

इन लोगों के अतिरिक्त कुछ तपस्वियों ने अपनी सिद्धियों के बल पर सूक्ष्म शरीर की यात्राएँ की हैं। उनके आत्मचरित्र ऐसी यात्राओं का वर्णन देते हैं। किंतु इन सबसे ऊपर कई आत्मसाक्षात्कार प्राप्त महापुरुषों ने भी मृत्यु उपरांत जीवन पर प्रकाश डाला है। आगे ऐसी ही आत्मबोध प्राप्त विभूतियों द्वारा मृत्यु उपरांत जीवन पर कई संकेत दिए गए हैं।

ऐसी ही कुछ बातें नीचे दी गई हैं, जो मृत्यु उपरांत जीवन पर प्रकाश डालती हैं। इनका महत्व इसलिए है क्योंकि ये बातें आत्मसाक्षात्कारी संतों द्वारा कही गई हैं। बेहतर ढंग से समझाने के लिए कुछ स्थानों पर ब्रैकेट में अर्थ जोड़ दिए गए हैं।

१) जब उच्च चेतनावाले योगी पुरुष अपने देह का त्याग करते हैं तो वे सूक्ष्म

चेतना के उच्चतम खंड में अपनी यात्रा जारी रखते हैं और हर स्तर के मनुष्य को कुछ विशेष मार्गदर्शन देने के लिए निमित्त बन जाते हैं। पृथ्वी के मनुष्यों की तुलना में वहाँ उनकी पहचान अधिक होती है।

२) पृथ्वी पर प्राप्त उपाधियाँ (डिग्री), पद, प्रतिष्ठा, धन सब यहीं पर नकली मृत्यु के पश्चात् समाप्त हो जाता है। वहाँ केवल हृदय की पवित्रता, प्रेम और सद्‌भावना ही काम आती है। इन्हीं भावनाओं से मनुष्य ऊँचा उठ जाता है। इन्हीं भावनाओं के आधार पर उसकी पहचान होती है।

३) जिस प्रकार कर्मभोग में मानवों की सहायता करने के लिए महापुरुषों को पृथ्वी पर भेजा जाता है, उसी प्रकार सूक्ष्म जगत (उच्च चेतना के जगत) में संतों (पृथ्वी पर मार्गदर्शन देने के पश्चात्) के पथ प्रदर्शक के रूप में कार्य करने की संभावना होती है।

४) जब तक कोई मनुष्य इस पृथ्वी पर सविकल्प (सहारे के साथ) समाधि प्राप्त करके निर्विकल्प (बिना सहारे) समाधि की अवस्था तक नहीं पहुँच जाता, तब तक उसे उच्च चेतना जगत में प्रवेश नहीं मिल सकता।

५) उच्च चेतना जगत के निवासी उच्च उपखण्डों में रहते हैं। पृथ्वी के अधिकांश लोगों को मृत्यु उपरांत चेतना के अलग-अलग उपखण्डों से गुजरना ही पड़ता है। जिन्होंने सूक्ष्म जगत की अपनी वृत्तियों (गलत आदतों) का विनाश किया है, वे ही उच्च चेतना के स्तर पर जा पाते हैं।

६) ईश्वर ने अपने आपको तीन शरीरों में अभिव्यक्त किया है। वे हैं - अ) भाव अथवा कारण, ब) शरीर या सूक्ष्म शरीर जो कि मनुष्य की मानसिक और भावात्मक प्रकृति का स्थान है और क) स्थूल पंचभौतिक शरीर। पृथ्वी पर मनुष्य इंद्रियों (आँख, कान, त्वचा, नाक, जुबान) के जरिए संसार से जुड़ा रहता है।

७) परलोक में सूक्ष्म शरीर आयुरहित (एजलेस) अनुभव करता है। समय के साथ वहाँ चेहरे पर झुर्रियाँ, बुढापा, इंद्रियों की शिथिलता और शरीर के बोझिल होने का अनुभव नहीं होता।

८) भौतिक मृत्यु होते ही साँस का लोप हो जाता है और अन्नमयी शरीर टूट जाता

है अर्थात शरीर के पाँचों तत्व- आकाश, वायु, जल, अग्नि और पृथ्वी, धरती के पंचतत्त्वों में मिल जाते हैं। भौतिक मृत्यु होने पर जीव का अपने रक्त-माँस के शरीर का ज्ञान नष्ट हो जाता है और वह सूक्ष्म जगत के सूक्ष्म शरीर के प्रति सजग हो जाता है।

९) मनुष्य के तीनों शरीर, प्रकृति द्वारा पृथ्वी पर रज, तम, सत्व जैसे अनेक प्रकार से अभिव्यक्त होते हैं।

अ : जब वह स्वाद, गंध, स्पर्श, शब्द या रूप आदि इंद्रियों द्वारा विषयों में जुड़ा रहता है, तब वह स्थूल शरीर द्वारा कार्य करता है।

ब : जब वह कल्पना या इच्छा करता है, तब वह अपने सूक्ष्म शरीर द्वारा कार्य कर रहा होता है।

क : जब वह किसी चिंता या गंभीर मनन या गहरे ध्यान में लीन होता है, तब वह अपने कारण-शरीर को अभिव्यक्त करता है। जो मनुष्य स्वाभाविक रूप से अपने कारण-शरीर से संबंध स्थापित करता है, वह प्रतिभा के दिव्य विचारों को प्राप्त होता है।

इन अर्थों में हर मनुष्य को 'एक भौतिक मनुष्य', 'एक ओजस्वी मनुष्य', या 'एक बौद्धिक मनुष्य' के रूप में विभाजित किया जा सकता है।

१०) जब मनुष्य स्वप्न देखता है तो वह अपने सूक्ष्म शरीर में रहता है और सूक्ष्म जीवों की भाँति ही बिना प्रयत्न के अपने सपने में किसी भी वस्तु का निर्माण कर पाता है। यदि वह कई घंटे तक गहरी और स्वप्नहीन निद्रा में लीन होता है तो वह अपनी चेतना या 'स्व' की भावना के कारण शरीर में स्थापित होने योग्य होता है। ऐसी निद्रा मनुष्य को फिर से नवीन करनेवाली होती है। रातभर केवल सपने देखनेवाला अपने सूक्ष्म, न कि कारण-शरीर से संबंध स्थापित करता है; उसकी निद्रा भी उसे पूर्णतया नवीन करनेवाली नहीं होती।

११) मृत्यु उपरांत मनुष्य के होश और हवास बिलकुल वैसे ही रहते हैं, जैसे उसके जीवनकाल में थे। उसके पास वही तोलू मन, वही जानकारी (जनरल नॉलेज) रहती है। उसका व्यवहार, विचार, पैटर्न (संस्कार) अपने पुराने रूप में ही सुरक्षित बने रहते हैं।

१२) परलोक कोई दूर, दूसरे सितारों में बसा हुआ लोक नहीं है बल्कि पृथ्वी के चारों ओर स्थित आकाश में है। सूक्ष्म जगत, रोशनी और रंग की सूक्ष्म तरंगों से बना है और इस स्थूल जगत (संसार) से सैकड़ों गुना बड़ा है। कल्पना करें कि यह स्थूल सृष्टि, सूक्ष्म जगत के विशाल गुब्बारे के नीचे एक छोटी सी ठोस टोकरी की भाँति जुड़ी हुई है।

१३) जिस प्रकार आकाश अथवा महाशून्य में अनेक स्थूल सूर्य और तारे घूमते रहते हैं, वैसे ही असंख्य सूक्ष्म सूर्य और ग्रह-नक्षत्र-मंडल प्रणालियाँ भी हैं। इस कारण से भी सूक्ष्म जगत के दिन और रात पृथ्वी की अपेक्षा अधिक लंबे होते हैं। सूक्ष्म सूर्य और चंद्रगण स्थूल जगत के सूर्य-चंद्रों की अपेक्षा अधिक लुभावने हैं।

१४) सूक्ष्म जगत असीम सुंदर, स्वच्छ, शुद्ध और सुव्यवस्थित है। वहाँ पृथ्वी के हानिकारक तत्त्व जैसे कि विषैली घास-फूस, जीवाणु, कीड़े-मकोड़े और सर्प इत्यादि नहीं हैं। जैसे पृथ्वी पर ऋतु बदलते रहते हैं, सूक्ष्म जगत में वैसा कुछ नहीं होता। वहाँ सदैव वसंत ऋतु जैसा वातावरण रहता है।

१५) उच्च और निम्न सूक्ष्म शरीरों के लिए भिन्न-भिन्न स्तर के मंडलाकार उपखण्डों की व्यवस्था है। अच्छे विचार रखनेवाले सूक्ष्म शरीर खुलकर घूम-फिर सकते हैं किंतु निम्न सूक्ष्म शरीरों के लिए सीमित क्षेत्र निर्धारित है। जैसे इस पृथ्वी के ऊपर मानव रहता है, मिट्टी के नीचे कीड़े-मकोड़े इत्यादि रहते हैं। जल में मछलियाँ और वायु में पक्षी रहते हैं, उसी प्रकार अलग-अलग सूक्ष्म शरीरों के लिए अलग-अलग क्षेत्र निर्धारित किए गए हैं।

१६) सूक्ष्म जगत का कार्य, ईश्वर की इच्छा और व्यवस्थानुसार पृथ्वी की अपेक्षा अधिक स्वाभाविक ढंग और सहज मन से चलता है।

१७) सूक्ष्म जगत में मन में लाई गई या स्वभाववश आई हुई इच्छाएँ सृजनात्मक होती हैं अर्थात केवल इच्छा करने से इच्छित वस्तु प्राप्त हो सकती है क्योंकि यहाँ विचारों की शक्ति तुरंत प्रभावित करती है। जबकि पृथ्वी पर विचारों को हकीकत में बदलने में समय लगता है।

१८) पृथ्वी पर हिंसा और युद्ध आदि चलते रहते हैं किंतु सूक्ष्म क्षेत्रों में सुखमय वातावरण होता है और वहाँ हर कोई समान है। सूक्ष्म-शरीर के प्राणी अपने ही

जगत में इच्छानुसार प्रकट या अदृश्य हो सकते हैं। पृथ्वी के प्राणियों के साथ उनका कोई संपर्क नहीं रह जाता। सूक्ष्म जगत के सभी जीवों को कोई भी रूप धारण करने की स्वतंत्रता है और वे बहुत सरलता से परस्पर संपर्क स्थापित कर सकते हैं। एक-दूसरे को ऐसे ही पहचान सकते हैं, जैसे आप किसी फिल्म के हीरो को हर रूप में पहचान लेते हैं।

१९) सूक्ष्म शरीर अधिकांशत: अपने भौतिक शरीर की भाँति ही दिखते हैं। सारे सूक्ष्म शरीर केवल अंतर्ज्ञान द्वारा ही शब्द, स्पर्श, रूप, रस और गंध का अनुभव करते हैं।

२०) सूक्ष्म जगत में मनुष्य को बुढापे, थकान और शारीरिक तमोगुण से मुक्ति मिल जाती है किंतु मानसिक सुस्ती और मानसिक तमोगुण वही रहते हैं, जो मनुष्य के भौतिक शरीर में थे। इस तमोगुण को हमें पृथ्वी पर रहते हुए दूर करना है।

२१) सूक्ष्म जगत में आंतरिक सौंदर्य को एक आध्यात्मिक गुण माना जाता है। सूक्ष्म शरीर को बाहरी रूप नहीं होता इसलिए वे चेहरे को अधिक महत्व नहीं देते।

२२) भौतिक जीवन के मित्र, सूक्ष्म जगत में मिलने पर एक-दूसरे को सरलता से पहचान लेते हैं। जीवन में किसी प्रियजन की मृत्यु के समय झूठे वियोग के कारण प्रेम की नश्वरता के संबंध में जो संदेह पैदा होता है, वह संदेह इस पुनर्मिलन से मिट जाता है और वे मित्र-प्रेम के अमरत्व का अनुभव करके प्रसन्न होते हैं।

२३) पृथ्वी के उन हजारों निवासियों ने सूक्ष्म जीव या सूक्ष्म जगत की क्षणिक झाँकियाँ देखी हैं, जिन्हें मृत्यु के निकटस्थ अनुभव हुए हैं।

२४) सूक्ष्म जगत के सभी निवासियों के बीच बातचीत, विचार-संपर्क सूक्ष्म दूरदर्शन (Astral Television) या दूरश्रवण (Telepathy) द्वारा ही चलता है इसलिए लिखित और वाचिक शब्दों के कारण पृथ्वी पर होनेवाली उलझनें और भ्रम वहाँ सूक्ष्म जगत में नहीं होते।

२५) सिनेमा के परदे पर प्रकाश द्वारा निर्मित चित्र जिस प्रकार चलते-फिरते और कार्य करते दिखाई पड़ते हैं, उसी प्रकार प्रकाश ही जिनकी शक्ति है, ऐसे सूक्ष्म शरीर विवेकयुक्त और सुसंगत ढंग से चलते-फिरते कार्य करते हैं। किंतु

उन्हें शक्ति-संचय के लिए ऑक्सीजन की आवश्यकता नहीं पड़ती। पृथ्वी पर मनुष्य ठोस, तरल, गैस और हवा में स्थित प्राणशक्ति पर जीवित रहता है, किन्तु सूक्ष्म जगत के निवासी दिव्य ज्योति (तेज प्रकाश) से शक्ति प्राप्त करते हैं।

२६) सूक्ष्म जगत में प्रवेश करनेवाले लोगों की बाहरी आकृति में कुछ परिवर्तन भी हो सकता है पर सूक्ष्म जगत का निवासी अन्य चेतना के स्तरों पर स्थित पुराने रिश्तेदारों को अपने अचूक अंतर्ज्ञान के सहारे पहचान जाता है। साथ ही साथ सूक्ष्म लोक में प्रवेश करने पर उनका स्वागत-सत्कार करता है।

२७) सूक्ष्म जगत में आकर मनुष्य की बाहरी तड़क-भड़क, पर्सनैलिटी (व्यक्तित्व की शक्ति) बिलकुल समाप्त हो जाती है। वहाँ प्रत्येक मनुष्य का वह वास्तविक रूप सामने आ जाता है, जैसा कि वह हृदय से है। हम वहाँ कपट करके यहाँ की भाँति दूसरों पर प्रभाव नहीं डाल सकते।

२८) सूक्ष्म जीव प्रकाश की गंध, रस और स्पर्श का भी अनुभव करते हैं। जब तक जीव अज्ञान और वासनाओं से भरे स्थूल और सूक्ष्म शरीर में रहता है, तब तक वह परमात्मा में विलीन नहीं हो सकता।

२९) जब मनुष्य की इच्छा मुक्ति, ज्ञान द्वारा होती है तब उसकी शक्ति शेष दोनों आवरणों को छिन्न-भिन्न कर देती है। सीमित मानव-चेतना अंत में मुक्त होकर बाहर (अंदर-बाहर के बाहर) निकल पड़ती है और अनंत परमात्मा के साथ एकाकार हो जाती है।

३०) सूक्ष्म जगत में इच्छाओं पर नियंत्रण करना तथा उनका सदुपयोग करना सबको समय के साथ सीखना ही पड़ता है। पृथ्वी पर आपने अपनी इच्छाओं पर जितना कार्य किया है, सूक्ष्म जगत में आपको उतना ही लाभ मिलता है।

३१) मनुष्य, सूक्ष्म जगत में जितनी तीव्र वासनाएँ और अभिलाषाएँ लेकर जाता है, उतना ही विषादपूर्ण जीवन उसे वहाँ निम्न उपखण्डों में जीना पड़ता है।

३२) एक मनुष्य अपनी कल्पना में जो कुछ भी कर सकता है, वही सब एक सूक्ष्म-शरीर वास्तव में कर सकता है। चेतना के उच्च उपखण्ड के जीवों को बहुत अधिक स्वतंत्रता मिली हुई है। वे कर्म-बंधन और सूक्ष्म, किसी भी प्रकार की

बाधा के बिना, अपने विचारों को तत्काल प्रकट कर सकते हैं।

३३) उच्चतम चेतना के जगत में मृत्यु और पुनर्जन्म दोनों केवल विचारमात्र हैं। यहाँ जीवों का आहार केवल चिरनूतन (हमेशा नया) ज्ञानामृत है। जिसका पान वे शांति के झरनों से करते हैं। वे तेज अनुभव की पथहीन (स्पेसलेस) भूमि पर चलते हैं और तेजानंद के अनंत सागर में डुबकी लगाते हैं।

३४) उच्चतम चेतना के जगत में बहुत से जीव हजारों वर्षों तक निवास करते हैं। उसके पश्चात् गहरी समाधियों द्वारा उनकी मुक्त चेतना अपने आपको निम्न कारण-शरीर से निकालकर उच्च चेतना के जगत के शिखर को प्राप्त करती है।

३५) जो महापुरुष उच्चतम शिखर प्राप्त कर लेता है, वह चाहे तो अन्य जीवों को ईश्वर तक पहुँचाने के लिए पृथ्वी पर अवतरित हो सकता है या सूक्ष्म-जगत में आनेवाले जीवों के लिए पथप्रदर्शक बनने का चुनाव कर सकता है।

कुछ महत्त्वपूर्ण संकेत :

१) ऐसे बहुत से मनुष्य हैं, जिन्होंने मृत्यु के निकटस्थ अनुभव के विषय में अपने बयान दर्ज कराए हैं और उनके बयान एक-दूसरे से काफी मिलते-जुलते हैं।

२) उच्चतम चेतना रखनेवाले सूक्ष्म शरीर आध्यात्मिक दृष्टि से अत्यंत उन्नत होते हैं। जब तक कोई मनुष्य इस पृथ्वी पर सविकल्प समाधि की अवस्था का अतिक्रमण करके, निर्विकल्प समाधि की अवस्था में नहीं पहुँच जाता, तब तक उसे उच्च चेतना जगत में प्रवेश नहीं मिल सकता।

३) जब मनुष्य स्वाद, गंध, स्पर्श, शब्द या रूप आदि इंद्रियों द्वारा विषयों में जुड़ा रहता है, तब वह स्थूल शरीर द्वारा कार्य करता है। जब वह कोई कल्पना या इच्छा करता है, तब वह अपने सूक्ष्म शरीर द्वारा कार्य कर रहा होता है। जब वह किसी चिंता या गंभीर मनन या गहरे ध्यान में मग्न होता है, तब वह अपने कारण-शरीर को अभिव्यक्त करता है।

४) सूक्ष्म जगत रोशनी और रंग की सूक्ष्म तरंगों से बना है और इस स्थूल जगत से सैकड़ों गुना बड़ा है।

५) सूक्ष्म जगत के दिन और रात पृथ्वी की अपेक्षा अधिक लंबे होते हैं।

६) सूक्ष्म जगत में उच्च और निम्न जीवात्माओं के लिए भिन्न-भिन्न स्तर के मंडलाकार उपखण्ड होते हैं। निम्न चेतनावाले सूक्ष्म शरीरों के लिए सीमित क्षेत्र का निर्धारण किया गया है।

७) सारे सूक्ष्म शरीरी जीव मात्र अंतर्ज्ञान द्वारा ही शब्द, स्पर्श, रूप, रस और गंध का अनुभव करते हैं।

८) जीवनयापन के लिए मनुष्य वायु से प्राणशक्ति प्राप्त करता है लेकिन सूक्ष्म जगत के निवासी दिव्य ज्योति (तेज प्रकाश) से अपने लिए शक्ति प्राप्त करते हैं।

९) सीमित मानव-चेतना अंत में मुक्त होकर अपने कार्य का चुनाव कर लेती है। वह पृथ्वी पर लोगों का मार्गदर्शन करती है या सूक्ष्म जगत के जीवों के लिए निमित्त बन जाती है या फिर अनंत परमात्मा के साथ एकाकार हो जाती है।

अध्याय - २०

मृत्यु सर्वसार

अहंकार का मृत्युदाता

संपूर्ण पुस्तक पढ़ लेने के पश्चात् एक बार इसके सारे मुख्य अंशों पर नजर डालें।

१) मृत्यु के बारे में जानना है तो मृत्यु से अच्छा कोई शिक्षक नहीं। गुरु हमारे जीवन में यमराज (अहंकार के मृत्युदाता) की भूमिका निभाते हैं। अपने गुरु से जीवन में ही मृत्यु का अनुभव प्राप्त करने की ध्यान-साधना सभी को सीख लेनी चाहिए।

२) सभी लोग आइना देखते हैं किंतु बहुत कम लोगों में आइना देखकर यह प्रश्न उठता है कि 'क्या यही मैं हूँ? यदि मैं यह शरीर नहीं तो मैं कौन हूँ?' उसी प्रकार बहुत कम लोग मृत्यु के बारे में जानना चाहते हैं।

३) जब अप्रकट, प्रकट होता है तब संसार की सृष्टि होती है। प्रकट, शरीर के साथ जुड़कर व्यक्ति विशेष बन जाता है। व्यक्ति के अंदर का अहंकार मृत्यु का भय उत्पन्न करता है किंतु मृत्यु का ज्ञान हमें निर्भय बनाता है।

४) इस पृथ्वी पर मनुष्य के शरीर में एक अपूर्व तैयारी चल रही है। जो मनुष्य इस बात के लिए सचेत है कि मृत्यु उपरांत भी जीवन है, वह अपने जीवन का एक क्षण भी व्यर्थ नहीं गँवाएगा। वह प्रत्येक घटना से अपना सबक सीखेगा, जो उसके धैर्य को बढ़ाने और उसकी भविष्य में होनेवाली यात्रा के लिए सहायता करेगा।

५) इस पृथ्वी के विद्यालय में, अपने अवकाश के समय को, लोगों से भेंट करने, उनसे चर्चा-परिचर्चा करने, सूचनाएँ लेने-देने, परामर्श करने, उनकी राय जानने और खोजने तथा महत्त्वपूर्ण विषयों पर साथ-साथ चर्चा करने में लगाएँ। इस प्रकार से आप जीवन के अवसर को अपने अधिकार में ले सकते हैं और उससे वह सभी कुछ सीख सकते हैं, जिसे सीखने के लिए आप इस पृथ्वी पर आए हैं।

६) जीवन की कठिनाइयों से अकारण भयभीत होकर शरीर हत्या न करें वरना यह गलती आपकी आगे की यात्रा को और अधिक कठिन बना देगी।

७) इस जीवन के विद्यालय का प्रधानाध्यापक वह 'एक' है और वह प्रत्येक के लिए समान है। उसे विभिन्न नामों से जाना जाता है, जैसे – ईश्वर, परमात्मा, स्वामी, अल्लाह, अस्तित्व, सेल्फ आदि...।

८) मृत्यु के बारे में अज्ञान ही है, जो मृत्यु को एक भयानक दैत्य जैसा बना देता है। यदि आप मृत्यु के बारे में सही ज्ञान प्राप्त कर लें तो वह ज्ञान आपको जीवन की कला सीखने में सहायक होगा।

९) वह मनुष्य जो जीवन के रहस्य जानता है और स्वअनुभव को प्राप्त हो चुका है, अपने शरीर की मृत्यु के लिए हर समय तैयार रहेगा।

१०) पृथ्वी पर एक ही अस्तित्व है, जो भिन्न-भिन्न फ्रीक्वेन्सीज (विद्युत और चुंबकीय तरंगों तथा कंपनों) पर विभिन्न आकृतियों में रूपांतरित हो रहा है। इस अस्तित्व को समझना, यही मनुष्य का अंतिम उद्देश्य और हममें से प्रत्येक का अंतिम लक्ष्य है।

११) प्रत्येक मनुष्य के पास चार शरीर अथवा चार पर्तें होती हैं और पाँचवीं वह एक है, जो इन चारों पर्तों को नियंत्रित कर रही है। आपका ध्येय है उस पाँचवीं तक पहुँचना।

१२) एक मनुष्य के चारों ओर आभामण्डल का जो प्रभाव विद्यमान रहता है, उसे 'व्यक्तित्व' के नाम से जाना जाता है। जिन लोगों के पास सशक्त व्यक्तित्व होता है, उनके चारों ओर एक रोशन, विशाल और प्रभावी आभामण्डल होता है। कायर और भयभीत लोगों का आभामण्डल संकुचित होता है।

१३) यदि कोई मनुष्य एक बनियान, एक कमीज, एक स्वेटर और एक कोट पहने हुए है तो इसका अर्थ है कि वह इन सभी कपडों से अलग है। तथाकथित मृत्यु के पश्चात् मनुष्य की बाहरी दो पर्तें गिर जाती हैं, ठीक जैसे कोई मनुष्य कोट और स्वेटर उतारकर फेंक दे। वह मनुष्य जो कमीज और बनियान पहने हुए है, वह अब भी बना रहता है। (पहने हुए चार वस्त्र, चार पर्तें अथवा चार शरीर हैं, जिन्हें पहननेवाला उनसे अलग है, पाँचवाँ है।)

१४) जब एक मनुष्य मरता है तब यह ठीक स्कूटर पर फिट की गई कार-बॉडी के अलग करने जैसा होता है। अब वह स्कूटर को चलाता है क्योंकि स्कूटर और उसे चलानेवाला अभी भी जीवित है। उसकी यात्रा अपने सूक्ष्म शरीर (स्कूटर) के साथ जारी रहती है। (यहाँ स्कूटर पर फिट की गई कार-बॉडी स्थूल शरीर है, स्कूटर सूक्ष्म शरीर है और स्कूटर को चलानेवाला, सेल्फ अथवा चेतना है।)

१५) एक मनुष्य जब मर जाता है तब वह स्थूल शरीर को तो फेंक देता है किंतु सूक्ष्म शरीर के साथ उसकी यात्रा जारी रहती है। हमारे देखने की शक्ति सीमित है इसलिए हम सूक्ष्म शरीर को नहीं देख सकते और सोचते हैं कि मनुष्य संपूर्णत: मृत्यु को प्राप्त हो चुका है।

१६) मनुष्य तथाकथित शरीर का अनुभव तब करता है, जब उसका स्थूल शरीर जला अथवा दफना दिया जाता है। यह इसलिए होता है क्योंकि मृत्यु के पश्चात् भी सूक्ष्म शरीर के साथ उसकी यात्रा जारी रहती है। मनुष्य वास्तव में तब मरता है, जब उसका सूक्ष्म शरीर भी मर जाता है।

१७) जब आप गहरी नींद में होते हैं तब कई बार आपका सूक्ष्म शरीर बाहर जाकर सभी स्थानों की यात्रा करता है। यही कारण है कि लोग किसी स्थान को देखकर ऐसा अनुभव करते हैं कि उन्होंने वह स्थान पहले भी कभी देखा है, यद्यपि उस स्थान पर इससे पूर्व वे कभी नहीं गए थे।

१८) जो लोग शारीरिक और मानसिक रूप से रुग्ण होते हैं, वे मृत्यु से पूर्व बिलकुल स्वस्थ हो जाते हैं क्योंकि वे अपने स्वयं के अनुभव से यह महसूस करते हैं कि यह असली मृत्यु नहीं है। इसे वे अपनी मृत्यु के समय ही समझते हैं। आपको यह सर्वोच्च बोध काफी पूर्व ही दिया जा रहा है, जो बहुत अधिक महत्त्वपूर्ण है।

१९) वे विचार जिन्हें आप अपने जीवन में आश्रय देते हैं, आपकी मृत्यु के समय साकार हो जाते हैं। इसलिए यदि आप अपने जीवन में एक सद्गुरु, पुस्तक अथवा अंतर्ज्ञान के सान्निध्य में पूर्ण सत्य को उपलब्ध हुए हैं तो मृत्यु के समय भी आपके पास सत्य से संबंधित शुभ विचार ही होंगे।

२०) अपने ग्रे-पीरियड (मध्यस्थ अवधि) में, जो तथाकथित मृत्यु और सूक्ष्म शरीर की यात्रा प्रारंभ करने के मध्य का समय होता है, आप अपने पूरे भौतिक जीवन का स्मरण करते हैं। यह निर्णय करने से पूर्व कि आपका जीवन सफल रहा अथवा नहीं, आपको आपके जीवन की पूरी फिल्म दिखाकर स्मरण दिलाया जाता है।

२१) स्थूल शरीर की तुलना में, सूक्ष्म शरीर का 'टाइम स्केल' (समय का पैमाना) पूर्ण रूप से भिन्न होता है। इसी कारण हम उसे अपनी भाषा में व्यक्त नहीं कर सकते कि सूक्ष्म शरीर कितनी अवधि तक रहेगा। किंतु इतना तो कहा ही जा सकता है कि पृथ्वी के जीवन की तुलना में मृत्यु उपरांत जीवन अधिक लंबा होगा।

२२) जिस मनुष्य की मृत्यु होती है, वह अपने रिश्तेदारों को बताना चाहता है कि वे उसके लिए न रोएँ। किंतु सूक्ष्म शरीर की तरंग अलग होने के कारण वह बता नहीं पाता और लोग सुन नहीं पाते।

२३) एक मनुष्य जिसने अपना स्थूल शरीर छोड़ दिया है, यदि वह सूक्ष्म संसार में अपने रिश्तेदारों से मिलने की कामना करता है, जो उससे पूर्व काफी पहले मृत हो चुके हैं तो वह उनसे मिल सकता है क्योंकि सूक्ष्म संसार में समय का पैमाना, स्थूल शरीर से भिन्न होता है।

२४) विज्ञान समय शून्यता (Timelessness) और स्थान (क्षेत्र) शून्यता (spacelessness) के बारे में खोज करने का प्रयास कर रहा है। यह भविष्यवाणी की गई है कि समय की एक निश्चित अवधि में लोग नए आयामों के बारे में जानेंगे। मृत्यु उपरांत जीवन के बारे में अधिक विस्तार से समझने में वैज्ञानिक भाषा सहायक होगी।

२५) एक मनुष्य की तथाकथित मृत्यु के पश्चात् उसके लिए प्रार्थना करें कि 'वह अति शीघ्र अपनी आगे की यात्रा सुलभ व शांति से कर पाए। उसे सारा मार्गदर्शन मिले और वह उसे शीघ्र ले पाए।' जिससे वह तुरंत अपनी आगे की

यात्रा को जारी रखने में समर्थ हो सके। प्रार्थनाओं में बहुत अधिक शक्ति होती है। सूक्ष्म शरीर के लिए आगे की यात्रा बहुत अधिक महत्त्वपूर्ण है। अपना समय रोने-चीखने में नष्ट न कर, उसके पथप्रदर्शन के लिए प्रार्थना करें।

२६) सूक्ष्म शरीर में विचार सबसे अधिक महत्त्वपूर्ण भूमिका अदा करते हैं। इसलिए सदैव सकारात्मक और आनंदपूर्ण विचारों का स्मरण करें।

२७) सूक्ष्म संसार में आपका ज्ञान (बोध) और समझ ही आपका पासपोर्ट है। जब तक आप इस पृथ्वी पर हैं, समझ प्राप्त करें और गलत धारणाओं तथा मान्यताओं से छुटकारा पा लें।

२८) सूक्ष्म शरीर की यात्रा में मनुष्य की जितनी मान्यताएँ टूटती जाएँगी, जितने भ्रम गिरते जाएँगे, उतना ही वह स्पष्ट देख सकता है। अन्यथा वह एक लंबी अवधि तक उलझनों और भ्रम में पड़ा रहेगा।

२९) स्थूल शरीर में रहते हुए ही अपने सारे सबक सीख लें। जीवन की कठिनाइयों से भागें नहीं। यह आप ही हैं, जिसे अपने सबक स्वयं सीखने हैं; कोई अन्य दूसरा इसे आपके लिए नहीं कर सकता है। आपकी बहन को आपका होमवर्क (विद्यालय द्वारा घर में करनेवाला दिया गया कार्य) नहीं करना चाहिए। दूसरों को भी अपने सबक सीखने में सहायता दें।

३०) सूक्ष्म शरीर को एक छड़ी या पत्थर से कोई भी हानि नहीं पहुँचाई जा सकती पर शब्दों के जरिए उसे हानि पहुँचाई जा सकती है। इस कारण एक मनुष्य की मृत्यु के पश्चात् कभी भी उसकी आलोचना न करें, केवल उसके लिए प्रार्थना करें।

३१) केवल वे लोग, जिन्होंने शरीर हत्या की है, उन्हें सूक्ष्म शरीर में बहुत सी कठिनाइयों का सामना करना पड़ेगा। उन्हें आधे सबक सीखने के कारण आगे की यात्रा में उलझनों का सामना करना पडेग़ा।

३२) मृत्यु के पश्चात् किए जानेवाले धार्मिक कर्मकाण्डों और संस्कारों को यदि आप पूर्ण समझ के साथ कर रहे हैं तब यह सुंदर है। यदि वे भय अथवा अंधविश्वास के कारण किए जा रहे हैं तब वे व्यर्थ हैं। इसी कारण उन अनुष्ठानों को करते समय उन्हें सदा समझ के साथ करें।

३३) लोग सूक्ष्म शरीरों से भयभीत होकर यह सोचते हैं कि वे भूत बनकर वापस लौटकर उन्हें परेशान करेंगे। वहाँ ऐसे कोई भूतप्रेत हैं ही नहीं, जैसे फिल्मों, कथा-कहानियों में दिखाए जाते हैं। सबसे बडा भूत तो आपके ही अंदर बैठा हुआ है और वह भूत है आपका तोलू मन।

३४) उन लोगों के शरीर और मन, जो नकारात्मक सोचवाले होते हैं, वे नकारात्मक ऊर्जाओं जैसे भूत और दुरात्माओं को ही ग्रहण करने में समर्थ होते हैं। नकारात्मक तत्त्व ही ऐसे शरीरों में केवल सतानेवाले कारक कार्य उत्पन्न कर सकते हैं। इसलिए सदा सकारात्मक विचार ही रखें और भय मत करें।

३५) भूत उन लोगों को कहा गया है, जिन्होंने मृत्यु के पश्चात् यह माना ही नहीं कि उनका स्थूल शरीर मृत हो गया है। वे लोग प्रकाश की ओर अपनी यात्रा को तब तक स्थगित करते रहते हैं, जब तक उनकी यह उलझन दूर नहीं हो जाती। ऐसे लोगों के लिए ईश्वर से यह प्रार्थना करनी चाहिए कि उन्हें अतिशीघ्र सही मार्गदर्शन मिले तथा वे उस मार्गदर्शन को तुरंत ले पाएँ।

३६) स्वर्ग और नरक वे नहीं हैं, जो मृत्यु के पश्चात् मिलते हैं। आप इस संसार में और साथ-ही-साथ मृत्यु उपरांत जीवन में भी अपने पास रखनेवाले विचारों के अनुसार ही अपना स्वर्ग अथवा नरक अपने साथ लिए हुए चलते हैं। लोगों को नरक का भय और स्वर्ग का लोभ इसीलिए दिया गया है ताकि वे इस पृथ्वी पर एक शुभ और अच्छा जीवन व्यतीत करें।

३७) वह मनुष्य जो नरक में है, यह महसूस नहीं करता कि वह नरक में है किंतु वह मनुष्य जो स्वर्ग में है, वह जानता है कि वह स्वर्ग में है और दूसरा मनुष्य नरक में है। जो लोग चेतना के उच्चतम स्तर पर हैं, वे निम्न स्तर को पहचान सकते हैं। जो लोग निम्न स्तर पर हैं, वे किसी भी प्रकार उच्च स्तर पर रहनेवालों को नहीं पहचान सकते।

३८) केवल 'चेतना', जो हम सभी के अंदर है, उसका पुन: प्रकटीकरण होता है। भौतिक शरीर का कभी कोई पुनर्जन्म नहीं होता। लोगों की यह गलत धारणा है कि शरीर का ही पुनर्जन्म होता है। भौतिक शरीर की मृत्यु के साथ ही शरीर के पाँचों तत्त्व- पृथ्वी, वायु, जल, अग्नि और आकाश, मृत्यु के पश्चात् पृथ्वी के पाँच तत्त्वों में विलीन हो जाते हैं।

३९) आपका जन्म पृथ्वी पर प्रशिक्षण पाने और अभ्यास करने के लिए हुआ है, जिससे आप अपने सूक्ष्म शरीर में 'महानिर्वाण निर्माण' (MNN) सृजित कर सकें। इसलिए आपको पृथ्वी पर अपने पाठों को अनिवार्य रूप से सीखना है। अपने मन को निर्मल, आज्ञाकारी, अखण्ड, अकंप और प्रेमन बनाना है।

४०) उच्चतम चेतना रखनेवाले सूक्ष्म शरीर आध्यात्मिक दृष्टि से अत्यंत उन्नत होते हैं। जब तक कोई मनुष्य इस पृथ्वी पर सविकल्प समाधि की अवस्था का अतिक्रमण करके, निर्विकल्प समाधि की अवस्था में नहीं पहुँच जाता तब तक उसे उच्च चेतना के जगत में प्रवेश नहीं मिल सकता।

४१) जब कोई मनुष्य अपनी इंद्रियों से संबंधित चीजों, जैसे स्वाद, गंध, स्पर्श, रूप अथवा शब्द आदि में लिप्त हो जाता है तो वह 'स्थूल शरीर' के द्वारा ही कार्य कर रहा है। जब कोई मनुष्य इच्छा और कल्पना को मन में संजोता है या उन्हें आश्रय देता है तो वह 'मनमयी शरीर' द्वारा कार्य कर रहा है। जब कोई मनुष्य विचारों को केंद्रित कर, गहरे ध्यान में पूरी तरह लीन हो जाता है तो वह स्वयं को 'कारण शरीर' द्वारा अभिव्यक्त कर रहा है।

४२) मृत्यु उपरांत जीवन, प्रकाश और रंगों की सूक्ष्म तरंगों अथवा श्रेष्ठ कंपनों द्वारा बना होता है और पृथ्वी के स्थूल संसार की तुलना में सैकड़ों गुना बड़ा होता है।

४३) पृथ्वी पर लोग जीवित रहने के लिए वायु से जीवन ऊर्जा प्राप्त करते हैं। सूक्ष्म जगत में लोग अपनी ऊर्जा दिव्य प्रकाश से लेते हैं।

४४) यदि एक मनुष्य ने इस पृथ्वी पर लोभ, स्वार्थ और पाप पूर्ण जीवन व्यतीत किया है तो वह मृत्यु उपरांत जीवन में स्वयं को धुँधभरे, मलिन, दुःखी और बोझिल वातावरण में पाता है, जो भय और पीड़ाओं द्वारा शासित होता है।

४५) यदि मृत्यु को प्राप्त होनेवाला मनुष्य इस पृथ्वी पर हिंसक, लालची और स्वयं में केंद्रित होकर रहा है तो मृत्यु उपरांत जीवन में वह अपने आपको समविचारोंवालों के साथ घिरा पाएगा।

४६) यदि पृथ्वी पर एक मनुष्य अपना जीवन निःस्वार्थ सेवा करने और दूसरों के व्यक्तित्व को उभारने तथा विकसित करने में लगा रहा है तो सूक्ष्म जगत

(पारलोक) उसे प्रेम पूर्ण, प्रसन्नता और सौंदर्य से भरा जीवन भेंट करता है।

४७) जैसे-जैसे मनुष्य सूक्ष्म जगत में प्रगति करता है और अपने विचारों में पवित्रता तथा शुद्धता लाता है, वह अपनी अस्मिता में सुंदरता और दीप्ति की वृद्धि करता है। इसी वजह से पृथ्वी पर रहते हुए ही हमें अपने जीवन और विचारों में शुद्धता तथा पवित्रता लानी चाहिए।

४८) वे लोग जो इस पृथ्वी पर प्रेम, करुणा, नि:स्वार्थ सेवा और धैर्य से भरे हुए हैं, वे अपनी तथाकथित मृत्यु के पश्चात् अपने मन की पवित्रता के आधार पर चेतना के उच्चतम उपतलों पर पहुँचते हैं।

४९) सूक्ष्म जगत में सत्य का साक्षात्कार करते हुए लोग आश्चर्य करते हैं कि क्या वे वही हैं जिनकी मृत्यु हो चुकी है। अत: वे पृथ्वी जगत के लोगों के अज्ञान पर चिंतित होते हैं।

५०) पृथ्वी पर तीन आयाम हैं - लंबाई, चौडाई और ऊँचाई। मृत्यु उपरांत जीवन में इन तीन के अलावा एक चौथा आयाम भी होता है, जो हमारी भाषा में कभी भी अभिव्यक्त नहीं किया गया है।

५१) मृत्यु उपरांत जीवन में न कोई धोखा दे सकता है और न किसी को गलत समझा जा सकता है। वहाँ अधिकांश लोग अपने अंतर्ज्ञान (इंट्यूशन) के आधार पर कार्य करते हैं।

५२) मृत्यु उपरांत जीवन में संपूर्ण क्रियाकलाप विचारों की सहायता से संपन्न होते हैं क्योंकि विचार ही हैं, जो उस संसार की मुख्य शक्ति है। इसलिए हॅपी थॉट्स अर्थात सकारात्मक और आनंददायक सोच की आदत डालें, जो आपको सदैव काम में आएगी।

५३) सूक्ष्म जगत में बाह्य सौंदर्य नहीं, आंतरिक सौंदर्य को ही आध्यात्मिक गुण माना जाता है। यही कारण है कि वहाँ के लोग चेहरे को अधिक महत्त्व नहीं देते।

५४) सिनेमा के पर्दे पर जैसे प्रकाश द्वारा छवियाँ प्रस्तुत की जाती हैं, जिन्हें गतिशील होते हुए देखा जा सकता है, उसी तरह से सूक्ष्म जगत में जिनकी ऊर्जा का स्रोत प्रकाश है, उन्हें व्यवस्थित तरीके से कार्य करते हुए देखा जा सकते हैं।

उन्हें ऊर्जा के लिए दूसरों की आवश्यकता नहीं होती। पृथ्वी पर लोग जीवन ऊर्जा के कारण ही स्वयं को जीवित बनाए रखने में समर्थ होते हैं, जो ठोस, द्रव, गैस के रूपों में और वायु में ही उपस्थित रहती हैं। सूक्ष्म जगत में लोग प्रकाश की ऊर्जा पर रहते हैं।

५५) सूक्ष्म जगत में सीमित मानव-चेतना अंत में मुक्त होकर चुनाव करती है। वह या तो पृथ्वी पर लोगों को मार्गदर्शन देती है अथवा सूक्ष्म जगत के प्राणियों को मार्ग निर्देशन करने का उपकरण बन जाती है अथवा वह अनंत परमात्मा में लीन हो जाती है।

अतिरिक्त अंश

अध्याय - २१

मृत्यु सिखाती है, मृत्यु की मृत्यु

मृत्यु की मान्यताएँ

यदि किसी मनुष्य को तैरना न आता हो, फिर भी उसे उठाकर गहरे पानी में फेंक दिया जाए और कोई उसे बचाने न आए तो वह डूबकर मर जाएगा। किंतु मृत्यु उपरांत उसी मनुष्य का शव तैरने लगता है। यह कैसा रहस्य है? वास्तव में शव भी हमें कुछ सिखाता है। जब मनुष्य मर जाता है तो वह औरों के लिए निमित्त बन सकता है। लोग यदि गहराई से मनन करें तो वे अपना जीवन सँवार सकते हैं वरना दिनभर के व्यापार में लोगों के पास मनन करने का समय ही नहीं है।

जब किसी की मृत्यु होती है तब सभी रिश्तेदार, पड़ोसी, दोस्त-दुश्मन एकत्रित होते हैं। ऐसे समय पर लोग प्रेम से, मिल-जुलकर मनन, प्रार्थना, सेवा करते हैं। तब यदि लोगों से मृत्यु उपरांत जीवन पर (प्रवचन सुनवाकर) मनन करवाया जाए तो वह शव यात्रा उनके लिए सत्य की यात्रा सिद्ध हो सकती है।

किसी की मृत्यु यदि इस प्रकार सभी की चेतना बढ़ाने के लिए निमित्त बन सके तो उसका श्रेय (अच्छा फल) मृतक को ही मिलता है और मृतक के लिए इससे बड़ी श्रद्धांजली और क्या हो सकती है। मृत्यु को अवसर बनाएँ, न कि रो-धोकर धोखा बनाएँ। जब आप मृत्यु की मान्यताओं से मुक्त होकर महाजीवन के रहस्य जान जाएँगे तब आपके जीवन से मृत्यु का भय समाप्त हो जाएगा। तब मृत्यु की मृत्यु हो जाएगी।

मृत्यु के बारे में अनेक देशों में अलग-अलग धर्म की कई सारी मान्यताएँ हैं। मान्यताएँ जब बनाई गई थीं, तब उनके पीछे हमारे पूर्वजों की एक गहरी समझ थी किंतु आज वह समझ लुप्त हो चुकी है। इन मान्यताओं के पीछे खबरदारी व सुरक्षा की भावना रखी गई थी। निम्नलिखित मान्यताओं को पढ़कर आप मृत्यु से संबंधित कर्मकाण्डों के असली अर्थ समझ जाएँगे।

घर में पिता अथवा किसी बड़े-बूढ़े की मृत्यु होने पर घर के बेटे को सिर मुंडन करवाना चाहिए, ऐसी मान्यता के चलते घर के लड़के अपने सारे बाल कटवाते हैं। इस मान्यता के पीछे दो कारण हैं। पहला कारण यह है कि गंजा सिर दूसरों को यह बताता है कि उसके घर में किसी की मृत्यु हुई है ताकि जिसे इस विषय में नहीं पता वह उससे उस समय के अनुसार व्यवहार कर सके। दूसरा कारण यह है कि बेटे को यह अहसास होना चाहिए कि अब उसकी जिम्मेदारी बढ.गई है।

एक मान्यता यह भी है कि किसी घर में मृत्यु हुई हो तो वहाँ से लौटते वक्त 'मैं जाता हूँ' नहीं कहना चाहिए। इस मान्यता के पीछे भी दो कारण हैं। पहला कारण - ऐसे घर में जहाँ मृत्यु हुई हो 'मैं जाता हूँ', ऐसा कहना दु:खी मनुष्य का दु:ख और बढा सकता है। ऐसा कहने से जिसका कोई प्रियजन मर चुका हो, उसे यह प्रतीत होगा कि सब लोग इसी प्रकार छोड़कर चले जाते हैं। दु:ख में आकर वह कह भी सकता है कि 'क्या अब तुम भी मुझे छोड़कर जाओगे?' यह कहकर या सोचकर उसका रोना बढ़ सकता है। ऐसे वक्त में बिना कुछ कहे ही चले जाना उचित है।

इस मान्यता के पीछे दूसरा कारण है - साधारणत: 'मैं जाता हूँ' न कहते हुए, 'मैं जाता हूँ वापस आने के लिए' कहना चाहिए या जाते वक्त कहना चाहिए, 'अच्छा आता हूँ।' इसका अर्थ यह है कि 'मैं सदैव के लिए नहीं जा रहा हूँ।'

मृत्यु के विषय में कुछ मान्यताएँ पुरुषों के लिए बनाई गई हैं तो कुछ स्त्रियों के लिए। लड़कियों के लिए यह मान्यता बनाई गई है कि 'लड़कियों को श्मशान घाट नहीं भेजना चाहिए।' इस मान्यता के पीछे यह कारण है कि लड़कियाँ और औरतें अकसर भावुक स्वभाव की होती हैं। यदि वे कोई दुर्घटना, रक्त, शव, दु:ख इत्यादि देखती है तो डर जाती हैं, वे ऐसे दृश्यों को अपने मन से जल्दी निकाल नहीं पातीं। श्मशान घाट में जब शव जलाया जाता है तो कई बार अग्नि की गर्मी से मुर्दे की हड्डियाँ टेढ़ी होने लगती हैं, जिससे उसके हिलने का आभास होता है। कभी-कभार

तो ऐसा प्रतीत होता है, जैसे शव उठकर बैठ गया हो। ऐसे दृश्यों से बचने के लिए इस तरह की मान्यता बनाई गई।

    शव को जलाकर जब लोग घर लौटते हैं तो उन पर गंगाजल, जल या हल्दी मिला जल छिड़का जाता है। इस मान्यता के पीछे दो कारण हैं। पहला कारण यह है कि श्मशान घाट से लौटा हुआ मनुष्य कुछ कीटाणुओं के संपर्क में आ सकता है। गंगाजल को पवित्र माना गया है। इस प्रकार के जल से अथवा हल्दी मिला जल छिड़कने से कीटाणुओं से बचा जा सकता है। कई सारे प्रांतों में श्मशान घाट से वापस आकर नहाने की प्रथा भी है। यदि कोई ऐसे घर गया हो, जहाँ मृत्यु हुई हो तो लौटने पर उस पर भी पानी छिड़का जाता है अथवा नहाने के लिए कहा जाता है। दूसरा कारण यह है कि जो मृत शरीर को उसे जलाकर आने के पश्चात् नहाने की क्रिया यह दर्शाती है कि अब हमारा उस मनुष्य से संपर्क समाप्त हो गया। इस प्रकार भय के विचार धो दिए जाते हैं। श्मशान घाट में भी विभिन्न प्रकार के कर्मकाण्ड इसी बात को ध्यान में रखते हुए किए जाते हैं ताकि हर मनुष्य अपनी आगे की जिंदगी बिना किसी भय के जी सके।

अध्याय - २२

मृत्यु और दो मूर्खताएँ

सवाल वह जो सिखाए

प्र. १ : जब भी किसी की मृत्यु होती है तो सीधे-सीधे यह नहीं कहा जाता कि वह मर गया है अपितु ये बात दूसरे तरीकों से कही जाती है, जैसे कि वह भगवान को प्यारा हो गया है... भगवान ने उसे चुना और अपने पास बुला लिया... वह दूसरी दुनिया में चला गया है, वह स्वर्गवासी हो गया है...। ऐसा क्यों?

सरश्री : ऐसा इसलिए ताकि उलझन न हो। यदि सत्य बताया जाए तो सभी उलझन में पड़ जाएँगे। मृत शरीर के बारे में यदि यह बताया जाए कि अब उसका भौतिक शरीर नहीं रहा किंतु सूक्ष्म शरीर के साथ उसकी यात्रा चल रही है तो लोग उलझन में पड़ जाएँगे। जब किसी की मृत्यु होती है तो उस माहौल में अलग-अलग प्रकार के लोग और बच्चे भी होते हैं। सभी यह बात नहीं समझ पाते और उस वातावरण में असली उत्तर सुनने के लिए सभी मानसिक रूप से तैयार भी नहीं होते।

यदि कोई उस माहौल में यह कहे कि 'उसकी मृत्यु हुई ही नहीं है' तो उलझन और बढ.सकती है क्योंकि प्रत्येक मनुष्य को अपनी मृत्यु के बाद दो मूर्खताएँ पता चलती हैं- पहली मूर्खता यह कि वह सिर्फ एक शरीर नहीं था क्योंकि मृत्यु के पश्चात् भी वह अपने शरीर को देख रहा होता है तो जाहिर है कि उसका अस्तित्व सिर्फ शरीर तक सीमित नहीं था। दूसरी मूर्खता उसे यह पता चलती है कि वह मरा ही नहीं। जिसे वह मृत्यु समझ रहा था, वह मृत्यु थी ही नहीं।

किसी के गुजरने के पश्चात् यदि कोई ऐसी बातें बताए कि 'अरे! उसे अपनी दो मूर्खताएँ पता चलीं' तो लोग कहेंगे, 'पता नहीं क्या कह रहा है?' बड़ी उलझन में पड़ जाएँगे किंतु बाहरी जगत में उलझन टालने के लिए, लोगों का दुःख कम करने के लिए इस प्रकार की बातें (वह स्वर्गवासी हो गया... ईश्वर ने बुला लिया... इत्यादि) बताई जाती हैं।

किसी की मृत्यु हुई हो तो उसके प्रति दुःख होता है कि 'न जाने बेचारे के साथ क्या हुआ होगा? वह मृत आदमी अगले जन्म में इंसान... कुत्ता... घोड़ा... क्या बना होगा?' यह जानने के लिए कुछ कर्मकाण्ड भी करवाए जाते हैं कि 'कौन से पाँव आए... कौन से निशान आए... यह बना... वह बना... किस लोक में गया...? पंडित से पूछते हैं।' पंडित को भी कुछ पता नहीं होता, उसे तो उसके पूर्वजों ने बताया होता है कि 'इस-इस तरह से लोग सवाल पूछते हैं और तुम ऐसे-ऐसे उत्तर दे देना किंतु उन उत्तरों पर कभी सोचना मत, सोचोगे तो कार्य नहीं कर पाओगे।'

... इस प्रकार पंडितों को भी बने-बनाए (रेडीमेड) उत्तर मिल जाते हैं। फिर वे आगे अपने बेटे को भी ये सिखा देते हैं कि 'तुम भी यही उत्तर देना क्योंकि पीढ़ियों से यही उत्तर दिए जा रहे हैं। हमेशा से यही चलता रहता है।'

किसी को दुःख न हो इसलिए ऐसा कहा जाता है कि 'मृत्यु को प्राप्त होनेवाला ईश्वर के चरणों में गया है... ईश्वर ने उसे अपने पास बुला लिया है... वह स्वर्गवासी हो गया... स्वर्ग में है, आनंद में है।' ये सब सुनकर मनुष्य को बुरा महसूस नहीं होता।

हम सदैव यह चाहते हैं कि जिससे हम प्रेम करते हैं, वह स्वर्ग में रहे, आनंद में रहे और ऐसा कहने से सामनेवाले को थोड़ी तसल्ली मिल जाती है, राहत मिल जाती है। इसलिए इस प्रकार के उत्तर प्रचलित होते हैं। जब कोई मर जाता है तो उसके बारे में अच्छी बातें ही कही जाती हैं, कभी भी बुरी बातें नहीं कही जातीं, ऐसा इसीलिए ताकि किसी को दुःख न हो। यदि किसी ने मरनेवाले के प्रति कुछ अनुचित कह दिया तो उसके करीबियों को ठेस पहुँचती है। जो पहले से ही दुःखी हैं, उन्हें और ठेस पहुँचाना उचित नहीं है। बस इसीलिए उसका ध्यान रखने के उद्देश्य से ऐसा कहा जाता है।

प्र. २ : यदि किसी ने हमारी सेवा की है और उसकी मृत्यु हो जाए तो उसके लिए

कैसी प्रार्थना करें ताकि वह प्रार्थना उसे अर्पित हो?

सरश्री : यदि किसी मनुष्य ने आपके लिए कुछ किया है तो आप उसके लिए 'धन्यवाद' की प्रार्थना कर सकते हैं। प्रार्थना में शब्दों से ज्यादा महत्त्वपूर्ण भाव होते हैं। आप जो भी शब्द कहें, वे प्रार्थना ही हैं, सिर्फ भाव होने चाहिए। उन्हें याद करके, उनकी सेवा याद करके आँसू भी बहाए तो वह भी प्रार्थना ही है। प्रार्थना सिर्फ शब्दों में ही होती है, ऐसा नहीं है। उनके लिए आँसू निकले, कृतज्ञता प्रकट की और कुछ पंक्तियाँ कहीं तो वे भी प्रार्थना हैं। जो उन्होंने किया उसे शब्दों में दोहराया तो वह भी प्रार्थना है। इस प्रकार के भाव हैं तो जब वह मनुष्य जीवित है, तब ही उसे धन्यवाद दें तो ज्यादा अच्छा है वरना लोग तो मृत्यु के पश्चात् ही धन्यवाद देना जानते हैं।

किसी कंपनी में जब कोई कर्मचारी सेवा निवृत्त (रिटायर्ड) होता है तो सब लोग उसकी बहुत तारीफ करते हैं कि 'वह कितना अच्छा मनुष्य था... सभी के साथ बहुत अच्छा व्यवहार करता था... उसने इतनी सहायता की... आवश्यकता के समय में सहायता की...' इस प्रकार कंपनी के सभी लोग उसकी प्रशंसा ही करते हैं। उस वक्त निवृत्त होनेवाले मनुष्य को विचार आता है, 'यदि यही बात पहले बताई होती तो मैंने और अच्छा कार्य किया होता। अब मैं जा रहा हूँ तो सभी अच्छी बातें बता रहे हैं।' ऐसी स्थिति न आए, इसके लिए आज जो लोग जीवित हैं, आप उन्हें धन्यवाद अवश्य दें। वर्तमान में यदि आप उन्हें धन्यवाद देते हैं तो आपके साथ उनका रिश्ता बहुत अच्छा हो सकता है। इसलिए धन्यवाद दें और धन्यवाद की प्रार्थना करें यही सबसे उत्तम उपाय है।

'धन्यवाद' शब्द मात्र हृदय का भाव नहीं, हृदय की पुकार है। इस प्रार्थना के लिए ज्यादा शब्दों की आवश्यकता नहीं होती। किसी विशेष प्रकार का मंत्रोच्चारण करना प्रार्थना है, ऐसा न समझें। हृदय से जो शब्द निकलें, उन्हीं को प्रार्थना समझें।

अंतिम अध्याय

मृत्यु के पहले क्या सीखें

जीवन की पाठशाला का पाठ्यक्रम

पृथ्वी पर जीवनयापन किसी स्कूल में पढाई करने और अपने सबक सीखने के समान ही है। हर मनुष्य के अपने-अपने सबक होते हैं, जिन्हें वह जीवनयापन करते हुए सीखना चाहता है। मनुष्य यह बात भूल चुका है इसलिए वह अपना समय सीखने की बजाय निरर्थक बातों में गँवाता है।

इस बात पर मनन करें कि अब तक आपके कौन से सबक सीखने बाकी हैं और कौन से सबक आप सीख चुके हैं? अपने विकास के लिए अगला कदम, बाकी सबक सीखने के लिए उठाएँ।

इस पृथ्वी पर कोई मनुष्य अपने मन को धीरज सिखाने आया है तो कोई मनुष्य अपने मन को तेज प्रेम सिखाने आया है। किसी मनुष्य का मुख्य सबक नफरत की आग को समझना है तो किसी मनुष्य का मुख्य सबक निडर बनना है। कोई मनुष्य साहस को अपना लक्ष्य बनाएगा तो कोई मनुष्य अहंकार से मुक्त होने को अपना लक्ष्य बनाएगा। कुछ लोग उपरोक्त सारे सबक सीखने आए हैं तो कुछ लोग दूसरों को उनके सबक सीखने में सहायता करने आए हैं।

पृथ्वी की पाठशाला में यदि इतने सारे सबक हम सीख सकते हैं तो हमें प्रारम्भ कहाँ से करना चाहिए? नीचे कुछ सबक दिए गए हैं, जिन्हें पढ़कर आपको सीखने व समझने की प्रेरणा मिलेगी तथा अगला कदम उठाने का मार्गदर्शन मिलेगा।

१) पृथ्वी की पाठशाला में पहला सबक : धीरज

जीवन के धक्के धीरज सिखाते हैं

पृथ्वी की पाठशाला में पहला सबक, जो आपको सीखना है, वह यह है कि 'जीवन धक्का देकर धीरज सिखलाता है।' धीरज रखना एक ऐसा सबक है जो पृथ्वी के हर जीव के लिए आवश्यक है इसलिए हर घटना धीरज बढ़ाने के लिए निमित्त बनती है।

जीवन एक ट्रेन की भाँति है। जैसे ही आप जीवन की ट्रेन में चढ़ते हैं तो आपको पहला अनुभव धक्के का ही मिलता है। जीवन में अकसर हम एक ही जगह पर टिककर रहना चाहते हैं, आगे बढ़ना नहीं चाहते किंतु जीवन आपको आगे लेकर जाना चाहता है और कुछ नया सिखाना चाहता है। जीवन के सिखाने का यही ढंग है कि वह धक्के देकर सिखाता है। जब भी जीवन धक्का देता है तो लोगों की प्रतिक्रियाओं के आधार पर उन्हें तीन श्रेणियों में रखा जा सकता है।

पहले प्रकार के लोग मोटी चमड़ीवाले होते हैं अर्थात उन पर जीवन के धक्कों का कोई असर ही नहीं होता। जीवन में बहुत सारे धक्के खा-खाकर उनकी संवेदनशीलता समाप्त हो जाती है। जीवन उन्हें धक्के देकर जो सिखाना चाहता है, वह उनकी समझ में नहीं आता।

दूसरे प्रकार के लोग वे हैं, जिन्हें जब जीवन धक्का देता है तो वे दूसरों को धक्का देते हैं। जीवन जब भी उन्हें धक्का देकर कुछ सिखाना चाहता है तो वे रुष्ट हो जाते हैं, उन्हें क्रोध आता है और वे क्रोध में आकर आजू-बाजू के लोगों को धक्का देने लगते हैं अर्थात आजू-बाजू के लोगों पर क्रोध निकालते हैं।

तीसरे प्रकार के लोग वे हैं, जो जीवन के धक्के का स्वागत करते हैं। वे उसे शिक्षक मानते हैं और धक्का खाकर जीवन से सबक सीखते हैं।

जैसे ही आप यह समझ जाते हैं कि जीवन के सिखाने का ढंग ऐसा है तो आपका जीवन के प्रति दृष्टिकोण बदल जाता है। जैसे ही आपका दृष्टिकोण बदल जाता है तो आप लोगों से रूष्ट होना, क्रोध करना और संवेदनशून्य बनना बंद कर देते हैं।

पहला सबक सीख लेने के पश्चात् आपको आश्चर्य होगा कि जीवन का

धक्का, असल में धक्का नहीं है। जीवन के धक्के का शिक्षक की तरह स्वागत करें ताकि जीवन का सबक सिखाना चलता रहे। उस धक्के से सीखकर आप आनंद लेने की कला जान पाएँगे। ऐसे लोग ही प्रज्ञावान (समझदार) कहलाते हैं।

२) पृथ्वी की पाठशाला में दूसरा सबक : ज्ञान

अपनी नजर दूसरों के ज्ञान पर रखें

पृथ्वी की पाठशाला में दूसरा सबक है, अपनी नजर अनुशासित रखें। आँख देख सकती है इसलिए वह जीवन की हर चीज पर अटकती रहती है। हमें अपनी आँख को इस प्रकार प्रशिक्षण देना चाहिए कि नजर सदा ज्ञान पर रहे। अपने मन में हर मनुष्य से सीखने की भावना रखें।

जैसा कि आपको बताया गया है, जीवन एक ट्रेन की भाँति चलता है। ट्रेन में चढ़ते समय आपको जो भी यात्री मिलते हैं, उनके पास तीन चीजें होती हैं- धन, शरीर और ज्ञान। इन चीजों में से आपकी नजर किस चीज पर होनी चाहिए? आपकी नजर सदा दूसरों के ज्ञान पर होनी चाहिए, न कि दूसरों की सम्पत्ति और शरीर पर। हर मनुष्य जिसके पास ज्ञान है, वह दूसरों को कुछ नया सिखा पाता है। हर एक से आपको सीखने की प्रेरणा मिले। आपकी नजर यदि दूसरों के ज्ञान पर है तो जीवन की वह हर चीज आपके पास होगी, जो एक सफल जीवन जीनेवाले के पास होती है।

दूसरों की सम्पत्ति व शरीर पर नजर न रखते हुए सदा उनके ज्ञान पर नजर रखें। यदि जीवन में आपको कोई ऐसा मनुष्य मिल जाए जो ज्ञान का धनी है तो उसे अपना परामर्शदाता बना लें अर्थात अपने आगे के जीवन के लिए सदा उससे सलाह लें। इससे आप देखेंगे कि आपका जीवन बहुत सरल और आनंदित हो जाएगा।

३) पृथ्वी की पाठशाला में तीसरा सबक : अभय

अभय वरदान प्राप्त करना

पृथ्वी की पाठशाला में तीसरा सबक है अभय वरदान प्राप्त करना। निडर लोग जीवन के अमूल्य खजाने प्राप्त करते हैं। डरे हुए लोग राह में आनेवाली बाधाओं के बारे में सोचकर ही अपनी यात्रा बंद कर देते हैं। ऐसे लोग पूरा जीवन डर-डरकर मरते हैं।

जीवन की इस ट्रेन में कुछ लोग ऐसे होते हैं, जो बहुत ही सिकुड़े और दुबके रहकर भयभीत जीवन जीते हैं। इन्हें आप डरे हुए मुर्गे कह सकते हैं। जीवन का तीसरा सबक यह भी कहता है कि 'कभी भी डरे हुए मुर्गे न बनें और न ही डरे हुए मुर्गों की सुनें।' अर्थात नए प्रयोग करने से कभी न घबराएँ, लोग चाहे कुछ भी कहें। नए प्रयोग करने में साहस की और पुराने प्रयोग दोहराने में बेहोशी की आवश्यकता होती है। आपका जीवन ऐसा हो, जो आपका होश और साहस बढाए।

डरे हुए लोग कभी साहस नहीं दिखलाते। डर का विचार आते ही वे भागना आरम्भ कर देते हैं। इस बात को निम्न उदाहरण से समझें।

किसी जंगल में एक मुर्गा आम के पेड़ के नीचे अपने ही विचारों में गुम था और अचानक उस पेड़ से एक आम टूटकर गिरा। जैसे ही उसने आम के गिरने की आवाज सुनी तो वह डर गया और चिल्लाकर दौड़ने लगा कि 'आसमान गिर रहा है! आसमान गिर रहा है!' उसके चिल्लाने का कारण सुनकर जंगल के सभी प्राणी उसके पीछे दौड़ने लगे। जैसे खरगोश, गिलहरी, सियार, हिरण, गीदड़, लोमड़ी, हाथी इत्यादि।

जब जंगल के राजा शेर ने देखा कि जंगल के सभी प्राणी यह चिल्लाते हुए कि आसमान गिर रहा है, एक-दूसरे के पीछे दौड़े जा रहे हैं तो उसे यह बात समझ में नहीं आई। उसने हर जानवर को पकड़कर पूछा, 'आसमान कहाँ पर गिर रहा है?' किंतु किसी को भी यह पता नहीं था क्योंकि किसी ने भी आसमान को गिरते हुए नहीं देखा था। पूछताछ करते-करते अंत में शेर को पता चला कि जंगल के सभी प्राणी मुर्गे के कहने पर दौड़ रहे हैं। शेर ने उस मुर्गे को पकड़ा और पूछा, 'तुम बताओ कि आसमान कहाँ गिर रहा है?' तब उसने उत्तर दिया, 'मैंने आसमान के गिरने की आवाज सुनी थी।' फिर शेर के कहने पर मुर्गा जंगल के सभी प्राणियों को उस पेड़ के नीचे लेकर आया, जहाँ उसने वह आवाज सुनी थी। वहाँ जाकर सभी को सच्चाई का पता चला कि मुर्गे ने जो आवाज सुनी थी वह आसमान के गिरने की नहीं बल्कि पेड़ से आम के गिरने की आवाज थी। यह बात बहुत ही आम थी किंतु डरे हुए मुर्गे ने उसे आतंक में बदल दिया।

हर मनुष्य के जीवन में भी ऐसे ही कुछ डरे हुए लोग होते हैं जो अपने मन की कल्पनाओं को अफवाह बना देते हैं, जिससे डर व आतंक फैलता है।

इस कहानी द्वारा आपने समझा कि डरे हुए मुर्गे किस प्रकार के होते हैं। जीवन

की ट्रेन में ऐसे बहुत सारे डरे हुए मुर्गे मिलते हैं, जो चिल्लाते रहते हैं कि आसमान गिर रहा है। जीवन में जब भी आप कोई नया कदम उठाएँगे तो ऐसे लोग आपको यही बताएँगे कि आसमान गिर रहा है अर्थात उन्हें हर नया काम असफलता की शुरुआत लगता है। जब आप छोटे थे तब प्रतिदिन डेढ़ सौ नए-नए प्रयोग करते थे किंतु बड़े होकर कई बच्चे डरे हुए मुर्गे बन जाते हैं इसलिए डरा हुआ मुर्गा बनने के बजाय सदा साहस का साथ देकर सफलता प्राप्त करें।

४) पृथ्वी की पाठशाला में चौथा सबक : हृदय की भावना

पृथ्वी पर आप बंद होने नहीं, खुलने आए हैं

पृथ्वी की पाठशाला में चौथा सबक यह है कि जीवन में सदा खेलें, खिलें और खुलें। जो लोग बंद होते हैं वे एक गड़े हुए मुर्दे के समान हैं। ये लोग कभी भी खुल नहीं पाते। वे कभी लोगों से वार्तालाप नहीं करते और करते भी हैं तो आलोचना और संदेह ही करते हैं। ये लोग शंकालु स्वभाव के होते हैं और दूसरों को व्यथित करते हैं। वे झूठी आलोचना करते हैं कि 'तुम्हें तो बिलकुल अकल नहीं है, तुमसे तो विकास हो ही नहीं सकता।' इस तरह वे अपने गुण बढ़ा-चढ़ाकर और अवगुण घटाकर, सत्य की बातें घुमा-फिराकर, कपट करते हुए ही बताते हैं।

आपको गड़े हुए मुर्दे जैसा नहीं बनना है। गड़े हुए मुर्दों की बातें भी नहीं सुननी हैं। आप कोई भी कार्य करें, ये लोग आपकी आलोचना ही करेंगे। यदि आप कोई काम नहीं करेंगे तो भी वे आपकी आलोचना ही करेंगे। इसलिए आपको जो समझ इस पुस्तक द्वारा मिली है, उसी समझ से कार्य करें क्योंकि लोग तो आलोचना करेंगे ही, चाहे आप कुछ करें या न करें। इसलिए बेहतर है अपने हृदय की सुनें, हृदय की भावना को महत्व दें। हृदय खुलने से हमारी बुद्धि भी खुल जाती है।

५) पृथ्वी की पाठशाला में पाँचवाँ सबक : होश

मशीनियत तोड़ें

पृथ्वी की पाठशाला में पाँचवाँ सबक है- सजगता या होश। बेहोश लोग, नींद में चलनेवाले लोग अपना पूरा जीवन बरबाद कर देते हैं और मृत्यु उपरांत जीवन में भी बेहोशीभरा निम्न जीवन ही जीते हैं। ऐसे लोगों से कभी भी महाजीवन की कामना नहीं की जा सकती।

आज दुनिया के ९० प्रतिशत मनुष्य मशीनी जीवन ही जी रहे हैं। वे लोग जीवित होकर भी मशीन की तरह जी रहे हैं और मशीन की तरह ही व्यवहार कर रहे हैं। अकसर देखा जाता है कि लोगों का जीवन चक्र यही होता है कि बच्चा बड़ा हुआ तो स्कूल जाता है, कॉलेज जाता है, कॅरियर बनाता है, फिर उसका विवाह होता है, उसके बच्चे होते हैं, वह उन बच्चों को बड़ा करता है, फिर उनका विवाह करवाता है और जब उन्हें बच्चे होते हैं तो उनकी चौकीदारी करता है।

अब आप अपने आपसे प्रश्न पूछें कि क्या सिर्फ यही सब करना जीवन है? क्या यही जीवन का लक्ष्य है या उसके पीछे कोई और लक्ष्य भी है? मशीनियत तोड़ना ही मुख्य लक्ष्य है, मशीनियत तोड़कर मन शुद्ध करना और नमन करना ही उद्देश्य है।

मशीनी जीवन से अर्थ है, नवीनता की कमी या जैसा पहले, वैसा अभी। अर्थात जब भी कोई घटना होती है तो मनुष्य उसी प्रकार व्यवहार करता है, जिस प्रकार वह हर बार करता है। यदि कोई उसे गाली देता है तो वह भी उत्तर में तुरंत गाली ही देता है। यदि कोई उसकी प्रशंसा करता है तो वह प्रसन्न होता है। पूरे दिन में कई बार वह जो भी कार्य करता है, उसे मशीन की तरह ही करता है। जब भी उसे कहा जाता है कि आप मशीन की तरह जी रहे हैं तो वह नाराज होता है। उसकी नाराजगी भी यह साबित करती है कि वह एक मशीन है। जो लोग मशीन की तरह जीते हैं, वे कभी नया सीखने के लिए तैयार नहीं होते। वे आलोचक और संदेहवादी बनकर ही रहना चाहते हैं। यदि हम इस मशीनियत से बाहर आना चाहते हैं तो हमें विश्लेषण करना होगा, न कि संदेहवादी बनना होगा।

जो लोग मशीनी जीवन जीते हैं वे अकसर उन्हीं मान्यताओं या धारणाओं के अनुसार व्यवहार करते हैं, जो उनके अंदर बैठी होती हैं। हमारे आजू-बाजू में ऐसी कई मशीनें हैं। कुछ मशीनें मीन राशि की हैं तो कुछ मकर राशि की हैं, कुछ सिंह की तो कुछ वृषभ राशि की हैं। ये मशीनें उसी प्रकार व्यवहार करती हैं, जिस प्रकार उनका भविष्य बताया गया है। दो रुपए का अखबार भी उनका भविष्य बता सकता है और वे ठीक उसी प्रकार व्यवहार करते हैं क्योंकि वे कभी होश में रहकर कार्य नहीं करते। उन्हें पता ही नहीं होता कि उनके जीवन का असली लक्ष्य क्या है?

सच तो यह है कि हम सिर्फ इसलिए जिंदा नहीं हैं क्योंकि हमें एक जीवन

मिला हुआ है। जिंदा होने के लिए तो मशीनियत टूटना आवश्यक है। अकसर देखा गया है कि लोग मशीन की तरह ही जीते हैं और मशीन की तरह ही मरते हैं अर्थात जीवनभर वे एक-दूसरे की आलोचना करते हैं, एक-दूसरे पर संदेह करते हैं। स्वयं परेशान रहते हैं और दूसरों को भी परेशान करते-करते मर जाते हैं। वे कभी यह जान नहीं पाते कि जीवन क्या है? किंतु जैसे ही किसी मनुष्य को पता चलता है कि वह मशीनी जीवन जी रहा है तो तुरंत उसकी मशीनियत टूटनी शुरू हो जाती है और उसमें जागृति आने लगती है कि हम ये कैसा जीवन जी रहे हैं? हमें कोई भविष्य के बारे में या हाथों की लकीरों के बारे में बताता है तो हम उसी की बातों पर विश्वास करने लगते हैं और उसी के बताए अनुसार जीने लगते हैं। हाथों की लकीरें हमारे जीवन के निर्णय लेती हैं और हम लकीर के फकीर बन जाते हैं। साँप निकल जाता है और हम लकीर पीटते रहते हैं, लकीर पर ही डंडा मारते रहते हैं।

जो लोग राशियाँ पढ़ते हैं, भविष्य बताते हैं, राशि चक्र में उलझते हैं, उन्हें यह ज्ञान नहीं होता कि ये बातें सिर्फ मनुष्य की संभावना बताती हैं और इंसान की एक संभावना नहीं होती, अनेक संभावनाएँ होती हैं। गौतम बुद्ध जब पैदा हुए तो बहुत सारे ज्योतिषी आए और उनमें से कइयों ने कहा था कि वे एक चक्रवर्ती राजा बनेंगे किंतु मात्र एक ही ज्योतिषी ने कहा कि इस बालक की संभावना संबुद्ध बनने की है। अर्थात ये दो अलग-अलग बातें बताई गईं।

उसी प्रकार हर मनुष्य की अनेक संभावनाएँ होती हैं किंतु जब वे अपना भविष्य सुनते हैं या पढते हैं तो अपने विचारों से उन्हीं चीजों को आकर्षित करते हैं, जो उनके भविष्य के लिए बताई गई हैं। जैसे किसी ने उनसे कहा कि आज तुम्हारा दिन अच्छा नहीं जाएगा तो वे दिनभर यही विचार करते हैं और सचमुच उनका दिन अच्छा नहीं जाता। किसी ने यदि उस मनुष्य को धक्का दे दिया तो उसे यह पक्का यकीन हो जाता है कि आज का दिन अच्छा नहीं है और वह उन्हीं बातों को अपनी तरफ खींचने लगता है।

किसी भी मनुष्य की एक संभावना नहीं होती किंतु मशीनी जीवन जीनेवाले लोग एक ही संभावना को अपनी तरफ खींचते हैं। उदाहरण- जैसे हर कार्य की अपनी चार संभावनाएँ हैं ए, बी, सी, डी तो मशीनी जीवन जीनेवाला मनुष्य यदि पहली बार 'ए' चुनता है तो वह हर बार वही चुनेगा। फिर 'ए' चुन चुनकर उसे भविष्य में भी वही मिलता रहेगा जो आज तक मिलता आया है। उस मनुष्य को यदि

आज तक दुःख मिलता आया है तो भविष्य में भी उसे दुःख ही मिलता रहेगा।

जो मनुष्य सजग है, वह आज की तारीख में आज की समझ के हिसाब से निर्णय लेता है। यदि कोई मनुष्य हर शाम टी.वी. के सामने बैठता है तो आगे भी वह हर शाम टी.वी. देखने का ही निर्णय लेता है। इसलिए उस मनुष्य के जीवन में नया कुछ भी नहीं होता। उसकी आदतों के कारण उसके जीवन में वही पुरानी चीजें आकर्षित होती रहती हैं। यदि आपको इन संस्कारों, आदतों और वृत्तियों में से बाहर निकलना है तो यह बहुत आवश्यक है कि आप बेहोशी तोड़कर मशीनी जीवन से बाहर आ जाएँ क्योंकि मशीनी जीवन में आप कभी भी नया और बेहतर चुनाव नहीं कर सकते। यदि आपको बेहतर चुनाव करना है तो बेहोशी से जागना बहुत आवश्यक है। ऐसे लोग मशीनी मौत मरते हैं, जो हर मौत से बुरी है।

इस विश्व में १२ राशियोंवाले लोग हैं। उनकी शादियाँ इन १२ राशियों में से किसी एक के साथ होती है। एक की शादी दूसरे के साथ होती है तो उसके पास १२ संभावनाएँ होती हैं अर्थात उसकी १२ तरह की राशियों के लोगों के साथ शादी हो सकती है। जब भी इन राशियों की कुंडलियाँ मिलाई जाती हैं तो यह देखा जाता है कि कहीं दोनों राशियों के लोग गुस्सेवाले तो नहीं हैं। यदि दोनों गुस्सेवाले हैं तो गृहस्थी चलनेवाली नहीं है। दोनों में तलाक होने की संभावना होगी। यदि दोनों उलझन में रहते हैं, यदि दोनों खर्चीले हैं तो भी गृहस्थी नहीं चलेगी। कुंडली देखनेवाले यह देखते हैं कि एक गुस्सेवाला है तो दूसरा शांत होना चाहिए। अगर एक खर्चीला है तो दूसरा कम खर्च करनेवाला होना चाहिए। कुल मिलाकर १४४ प्रकार की मशीनें (राशियोंवाले लोग) हैं। उसके बाहर कोई मशीन मिलेगी नहीं किंतु कुछ मशीनों में जीवन को जानने की प्यास जग जाती है। कुछ प्रश्न उठ सकते हैं जैसे 'मैं कौन हूँ? मैं इस पृथ्वी पर क्यों हूँ? क्या मैं यही सब करने आया हूँ या इसके अलावा मुझे कुछ और भी जानना है?' ऐसे प्रश्न उठते ही उस मनुष्य की मशीनियत टूटने की संभावना उत्पन्न होने लगती है। ऐसा कभी न समझें कि जो होनेवाला है, वह पहले से ही लिखा हुआ है और वैसा ही होगा। यह तो बच्चों को समझानेवाली भाषा है क्योंकि जो बातें मन के परे हैं, उन्हें शब्दों में नहीं समझाया जा सकता।

बुद्ध के लिए कहा गया था कि वह संबुद्ध बनेगा, वह भाग्य से मुक्त होगा और हाथों की लकीरों का फकीर नहीं होगा अर्थात उसका मशीनी जीवन समाप्त हो जाएगा, वह जाग्रत होकर जीवन जीएगा। उसी प्रकार हर मनुष्य की जागने की

संभावना होती है। ऐसा नहीं है कि ये संभावना सिर्फ बुद्ध के लिए ही थी। हाँ कुछ लोगों को अधिक कष्ट उठाने होंगे क्योंकि उनके आस-पास सभी लोग बेहोश हैं और जैसे ही जाग्रति बढ़ती है तो कुछ लोग अपनी बेहोशी से जागने लगते हैं। फिर यह बहुत आसान हो जाता है क्योंकि आस-पास उसी प्रकार के लोग आपको मिलते हैं, जो सत्य की ओर इशारा करते हैं और इससे आपके जागने की संभावना अधिक बढ.जाती है। जाग्रति बढेग़ी, मशीनियत टूटेगी और बहुत बड़ा बदलाव शुरू होगा, जिससे आगे की संभावनाएँ खुलने लगेंगी।

जिन लोगों में मशीनियत है, वे कभी भी रुककर, होशपूर्वक नया प्रतिसाद (रिसपॉन्स) नहीं देते। जब मशीन (इंसान) को मालूम पड़ता है कि वह मशीन है, तभी मशीनियत टूटने लगती है। ऐसा मनुष्य जाग्रत होकर आनंद और प्रेमभरा जीवन जीने लगता है।

६) पृथ्वी की पाठशाला में छठवाँ सबक : विवेक

पैसा नहीं, बुद्धि (विवेक) ही सब कुछ है

पृथ्वी की पाठशाला का छठवाँ सबक है- अपने विवेक को जगाना। लोग अपने विवेक को जगाने के बजाय सारा जीवन धन कमाने में लगा देते हैं। आज-कल सफलता इस बात से तय की जाती है कि मनुष्य के पास कितना धन है। विश्व में आज पैसे की ताकत से बड़ी-बड़ी इमारतें बनी हैं, नई-नई सुविधाओं का निर्माण हुआ है, अलग-अलग मनोरंजन के साधन बने हैं। इसलिए लोग इस मान्यता के शिकार हैं कि धन ही सब कुछ है। यदि किसी के पास बहुत सारी सम्पत्ति है तो वह सफल कहलाता है परंतु सफलता धन से नहीं, बुद्धि से ही मिल सकती है। धन हमेशा बुद्धि के बाद ही आता है। मशीनियत टूटने पर आपको यह समझ मिलती है कि बुद्धि ही सब कुछ है। यदि आपके पास बुद्धि है, विवेक है तो पैसा अपने आप आपके पीछे आएगा। बुद्धि से पैसा और ज्ञान दोनों प्राप्त किया जा सकता है। अकसर ऐसा देखा गया है कि यदि सौ लोगों को लॉटरी लगती है तो एक साल के पश्चात् उनमें से ९० प्रतिशत लोग फिर उसी स्थिति में पहुँच जाते हैं, जहाँ वे पहले थे। १० प्रतिशत लोग ही उन लॉटरी के पैसों को सँभालकर रख पाते हैं। इसका कारण यही है कि उन्हें अपने शरीर पर नियंत्रण नहीं होता और साथ-साथ उनकी बुद्धि भी विकसित नहीं होती।

कोई यदि कहे कि हम पैसे से दूसरों की बुद्धि भी अपने लिए खरीद सकते हैं तो वे यह बात जान लें कि दूसरों की बुद्धि खरीदने के लिए भी बुद्धि चाहिए।

७) पृथ्वी की पाठशाला में सातवाँ सबक : आत्म नियंत्रण

शरीर और मन पर अनुशासन रखें

इस विश्व में किसी भी जानवर को अनुशासन में रहने की आवश्यकता नहीं पड़ती। सिर्फ मनुष्य को ही इसकी आवश्यकता पड़ती है क्योंकि मनुष्य ही मशीनी जीवन जीने लगता है। किसी भी जानवर को मधुमेह (डायबिटीज), ब्लड प्रेशर जैसी बीमारी नहीं होती क्योंकि जानवर बहुत ही सहज जीवन जीते हैं। उन्हें जब भी भूख लगती है, वे खाते हैं और जितनी आवश्यकता है, उतना ही खाते हैं। किंतु मनुष्य को कितना भी कहा जाए कि 'तुम्हें डायबिटीज है, तुम मीठा मत खाओ', फिर भी वह छिपकर मिठाइयों का सेवन करता है, जिससे उसकी बीमारी और बढ़ जाती है। ऐसा इसलिए होता है क्योंकि मनुष्य को अपने शरीर पर अनुशासन नहीं है। मनुष्य यह जानते हुए भी कि सिगरेट तथा शराब विष की तरह उसके फेफड़ों और गुर्दों को खराब करते हैं, फिर भी वह इन चीजों का सेवन करता रहता है। कारण उसे अपने शरीर पर अनुशासन नहीं है। मनुष्य हर बार शराब पीने के बहाने ढूँढ़ता रहता है। उदाहरण– जैसे एक शराबी ने कहा कि 'एक बार मैंने शराब पीना छोड़ दिया तो हिंदुस्तान और पाकिस्तान में युद्ध हो गया, उस दिन से मैंने कसम खाई कि अपने देश की खातिर मुझे शराब नहीं छोड़नी चाहिए।' इसे कहते हैं, मशीनी जीवन, जहाँ इस तरह के बहाने दिए जाते हैं। यदि २५ प्रतिशत मशीनियत भी टूटती है तो आप इस तरह की बेहोशी से जाग्रत होने लगते हैं। अतः आज से ही सारे व्यसन छोड़ दें, मन में निश्चय करें कि इन–इन बातों से मुझे सदा दूर रहना है। इस पुस्तक के भाग १२, पृष्ठ संख्या ९८ पर एक सूची (No No's in my life) दी गई है, जिसे भरकर अपना नया जीवन आरम्भ करें।

८) पृथ्वी की पाठशाला में आठवाँ सबक : विकास

विकास का मंत्र – 'हमेशा जीतें'

जीवन निरंतर विकास चाहता है। पृथ्वी की पाठशाला का आठवाँ सबक यही है। विकास का मंत्र है, 'हमेशा जीतें'। यदि आप सिर्फ एक चीज का खयाल रखें कि आप कभी भी हार से न हारें तो सदैव आपकी जीत होगी, आप कभी भी हार

नहीं सकते क्योंकि आप जान जाएँगे कि हार जाना, हार नहीं है बल्कि हार से हार जाना हार है।

यदि हारकर आप डर जाते हैं तो आप वाकई हार जाते हैं। कई लोग सिर्फ हार के डर के कारण हारते हैं इसलिए कहा जाता है कि हार से न हारें। हार होने के बाद जो डर आता है, वह आपको हराता है। यदि आपको हार के बाद डर नहीं आता और आप प्रयास करना बंद नहीं करते तो आपकी हार नहीं हुई। यह हार, जीत की प्रेरणा है, जिससे आपको प्रेरणा लेनी है और आगे बढ़ना है।

विकास का यह मंत्र याद रखें क्योंकि आपने हार से हारना बंद कर दिया है। हारकर भी आप हार से डरेंगे नहीं बल्कि आगे बढ़ने के लिए उसे अपने विकास की सीढी (स्टेपिंग स्टोन) बनाएँगे। सफल लोग आपको बताएँगे कि उनके जीवन में कई छोटी-छोटी हारें हुईं किंतु उन पर उनका ध्यान नहीं था। उनका ध्यान सदा सफलता पर था। जैसे बच्चा साइकिल चलाना सीखता है तो वह कई बार गिरता है किंतु उसका ध्यान गिरने पर नहीं होता बल्कि उसका ध्यान हमेशा साइकिल चलाने पर होता है। वह सदैव अपने आपको साइकिल चलाते हुए देखना चाहता है। वह सोचता है कि जैसे बाकी बच्चे साइकिल चला रहे हैं, वैसे मैं भी एक दिन चलाऊँगा। उसके अंदर सफलता की एक ही कल्पना होती है इसलिए वह जल्द ही साइकिल चलाना सीख जाता है। बड़े होकर मनुष्य गिरने के डर से साइकिल चलाना नहीं सीख पाता।

९) पृथ्वी की पाठशाला में नौवाँ सबक : साहस

नपे तुले जोखिम उठाएँ

यदि कोई बड़ी सफलता प्राप्त करनी हो तो थोड़ा-बहुत जोखिम उठाना आवश्यक हो जाता है। सदैव सुरक्षित रहने की इच्छा रखनेवाले कभी भी बड़ी सफलता हासिल नहीं करते। सफल लोगों की कहावत याद रखें : 'यदि जोखिम उठाने से डर लग रहा हो तो उसे तुरंत उठाओ।' अपने आपसे यह प्रश्न पूछें - क्या जीतने का आनंद अधिक है या हारने का डर अधिक है? यदि जीतने का आनंद (रोमांच) अधिक है तो आप हर डर का सामना कर सकते हैं और यदि हारने का डर अधिक है तो पृथ्वी की पाठशाला का दसवाँ सबक याद करें, जो है - दमदार लक्ष्य बनाएँ।

जीवन में कुछ नपे-तुले जोखिम उठाने चाहिए। हालाँकि जोखिम उठाने में कई

सारे डरों का सामना करना पड़ता है किंतु आपको ये सारे डर हटाकर अपने आपमें साहस का निर्माण करना चाहिए। नपे-तुले जोखिम उठाने से न डरें।

जैसे किसी को रात में रसोईघर में जाने से डर लगता हो कि 'मैं कैसे अंधेरे में जाऊँ?' जैसे ही ऐसा विचार आए तो तुरंत रसोईघर में जाएँ। नपे-तुले जोखिम उठाना बहुत आवश्यक है। नपे-तुले इसलिए कहा क्योंकि कुछ लोग बेहोशी में जोखिम उठाते हैं और इस कारण उन्हें कई बार असफलता का सामना करना पड़ता है। नपे-तुले जोखिम उठाने से आपके भीतर साहस का निर्माण होगा और आप हार से न हारकर, सदा जीतने लगते हैं।

१०) पृथ्वी की पाठशाला में दसवाँ सबक : दिशा

दमदार लक्ष्य बनाएँ

जीवन में हमेशा दमदार लक्ष्य बनाएँ। अपने जीवन में कितने लोग लक्ष्य बनाते हैं और उनमें से कितने लोग वह लक्ष्य लिखकर रखते हैं? जब तक आपको लक्ष्य याद नहीं दिलाया जाता, तब तक आप वैसे ही जीते हैं, जैसे अब तक जीते आए हैं। यदि आपसे पूछा जाए कि आपके जीवन का लक्ष्य क्या है तो आप क्या कहेंगे? यदि उत्तर है कि कोई लक्ष्य नहीं है तो सबसे पहले स्वयं को कोई लक्ष्य दें और फिर उसे पूरा करें। यदि उत्तर है कि लक्ष्य है तो उस लक्ष्य में जान डालें, उसे दमदार बनाएँ। यदि आपको एक लक्ष्य मिल जाए तो दुनिया का कोई भी कष्ट आपको कष्ट नहीं लगेगा अन्यथा हर छोटी तकलीफ बहुत बड़ी लगती है। उदाहरण- रात को दूध का गिलास नहीं मिला, विशेष तकिया नहीं मिला तो नींद नहीं आती, मच्छर काट रहे हों तो सो नहीं सकते। इस तरह बिना लक्ष्य के मनुष्य को हर छोटी-मोटी बात भी बहुत परेशान करती है। यदि जीवन में लक्ष्य है तो एक बड़ी तकलीफ भी बहुत छोटी और साधारण लगती है। इसलिए आप अपने जीवन का एक ऐसा दमदार लक्ष्य बनाएँ, जिसे सुनते ही आपको रोमांच और आनंद महसूस हो। जिसे सुनते ही आपके अंदर कार्य करने की प्रेरणा जागे और डर कोसों दूर भाग जाए। मन को भक्ति द्वारा निर्मल बनाने का लक्ष्य बनाएँ।

अपने आपको एक लक्ष्य दें। इंतजार न करें कि जीवन हमें लक्ष्य बताएगा या अन्य कोई आकर बताएगा कि यह तुम्हारा लक्ष्य है। किसी और पर निर्भर न रहें बल्कि स्वयं ही अपने आपको एक लक्ष्य दें। जिस दिन आप अपना लक्ष्य बनाएँगे,

वह दिन आपकी जिंदगी का सुनहरा दिन होगा क्योंकि उस दिन अपना लक्ष्य बनाकर आप अपने जीवन को एक दिशा देंगे। बिना दिशा के विश्व में कोई विकास नहीं होता।

हम जितना बड़ा लक्ष्य बनाते हैं, प्रकृति हमें उतनी ही अधिक शक्ति देती है। प्रकृति का यह नियम समझनेवाले लोग छोटा लक्ष्य नहीं बनाते। आप यदि प्रकृति की शक्ति को अपने अंदर अनुभूत करना चाहते हैं तो उच्चतम और दमदार लक्ष्य बनाएँ।

११) पृथ्वी की पाठशाला में ग्यारहवाँ सबक : देना सीखें

निमित्त बनें

पृथ्वी की पाठशाला का ग्यारहवाँ सबक और नियम यह है कि जो चीज आप प्राप्त करना चाहते हैं, वह प्राप्त करने में दूसरों की सहायता करें। जो आप दूसरों को देंगे, वह कई गुना बढ़कर आपको मिलेगा।

जैसे एक मनुष्य कहता है, 'मुझे देखकर कोई प्रसन्न नहीं होता, कोई मुस्कुराता नहीं।' उसे कहा जाता है कि 'पहले तुम दूसरों को देखकर मुस्कुराना आरम्भ करो तो लोग भी तुम्हें देखकर मुस्कुराएँगे।' जब वह ऐसा करने लगता है तब उसे आश्चर्य होता है कि कुछ ही दिनों में उसके चारों तरफ मुस्कुराते हुए चेहरे आ जाते हैं। यदि आप चाहते हैं कि लोग आपको 'हैलो' कहें तो पहले आप उन्हें 'हैलो' कहना आरम्भ करें, 'हॅपी थॉट्स' कहना आरम्भ करें। जब आप ऐसा करने लगते हैं तो आपको आश्चर्य होगा कि आपको कितनी सरलता से वह मिल रहा है, जो लोग चाहते हैं। लोग समझते हैं कि 'जब मुझे मिलेगा तब मैं दूँगा' किंतु यह गलत समझ है। आप जीवन में जो भी चाहते हैं, पहले वह दूसरों को देना सीखें।

यदि कोई मनुष्य लकड़ी काटकर घर आए और जलते हुए चूल्हे के सामने बैठकर कहे, 'पहले मुझे गर्मी दो तो मैं लकड़ियाँ डालूँगा।' तो जाहिर है कि ऐसे में उसे कभी भी गर्मी नहीं मिलेगी, वह ठंड में ही मर जाएगा। इसलिए जो चीज आपको प्राप्त करनी है, पहले वह देना सीखें। आप चाहते हैं कि हमारे जीवन में पैसा आए तो लोगों को पैसा कमाने में सहायता करें। यदि आप चाहते हैं कि आपको ज्ञान मिले तो लोगों को ज्ञान मिलवाने में सहायता करें। यदि आप समय प्राप्त करना चाहते हैं तो दूसरों को समय बचाने में सहायता करें। यदि आप प्रेम प्राप्त करना चाहते हैं तो

दूसरों को प्रेम प्राप्त करने में मदद करें। जब आप दूसरों के लिए निमित्त बनते हैं, उन्हें देने लगते हैं तब आपको आश्चर्य होगा कि वही चीज आपके जीवन में आने लगती है। यह जीवन का नियम है, इसे सदैव याद रखें।

१२) पृथ्वी की पाठशाला में बारहवाँ सबक : आशा

आशावादी बनकर सकारात्मक विचारों का महत्व समझें

पृथ्वी की पाठशाला के इस बारहवें सबक को एक उदाहरण द्वारा समझें। आपने महाभारत की कथा सुनी होगी जहाँ युद्ध के मैदान में एक तरफ पांडव और दूसरी तरफ कौरव थे, बीच में अर्जुन था। अर्जुन प्रतीक है 'मैं' के विचारों का। एक तरफ पांडव हैं जो सकारात्मक हैं अर्थात वे आपके अंदर के सकारात्मक विचारों का प्रतीक हैं। दूसरी तरफ कौरव हैं, जो नकारात्मक विचारों का प्रतीक हैं। कौरव सौ हैं और पांडव केवल पाँच हैं। इसका अर्थ है कि मनुष्य नकारात्मक विचार अधिक रखता है और उसके सकारात्मक विचार कम होते हैं।

अब अर्जुन परेशान है कि मैं क्या करूँ? क्योंकि नकारात्मक विचार (कौरव) भी उसे मित्र लगने लगते हैं। उसे मार्गदर्शन करनेवाले मित्र 'कृष्ण' हैं, जो विवेक का प्रतीक हैं। वे उसे बताते हैं कि 'तुम समझ के तीर चलाओ' जब भी पाँच पांडव हों और सौ कौरव हों तो रुकें नहीं तुरंत समझ के तीर चलाएँ, अपनी समझ बढ़ाएँ। समझ बढ़ाने के लिए तुरंत सत्य का श्रवण आरम्भ करें। श्रवण होते ही नकारात्मक विचार खत्म होने लगते हैं।

अपने आपसे पूछें, 'आपके अंदर सकारात्मक विचार कितने हैं और नकारात्मक विचार कितने हैं?' यदि नकारात्मक विचार नब्बे और सकारात्मक विचार केवल पाँच हैं तो नकारात्मक विचारों को सरलता से समझ की हथकड़ी पहनाएँ। यदि सकारात्मक विचार पाँच हैं और नकारात्मक भी पाँच हैं तो नकारात्मक विचारों से दोस्ती करके उन्हें सीढ़ी भी बनाया जा सकता है। उन्हें निमित्त बनाकर मंजिल तक पहुँचें। अर्जुन को नकारात्मक विचार समाप्त करने का ज्ञान दिया गया था। जब भी आपको लगे कि आप कोई कार्य नहीं कर पा रहे हैं, उस समय तुरंत अपने अंदर यह सकारात्मक विचार लाएँ कि 'इस कार्य को मैं कैसे कर सकता हूँ?' शुभ विचार (हॅपी थॉट्स) रखनेवाला मनुष्य यही सोचेगा कि यह कार्य वह कैसे कर सकता है, जिससे उसके अंदर नई-नई कल्पनाएँ और सृजनात्मकता जाग्रत होगी।

नकारात्मक विचारों से हमारे जीवन की उन्नति में बाधाएँ आती है। सकारात्मक विचारों से उन बाधाओं को हटाकर आपको अपने अंतिम लक्ष्य की ओर बढ़ना है इसलिए हर नया कार्य आरम्भ करने से पहले सकारात्मक दृष्टिकोण रखें। आप ईश्वर की संतान हैं इसलिए आपकी सफलता निश्चित है, यह समझ रखें। जब आप सकारात्मक विचार रखते हैं तो आपका मस्तिष्क खुलकर कार्य करता है और जब आप नकारात्मक सोचते हैं तो आपकी बुद्धि बंद हो जाती है।

जब आप कहते हैं, 'मैं यह कार्य नहीं कर सकता' तो आप अपनी बुद्धि पर पूर्णविराम (फुलस्टॉप) लगाते हैं। जब आप सकारात्मक सोचते हैं अर्थात यह कहते हैं कि 'मैं यह कार्य कैसे कर सकता हूँ', तब आप अपनी बुद्धि को सोचने का अवसर देते हैं। इस प्रकार आपकी बुद्धि आपके लिए नए मार्ग खोलेगी और साथ ही उसका विकास भी होगा। जब मन में विचार आए कि 'यह चीज मैं नहीं खरीद सकता', तब तुरंत उसे बदलें और कहें, 'यह चीज मैं कैसे खरीद सकता हूँ?' इस तरह आशावादी दृष्टिकोण का जादू आपके जीवन में कार्य करने लगेगा।

१३) पृथ्वी की पाठशाला में तेरहवाँ सबक : मेरा से मीरा

अपने अंदर का जीवन पहचानें और 'मेरा' को निकाल दें

पृथ्वी की पाठशाला में अंतिम सबक है- 'मैं, मेरा, मुझे' से मुक्ति। यह मुक्ति मिलते ही हमें महाजीवन प्राप्त हो जाता है, जो मृत्यु से मुक्त है। अंतिम सबक सीखने की यात्रा 'मेरा से मीरा' (भक्ति) तक है। इस यात्रा को निम्नलिखित उदाहरण से समझें।

कभी माँ-बाप बच्चों को घर में छोड़कर कुछ दिनों के लिए बाहर जाते हैं। समय बिताने के लिए कुछ माँ-बाप बच्चों को रेडिओ देकर जाते हैं क्योंकि वे बच्चे संगीत प्रेमी हैं, वे संगीत सुनना पसंद करते हैं। कुछ बच्चे दृश्य प्रेमी हैं तो माँ-बाप उन्हें विडीओ देकर जाते हैं। कुछ माँ-बाप बच्चों को लूडो आदि देकर जाते हैं। इसी प्रकार कुछ माँ-बाप अपने बच्चों को थोड़ा अलग ढंग के खेल-खिलौने देकर जाते हैं। जैसे कि जीवन में व्यापार भी एक खेल है, बिजनेस वर्ल्ड भी एक खेल है। इस प्रकार के खेल लोग खेलते हैं, पैसा कमाते हैं और खेल चलता रहता है। जब तक माँ-बाप वापस नहीं आते तब तक ये खेल चलते रहते हैं। ऐसे खेल खेलने के पीछे के उद्‌देश्य को समझें।

माँ-बाप अपने बच्चों को घर में छोड़कर कुछ दिनों के लिए बाहर चले गए। अब प्रश्न यह है कि घर वापस आने के पश्चात् वे बच्चों को किस अवस्था में देखकर खुश होंगे और किस अवस्था में देखकर दु:खी होंगे? घर वापस आने के पश्चात् यदि माँ-बाप अपने बच्चों को दु:खी पाते हैं तो उन्हें दु:ख होता है। किंतु यदि वे बच्चों को हँसते हुए पाते हैं, खिल-खिलाते हुए पाते हैं तो उन्हें भी प्रसन्नता होती है।

इस उदाहरण में बच्चे अर्थात आप, माँ-बाप अर्थात ईश्वर और समय अर्थात यह जीवन। छ: प्रकार के बच्चे होते हैं। घर वापस आने के पश्चात् माँ-बाप जब पहले प्रकार के बच्चों को घर में देखते हैं तो उन्हें वे बच्चे बेहोश मिलते हैं। उन्होंने अपना समय शराब-सिगरेट पीकर, ड्रग्स लेकर, नशा करते हुए बिताया होता है। उन्हें देखकर माँ-बाप दु:खी होते हैं।

दूसरी प्रकार के बच्चों ने घर में तोड़-फोड़ की होती है। जो खिलौने उन्हें दिए गए थे, वे उन्होंने तोड़ दिए थे और उसके साथ-साथ घर का फर्नीचर भी तोड़ा था। ऐसे बच्चों को देखकर माँ-बाप को बहुत दु:ख होता है।

तीसरे प्रकार के बच्चे दु:खी, रोते हुए बैठे होते हैं। माँ-बाप को उन्हें देखकर भी अच्छा नहीं लगता कि उनके पीछे उनके बच्चों की ऐसी अवस्था हो गई है। वे उन्हें खाने के लिए बिस्कुट, ड्रायफ्रूट (सत्य श्रवण) छोड़कर गए थे किंतु बच्चों ने भूख लगने के बावजूद भी खाना नहीं खाया (श्रवण नहीं किया) और दु:खी बने रहे। माँ-बाप उन्हें समझाते हैं कि हमने बार-बार तुम्हें संदेशा भेजा, पैगंबर संदेश लेकर आए, मसीहा, कबीर, गुरुनानक आए किंतु बच्चों के पास बुद्धि, समय, सुनने की शक्ति होने के बावजूद भी वे अपनी मूर्खता के कारण दु:खी बने रहे। (सत्य का श्रवण न करने के कारण वे उदास रहे)। पहले तीन प्रकार के बच्चों के कारण माँ बाप को दु:ख हुआ।

शेष तीन प्रकार के बच्चे बहुत प्रसन्न थे। चौथे प्रकार के बच्चे माँ-बाप के घर आते ही उनके गले लगते हैं क्योंकि वे बड़े मजे से जीए। पाँचवें प्रकार के बच्चों ने स्वयं को भी प्रसन्न रखा और जो बच्चे दु:खी थे उन्हें भी प्रसन्न रखा। उन्हें भी सँभाला, समझाया कि तुम्हारे माँ-बाप भी आ जाएँगे।

छठे प्रकार के बच्चे बहुत अधिक प्रसन्न थे क्योंकि वे स्वयं तो आनंद में रहे

ही और आस-पास के बच्चों को भी आनंद में रखा और इतना ही नहीं- उन्होंने पूरे घर की साफ-सफाई भी करके रखी। घर में जो कचरा था, उसे बाहर फेंक दिया। सभी लोगों को इकट्ठा करके, वे घर को अच्छी तरह से सँभाल रहे थे। क्योंकि उनकी मशीनियत टूटी और वे जाग्रत हो पाए। इन बच्चों को देखकर माँ बाप बहुत प्रसन्न हुए और सदा उन्हीं के साथ रहने लगे।

जो बच्चे रोते रहे, उन्हें पुरस्कार के रूप में आँसू पोंछने के लिए रूमाल दिया गया क्योंकि वे जब तक जीने का सबक नहीं सीखते, तब तक माँ-बाप यही करते रहेंगे, उनके आँसू पोंछते रहेंगे या रूमाल का पुरस्कार देते रहेंगे।

'जीवन' जिसे हम ईश्वर, अल्लाह, स्वसाक्षी कहते हैं, हमारे ही अंदर है। हम सबमें जीवन है, जिंदा होने का एहसास है। यह जब पक्का होगा तो माँ-बाप (ईश्वर) भी हमारे साथ रहने लगते हैं। एक होता है जीवन और एक होता है महाजीवन। जीवन के साथ मृत्यु है किंतु महाजीवन के साथ कोई मृत्यु नहीं है। इसी पुरस्कार के साथ जीना, तेरहवाँ सबक है। जिसमें 'मेरा' शब्द समाप्त हो जाता है और बचता है सिर्फ 'तेरा (भक्ति)' अर्थात सब ईश्वर का।

इच्छाएँ तब तक बाधा नहीं हैं, जब तक उसके साथ 'मेरा' का चिपकाव नहीं है। जब इच्छा 'मेरी इच्छा' बन जाती है, तब वह दुःख का कारण बन सकती है। इच्छा रखना बुरा नहीं है किंतु इच्छा के साथ चिपकाव बुरा है। मैं, मेरा, मुझे, ये सब मायावी विचार हैं और इनकी मृत्यु होनी चाहिए। आपको मृत्यु की माया से मुक्ति प्राप्त करनी चाहिए।

जीवन की पाठशाला के तेरह सबक की सारणी

क्रमांक	सबक	सार
पहला सबक	धीरज	'जीवन धक्का देकर आपको धीरज सिखलाता है।' धीरज रखना एक ऐसा सबक है, जो पृथ्वी के हर जीव के लिए आवश्यक है। इसलिए हर घटना को धीरज बढ़ाने के लिए निमित्त बनाएँ।
दूसरा सबक	ज्ञान	अपनी नज़र अनुशासित रखें। आँखें देख सकती हैं इसलिए वे जीवन की हर चीज पर अटकती रहती हैं। अपनी आँखों को प्रशिक्षण दें। अपनी नज़र सदैव ज्ञान पर रखें। अपने मन में हर मनुष्य से सीखने की भावना रखें।
तीसरा सबक	अभय	अभय वरदान प्राप्त करें। निडर लोग जीवन के अमूल्य खज़ाने प्राप्त करते हैं। डरे हुए लोग राह में आनेवाली बाधाओं के बारे में सोचकर ही अपनी यात्रा बंद कर देते हैं। ऐसे लोग अपना संपूर्ण जीवन डर-डरकर मरते रहते हैं।
चौथा सबक	हृदय की भावना	आपको जो समझ मिली है, उसी समझ से कार्य करें। लोग तो आलोचना करेंगे ही, चाहे आप कुछ करें या न करें इसलिए अपने हृदय की सुनें, हृदय की भावना को महत्व दें। हृदय खुलने से हमारी बुद्धि भी खुल जाती है।
पाँचवाँ सबक	होश	सदा सजगता, होश रखें। बेहोश लोग, नींद में चलनेवाले लोग अपना पूर्ण जीवन बरबाद कर देते हैं और मृत्यु उपरांत भी

		बेहोशीभरा निम्न स्तरीय जीवनयापन करते हैं। ऐसे लोगों से कभी भी महाजीवन की कामना नहीं की जा सकती।
छठवाँ सबक	विवेक	अपने विवेक को जाग्रत करें। लोग अपने विवेक को जगाने के बजाय संपूर्ण जीवन धन कमाने में ही लगा देते हैं। यदि कोई कहे कि हम धन से दूसरों की बुद्धि खरीद सकते हैं तो वे यह बात जान लें कि दूसरों की बुद्धि खरीदने के लिए भी बुद्धि चाहिए।
सातवाँ सबक	आत्म नियंत्रण	इस विश्व में किसी भी जानवर को अनुशासन में रहने की जरूरत नहीं पड़ी। सिर्फ मनुष्य को ही अनुशासन में रहने की जरूरत पड़ती है क्योंकि मनुष्य ही बेहोशी में मशीनी जीवन जीने लगता है। किसी भी जानवर को मधुमेह (डायबिटीज) नहीं होता, ब्लड प्रेशर नहीं होता क्योंकि जानवर बहुत ही सहज जीवन जीते हैं।
आठवाँ सबक	विकास	विकास का मंत्र है, 'हमेशा जीतें'। यदि आप सिर्फ एक चीज का खयाल रखें तो आप कभी भी हार नहीं सकते। आप कभी भी हार से न हारें तो हमेशा आपकी जीत होगी क्योंकि आप जान जाएँगे कि हार जाना, हार नहीं है बल्कि हार से हार जाना हार है।
नौवाँ सबक	साहस	सफलता प्राप्त करनी हो तो कुछ जोखिम उठाना आवश्यक है। हमेशा सुरक्षित रहने की इच्छा रखनेवाले मनुष्य कभी भी बड़ी सफलता प्राप्त नहीं करते।

दसवाँ सबक	दिशा	हमेशा शक्तिशाली लक्ष्य बनाएँ। जीवन में बहुत कम लोग लक्ष्य बनाते हैं और उनमें से बहुत कम लोग उस लक्ष्य को लिखकर रखते हैं। जब तक आपको लक्ष्य याद नहीं दिलाया जाता तब तक आप वैसे ही जीते हैं, जैसे हमेशा जीते आए हैं। इसलिए अपने जीवन की दिशा निर्धारित करें।
ग्यारहवाँ सबक	देना सीखें	जो चीज आप प्राप्त करना चाहते हैं, वह दूसरों को प्राप्त करने में मदद करें। जो आप दूसरों को देंगे, वह कई गुना बढ़कर आपको मिलेगा।
बारहवाँ सबक	आशा	जब भी आपको प्रतीत हो कि आप कोई कार्य नहीं कर पा रहे हैं, उस समय तुरंत अपने भीतर यह सकारात्मक विचार लाएँ कि 'इस कार्य को मैं कैसे कर सकता हूँ?' शुभ विचार (हॅपी थॉट्स) रखनेवाला इंसान यही सोचेगा कि यह काम वह कैसे कर सकता है, जिससे उसके भीतर नई-नई कल्पनाएँ और सृजनता जाग्रत होगी।
तेरहवाँ सबक	मेरा से मीरा	जीवन में 'मैं, मेरा, मुझे' से मुक्ति प्राप्त करें। यह मुक्ति मिलते ही हमें महाजीवन प्राप्त होता है, जो मृत्यु से मुक्त है। अंतिम सबक सीखने की यात्रा 'मेरा से मीरा' (भक्ति) तक है।

यह पुस्तक पढ़ने के बाद अपने अभिप्राय (विचार सेवा) इस पते पर भेज सकते हैं:
Tejgyan Global Foundation,
Pimpri Colony Post office, P.O. Box 25,
Pune - 411 017. Maharashtra (India).

परिशिष्ट

सरश्री अल्प परिचय

स्वीकार मुद्रा

सरश्री की आध्यात्मिक खोज का सफर उनके बचपन से प्रारंभ हो गया था। इस खोज के दौरान उन्होंने अनेक प्रकार की पुस्तकों का अध्ययन किया। अपने आध्यात्मिक अनुसंधान के दौरान उन्होंने लगभग सभी ध्यान पद्धतियों का भी अभ्यास किया। उनकी इसी खोज ने उन्हें कई वैचारिक और शैक्षणिक संस्थानों की ओर बढ़ाया। जीवन का रहस्य समझने के लिए उन्होंने **एक लंबी अवधि तक मनन करते हुए अपनी खोज जारी रखी, जिसके अंत में उन्हें आत्मबोध प्राप्त हुआ।** आत्मसाक्षात्कार के बाद उन्होंने जाना कि **अध्यात्म का हर मार्ग जिस कड़ी से जुड़ा है वह है- समझ (अंडरस्टैण्डिंग)।** उसके बाद उन्होंने अपने तत्कालीन अध्यापन कार्य को विराम लगाते हुए, लगभग दो दशकों से भी अधिक समय अपना समस्त जीवन मानवजाति के कल्याण और उसके आध्यात्मिक विकास हेतु अर्पण किया है।

सरश्री कहते हैं, 'सत्य के सभी मार्गों की शुरुआत अलग-अलग प्रकार से होती है लेकिन सभी के अंत में एक ही समझ प्राप्त होती है। **'समझ' ही सब कुछ है और यह 'समझ' अपने आपमें पूर्ण है।** आध्यात्मिक ज्ञान प्राप्ति के लिए इस 'समझ' का श्रवण ही पर्याप्त है।' इसी समझ को उजागर करने के लिए उन्होंने आज तक **तीन हज़ार से अधिक आध्यात्मिक विषयों पर प्रवचन दिए हैं,** जिनके द्वारा वे अध्यात्म

की गहरी संकल्पनाएँ सीधे और व्यावहारिक रूप में समझाते हैं। समाज के हर स्तर का इंसान सरश्री द्वारा बताई जा रही समझ का लाभ ले सकता है।

यह समझ हरेक को अपने अनुभव से प्राप्त हो इसलिए सरश्री ने '**महाआसमानी परम ज्ञान शिविर**' और उसके लिए आवश्यक कार्यप्रणाली (सिस्टम) की रचना की है, **जिसका लाभ लाखों खोजी ले रहे हैं।** यह व्यवस्था आय.एस.ओ. (ISO 9001:2015) प्रमाणित है, जिसने अनेक लोगों को सत्य की राह पर चलने की प्रेरणा दी है। इसी समझ के प्रचार और प्रसार के लिए उन्होंने 'तेजज्ञान फाउण्डेशन' नामक आध्यात्मिक संस्था की नींव रखी है। इस संस्था का मुख्य उद्देश्य है- '**हॅपी थॉट्स द्वारा उच्चतम विकसित समाज का निर्माण**'।

विश्व का हर इंसान आज सरश्री के मार्गदर्शन का लाभ ले सकता है, जिसके लिए किसी भी धर्म, जाति, उपजाति, वर्ण, पंथ, रंग या लिंग का बंधन नहीं है। विश्व के हर कोने में बसे लोग आज तेजज्ञान की इस अनूठी ज्ञान प्रणाली (System for Wisdom) का लाभ ले रहे हैं। इस व्यवस्था के एक हिस्से के रूप में **लाखों लोग रोज़ सुबह और रात को ९ बजकर ९ मिनट पर विश्व शांति के लिए प्रार्थना करते हैं।**

सरश्री को **बेस्टसेलर पुस्तक 'विचार नियम' श्रृंखला के रचनाकार** के रूप में भी जाना जाता है, जिसकी **१ करोड़ से ज़्यादा प्रतियाँ केवल ५ सालों** में वितरित हो चुकी हैं। इसके अलावा उन्होंने विविध विषयों पर **१०० से अधिक पुस्तकों का लेखन** किया है, जिनमें से 'विचार नियम', 'स्वसंवाद का जादू', 'स्वयं का सामना', 'स्वीकार का जादू', 'निःशब्द संवाद का जादू', 'संपूर्ण ध्यान' आदि पुस्तकें बेस्टसेलर बन चुकी हैं। ये पुस्तकें दस से अधिक भाषाओं में अनुवादित की जा चुकी हैं और प्रमुख प्रकाशकों द्वारा प्रकाशित की गई हैं, जैसे पेंगुइन बुक्स, जैको बुक्स, मंजुल पब्लिशिंग हाऊस, प्रभात प्रकाशन, राजपाल ऍण्ड सन्स, पेंटागॉन प्रेस, सकाळ प्रकाशन इत्यादि।

तेजज्ञान फाउण्डेशन- परिचय

तेजज्ञान फाउण्डेशन आत्मविकास से आत्मसाक्षात्कार प्राप्त करने का एक रास्ता है। इसके लिए सरश्री द्वारा एक अनूठी बोध पद्धति (System for Wisdom) का सृजन हुआ है। इस पद्धति को अन्तर्राष्ट्रीय मानक ISO 9001:2015 के आवश्यकताओं एवं निर्देशों के अनुरूप ढालकर सरल, व्यावहारिक एवं प्रभावी बनाया गया है।

इस संस्था की बोध पद्धति के विभिन्न पहलुओं (शिक्षण, निरीक्षण व गुणवत्ता) को स्वतंत्र गुणवत्ता परीक्षकों (Quality Auditors) द्वारा क्रमबद्ध तरीके से जाँचा गया। जिसके बाद इन पहलुओं को ISO 9001:2015 के अनुरूप पाकर, इस बोध पद्धति को प्रमाणित किया गया है।

फाउण्डेशन का लक्ष्य आपको नकारात्मक विचार से सकारात्मक विचार की ओर बढ़ाना है। सकारात्मक विचार से शुभ विचार यानी हॅपी थॉट्स (विधायक आनंदपूर्ण विचार) और शुभ विचार से निर्विचार की ओर बढ़ा जा सकता है। निर्विचार से ही आत्मसाक्षात्कार संभव है। शुभ विचार (Happy Thoughts) यानी यह विचार कि 'मैं हर विचार से मुक्त हो जाऊँ'। शुभ इच्छा यानी यह इच्छा कि 'मैं हर इच्छा से मुक्त हो जाऊँ'।

ज्ञान का अर्थ है सामान्य ज्ञान लेकिन तेजज्ञान यानी वह ज्ञान जो ज्ञान व अज्ञान के परे है। कई लोग सामान्य ज्ञान की जानकारी को ही ज्ञान समझ लेते हैं लेकिन असली ज्ञान और जानकारी में बहुत अंतर है। आज लोग सामान्य ज्ञान के जवाबों को ज़्यादा महत्त्व देते हैं। उदाहरण के तौर पर कर्म और भाग्य, योग और प्राणायाम, स्वर्ग और नर्क इत्यादि। आज के युग में सामान्य ज्ञान प्रदान करनेवाले लोग और शिक्षक कई मिल जाएँगे मगर इस ज्ञान को पाकर जीवन में कोई बड़ा परिवर्तन नहीं होता। यह ज्ञान या तो केवल बुद्धि विलास है या फिर अध्यात्म के नाम पर बुद्धि का व्यायाम है।

सभी समस्याओं का समाधान है- तेजज्ञान। भय से मुक्ति, चिंतारहित व क्रोध से आज़ाद जीवन है- तेजज्ञान। शारीरिक, मानसिक, सामाजिक, आर्थिक और आध्यात्मिक उन्नति के लिए है- तेजज्ञान। तेजज्ञान आपके अंदर है, आएँ और इसे पाएँ।

यदि आप ऐसा ज्ञान चाहते हैं, जो सामान्य ज्ञान के परे हो, जो हर समस्या का समाधान हो, जो सभी मान्यताओं से आपको मुक्त करे, जो आपको ईश्वर का साक्षात्कार कराए, जो आपको सत्य पर स्थापित करे तो समय आ गया है तेजज्ञान को जानने और शब्दोंवाले सामान्य ज्ञान से उठकर तेजज्ञान का अनुभव करने का।

अब तक अध्यात्म के अनेक मार्ग बताए गए हैं। जैसे जप, तप, मंत्र, तंत्र, कर्म, भाग्य, ध्यान, ज्ञान, योग और भक्ति आदि। इन मार्गों के अंत में जो समझ, जो बोध प्राप्त होता है, वह एक ही है। सत्य के हर खोजी को अंत में एक ही समझ मिलती है और इस समझ

को सुनकर भी प्राप्त किया जा सकता है। उसी समझ को सुनना यानी तेजज्ञान प्राप्त करना है। तेजज्ञान के श्रवण से सत्य का साक्षात्कार होता है, ईश्वर का अनुभव होता है। यही तेजज्ञान सरश्री महाआसमानी परम ज्ञान शिविर में प्रदान करते हैं।

महाआसमानी परम ज्ञान
शिविर परिचय और लाभ (निवासी)

क्या आपको उच्चतम आनंद पाने की इच्छा है? ऐसा आनंद, जो किसी कारण पर निर्भर नहीं है, जिसमें समय के साथ केवल बढ़ोतरी ही होती है। क्या आप इसी जीवन में प्रेम, विश्वास, शांति, समृद्धि और परमसंतुष्टि पाना चाहते हैं? क्या आप शारीरिक, मानसिक, सामाजिक, आर्थिक और आध्यात्मिक इन सभी स्तरों पर सफलता हासिल करना चाहते हैं? क्या आप 'मैं कौन हूँ' इस सवाल का जवाब अनुभव से जानना चाहते हैं।

यदि आपके अंदर इन सवालों के जवाब जानने की और 'अंतिम सत्य' प्राप्त करने की प्यास जगी है तो तेजज्ञान फाउण्डेशन द्वारा आयोजित 'महाआसमानी परम ज्ञान शिविर' में आपका स्वागत है। यह शिविर पूर्णतः सरश्री की शिक्षाओं पर आधारित है। सरश्री आज के युग के आध्यात्मिक गुरु और 'तेजज्ञान फाउण्डेशन' के संस्थापक हैं, जो अत्यंत सरलता से आज की लोकभाषा में आध्यात्मिक समझ प्रदान करते हैं।

महाआसमानी परम ज्ञान शिविर का उद्देश्य :

इस शिविर का उद्देश्य है, 'विश्व का हर इंसान 'मैं कौन हूँ' इस सवाल का जवाब जानकर सर्वोच्च आनंद में स्थापित हो जाए।' उसे ऐसा ज्ञान मिले, जिससे वह हर पल वर्तमान में जीने की कला प्राप्त करे। भूतकाल का बोझ और भविष्य की चिंता इन दोनों से वह मुक्त हो जाए। हर इंसान के जीवन में स्थायी खुशी, सही समझ और समस्याओं को विलीन करने की कला आ जाए। मनुष्य जीवन का उद्देश्य पूर्ण हो।

'मैं कौन हूँ? मैं यहाँ क्यों हूँ? मोक्ष का अर्थ क्या है? क्या इसी जन्म में मोक्ष प्राप्ति संभव है?' यदि ये सवाल आपके अंदर हैं तो महाआसमानी परम ज्ञान शिविर इसका जवाब है।

महाआसमानी परम ज्ञान शिविर के मुख्य लाभ :

इस शिविर के लाभ तो अनगिनत हैं मगर कुछ मुख्य लाभ इस प्रकार हैं-

* जीवन में दमदार लक्ष्य प्राप्त होता है।
* 'मैं कौन हूँ' यह अनुभव से जानना (सेल्फ रियलाइजेशन) होता है।
* मन के सभी विकार विलीन होते हैं।
* भय, चिंता, क्रोध, बोरडम, मोह, तनाव जैसी कई नकारात्मक बातों से मुक्ति मिलती है।
* प्रेम, आनंद, मौन, समृद्धि, संतुष्टि, विश्वास जैसे कई दिव्य गुणों से युक्ति होती है।
* सीधा, सरल और शक्तिशाली जीवन प्राप्त होता है।
* हर समस्या का समाधान प्राप्त करने की कला मिलती है।
* 'हर पल वर्तमान में जीना' यह आपका स्वभाव बन जाता है।

* आपके अंदर छिपी सभी संभावनाएँ खुल जाती हैं।
* इसी जीवन में मोक्ष (मुक्ति) प्राप्त होता है।

महाआसमानी परम ज्ञान शिविर में भाग कैसे लें?

इस शिविर में भाग लेने के लिए आपको कुछ खास माँगें पूरी करनी होती हैं। जैसे-

१) आपकी उम्र कम से कम अठारह साल या उससे ऊपर होनी चाहिए।

२) आपको सत्य स्थापना शिविर (फाउण्डेशन ट्रुथ रिट्रीट) में भाग लेना होगा, जहाँ आप सीखेंगे- वर्तमान के हर पल को कैसे जीया जाए और निर्विचार दशा में कैसे प्रवेश पाएँ।

३) आपको कुछ प्राथमिक प्रवचनों में उपस्थित होना है, जहाँ आप बुनियादी समझ आत्मसात कर, महाआसमानी परम ज्ञान शिविर के लिए तैयार होते हैं।

यह शिविर एक या दो महीने के अंतराल में आयोजित किया जाता है, जिसका लाभ हज़ारों खोजी उठाते हैं। इस शिविर की तैयारी आप दो तरीके से कर सकते हैं। पहला तरीका- मनन आश्रम (पूना) में पाँच दिवसीय निवासी शिविर में भाग लेकर, दूसरा तरीका- तेजज्ञान फाउण्डेशन के नजदीकी सेंटर पर सत्य श्रवण द्वारा। जैसे- पुणे, मुंबई, दिल्ली, सांगली, सातारा, जलगाँव, अहमदाबाद, कोल्हापुर, नासिक, अहमदनगर, औरंगाबाद, सूरत, बरोडा, नागपुर, भोपाल, रायपुर, चेन्नई, वर्धा, अमरावती, चंद्रपुर, यवतमाल, रत्नागिरी, लातूर, बीड, नांदेड, परभणी, पनवेल, ठाणे, सोलापुर, पंढरपुर, अकोला, बुलढाणा, धुले, भुसावल, बैंगलोर, बेलगाम, धारवाड, भुवनेश्वर, कोलकत्ता, राँची, लखनऊ, कानपुर, चंदीगढ़, जयपुर, पणजी, म्हापसा, इंदौर, इटारसी, हरदा, विदिशा, बुरहानपुर।

इनके अतिरिक्त आप महाआसमानी की तैयारी फाउण्डेशन में उपलब्ध सरश्री द्वारा रचित पुस्तकें, या यू ट्यूब के संदेश सुनकर भी कर सकते हैं। मगर याद रहे ये पुस्तकें, यू ट्यूब के प्रवचन शिविर का परिचय मात्र है, तेजज्ञान नहीं। आप महाआसमानी परम ज्ञान शिविर में भाग लेकर ही तेजज्ञान का आनंद ले सकते हैं। आगामी महाआसमानी परम ज्ञान शिविर में अपना स्थान आरक्षित करने के लिए संपर्क करें : 09921008060/75, 9011013208

महाआसमानी परम ज्ञान शिविर स्थान :

यह शिविर पुणे में स्थित मनन आश्रम पर आयोजित किया जाता है। इस शिविर के लिए भोजन और रहने की व्यवस्था की जाती है। यदि आपको कोई शारीरिक बीमारी है और आप नियमित रूप से दवाई ले रहे हैं तो कृपया अपनी दवाइयाँ साथ में लेकर आएँ। वातावरण अनुसार गरम कपड़े, स्वेटर, ब्लैंकेट आदि भी लाएँ।

'मनन आश्रम' पुणे शहर के बाहरी क्षेत्र में पहाड़ों और निसर्ग के असीम सौंदर्य के बीच बसा हुआ है। इस आश्रम में पुरुषों और महिलाओं के लिए अलग-अलग, कुल मिलाकर 700 से 800 लोगों के रहने की व्यवस्था है। यह आश्रम पुणे शहर से 17 किलो मीटर की दूरी पर है। हवाई अड्डा, हाइवे और रेल्वे से पुणे आसानी से आ-जा सकते हैं।

मनन आश्रम : मनन आश्रम, पुणे, सर्वे नं. ४३, सनस नगर, नांदोशी गाँव, किरकट वाडी फाटा, तहसील – हवेली, जिला : पुणे – ४११०२४. फोन : 09921008060

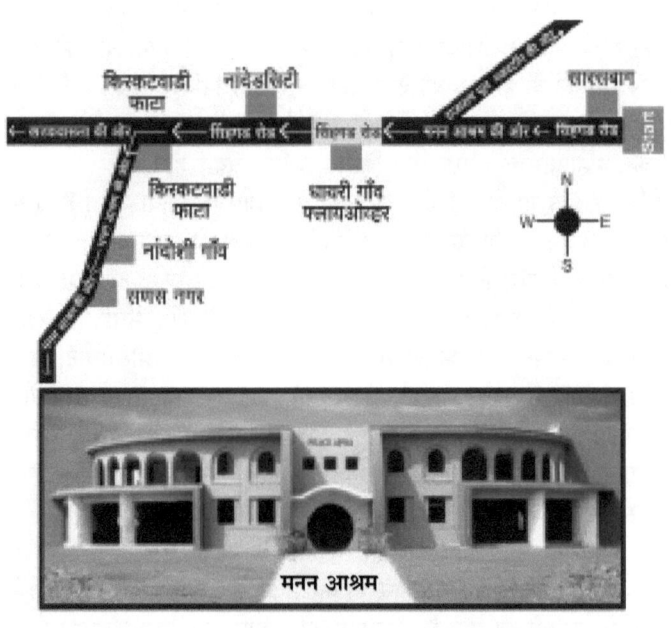

N
W
E

मनन आश्रम

अब एक क्लिक पर ही शिविर का रजिस्ट्रेशन !

तेजज्ञान फाउण्डेशन की इन शिविरों के लिए
अब आप ऑनलाईन रजिस्ट्रेशन भी कर सकते हैं–

* महाआसमानी परम ज्ञान शिविर परिचय और लाभ (पाँच दिवसीय निवासी शिविर)
* मैजिक ऑफ अवेकनिंग (केवल अंग्रेजी भाषा जाननेवालों के लिए तीन दिवसीय निवासी शिविर)
* मिनी महाआसमानी (निवासी) शिविर, युवाओं के लिए

रजिस्ट्रेशन के लिए आज ही लॉग इन करें

www.tejgyan.org

सरश्री द्वारा रचित श्रेष्ठ पुस्तकें

❋ क्या आप पूर्वजों से क्षमा माँगना चाहते हैं?
❋ क्या अपने गुज़रे हुए रिश्तेदारों से क्षमा माँगना चाहते हैं?
❋ क्या आप स्वयं को क्षमा करना चाहते हैं?
क्या आप हमेशा खुश रहना चाहते हैं?
क्या आप अपने पारिवारिक, सामजिक, व्यावसायिक रिश्तों को मधुर और मजबूत बनाना चाहते हैं?

यदि 'हाँ' तो आपको बस एक ही शब्द कहना सीखना है, 'सॉरी' यानी 'मुझे माफ करें'। सॉरी, क्षमा, माफी... भाषा चाहे कोई भी हो, पूरे दिल से माँगी गई माफी आपके जीवन में चमत्कार कर सकती है। प्रस्तुत पुस्तक में आप सीखेंगे-

❋ क्षमा कब, किससे और कैसे माँगे? ❋ दूसरों को क्यों और कैसे माफ करें? ❋ अपने सभी कर्मबंधनों को क्षमा के द्वारा कैसे मिटाएँ?❋ क्षमा के द्वारा सुख-दुःख के पार पहुँचकर सदा आनंदित कैसे रहें?

पृथ्वी पर हम इस मन को प्रशिक्षित करने आए हैं तो क्यों न इसे समझ लें। अवचेतन मन किसी अजूबे से कम नहीं। उसे सही प्रशिक्षण दिया जाए तो वह आपके जीवन में अनोखे चमत्कार कर सकता है। पर क्या आप जानते हैं कि मानव जन्म का लक्ष्य क्या है? यदि नहीं तो आपको इस पुस्तक की जरूरत है। यह पुस्तक अवचेतन मन की शक्तियों के साथ-साथ आपकी आगे की संभावनाओं पर भी रोशनी डालती है। इस पुस्तक में आप पढ़ेंगे –

* अवचेतन मन को प्रशिक्षित क्यों और कैसे किया जाए?
* इस मन के पार कौन सी ५ शक्तियाँ हैं जो आत्मबल प्रदान करती हैं?
* अपने इमोशन्स को कैसे संभाला जाए?
* अपनी ऊर्जा को एकत्रित क्यों और कैसे किया जाए?
* आत्मबल से पहाड़ जैसे लक्ष्य को कैसे हासिल किया जाए?
* आपकी सही उपस्थिति चमत्कार कैसे करे?
* फल के प्रति उदासीन रहने के क्या फायदे हैं?
* सहनशीलता, धैर्य और अनुशासन जैसे गुण स्वयं में कैसे लाएँ?
* अवचेतन मन की ७ शक्तियों का सार क्या है?

– तेज़ज्ञान इंटरनेट रेडियो –

२४ घंटे और ३६५ दिन सरश्री के प्रवचन और
भजनों का लाभ लें,
तेज़ज्ञान इंटरनेट रेडियो द्वारा। देखें लिंक
http://www.tejgyan.org/internetradio.aspx

हर रविवार सुबह १०.०५ से १०.१५ तक रेडियो
विविध भारती, एफ. एम. पुणे पर 'हॅपी थॉट्स कार्यक्रम'

www.youtube.com/tejgyan
पर भी सरश्री के प्रवचनों का लाभ ले सकते हैं।
For online shoping visit us - www.tejgyan.org,
www.gethappythoughts.org

पुस्तकें प्राप्त करने के लिए नीचे दिए गए पते पर मनीऑर्डर द्वारा पुस्तक का मूल्य भेज सकते हैं। पुस्तकें रजिस्टर्ड, कुरियर अथवा वी.पी.पी. द्वारा भेजी जाती हैं। पुस्तकों के लिए नीचे दिए गए पते पर संपर्क करें।
✼ WOW Publishings Pvt. Ltd. रजिस्टर्ड ऑफिस-E-4, वैभव नगर, तपोवन मंदिर के नज़दीक, पिंपरी, पुणे- 411017
✼ पोस्ट बॉक्स नं. 36, पिंपरी कॉलोनी पोस्ट ऑफिस, पिंपरी, पुणे - 411017
फोन नं.: 09011013210 / 9623457873
आप ऑन-लाइन शॉपिंग द्वारा भी पुस्तकों का ऑर्डर दे सकते हैं।
लॉग इन करें - www.gethappythoughts.org
500 रुपयों से अधिक पुस्तकें मँगवाने पर 10% की छूट और फ्री शिपिंग।

e-mail
mail@tejgyan.com

website
www.tejgyan.org, www.gethappythoughts.org

- विश्व शांति प्रार्थना -

'पृथ्वी पर सफेद रोशनी (दिव्य शक्ति) आ रही है।
पृथ्वी से सुनहरी रोशनी (चेतना) उभर रही है।
विश्व से सारी नकारात्मकता दूर हो रही है।
सभी प्रेम, आनंद और शांति के लिए
खुल रहे हैं, खिल रहे हैं।'

यह 'सामूहिक अव्यक्तिगत प्रार्थना' तेजज्ञान फाउण्डेशन के सदस्य पिछले कई सालों से निरंतरता से कर रहे हैं। खुश लोग यह प्रार्थना कर सकते हैं और बीमार, दुःखी लोग उस वक्त एक जगह बैठकर इस प्रार्थना को ग्रहण कर स्वास्थ्य लाभ पा सकते हैं।

यदि इस वक्त आप परेशान या बीमार हैं तो रोज़ सुबह या रात 9:09 को केवल ग्रहणशील होकर इस भाव से बैठें कि 'स्वास्थ्य और शांति की सफेद रोशनी जो इस वक्त प्रार्थना में बैठे कई लोगों द्वारा नीचे पृथ्वी पर उतर रही है, वह मुझमें भी अपना कार्य कर रही है। मैं स्वस्थ और शांत हो रहा हूँ।' कुछ देर इस भाव में रहकर आप सबको धन्यवाद देकर उठें।

www.ingramcontent.com/pod-product-compliance
Lightning Source LLC
LaVergne TN
LVHW041708070526
838199LV00045B/1260
* 9 7 8 9 3 8 0 5 8 2 6 3 4 *